COLLECTION FOLIO

Bertrand Poirot-Delpech

L'été 36

Gallimard

Né en 1929, Bertrand Poirot-Delpech tient le feuilleton littéraire du journal *Le Monde* dont il a été chroniqueur judiciaire et critique théâtral. Il est l'auteur d'essais et de romans dont *Le Grand Dadais* (Prix Interallié) et *La Folle de Lituanie* (Grand Prix du roman de l'Académie française).

L'Été 36 a inspiré à Yves Robert son premier film de télévision, diffusé en février 1986.

« Les gens du peuple parlent-ils du bonheur comme nous l'entendons ? »

Stendhal

« Les Français crurent vraiment qu'ils allaient s'aimer les uns les autres. »

Jean Renoir

Première partie

I

Le monde n'en a rien su, mais une centaine de témoins ont vu, un matin de l'été 36, ce signe des temps : le droit de propriété et le Dieu de l'Occident bafoués par des campeurs, sur un air de tango !

Cela se passait le 20 juillet, à La Landriais, près de Dinard. La procession annuelle du saint sacrement descendait la pelouse des Saint-Aubert, dont le parc domine la Rance. Le cortège abordait le pré Noiraude, du nom d'une vache primée aux comices, quand le curé doyen perdit l'équilibre. L'ostensoir qu'il serrait contre sa chape dorée tangua dans le soleil et glissa à terre. Un « oh ! » de stupeur interrompit le cantique *Catholiques et français, toujours*. Souliers vernis et sabots cessèrent de racler le gravier, ratissé de frais. On se regarda dans l'attente d'un geste qui dénouât l'angoisse de tous. Des signes allaient-ils envahir le ciel ? Que prévoyait l'Eglise en pareil cas ? Et d'abord, comment faire taire le scandale qui avait ébranlé la chrétienté : ce phono invisible, nasillant dans l'herbe haute ?

La journée avait pourtant commencé sous le signe béni de l'immuable. Pas un souffle n'agitait les chênes centenaires entourant le manoir de granit. Le soleil argentait les pignons d'ardoise mangés de lichen, et donnait à la pelouse son plus beau vert de tapisserie. Des soutanes rouges formaient bouquet avec le vieil or des chasubles. L'air sentait le varech, la bouse et l'hortensia chaud. De près, s'ajoutaient l'encens et l'eau de Cologne, dont les enfants de chœur avaient inondé leurs raies droites, et les paysans leurs cous, quadrillés comme la terre de cet été sans pluie. Toute durée était suspendue au-dessus du paysage, et de cette cérémonie d'un autre siècle.

— Bonne-maman pourrait revenir, elle ne trouverait rien de changé ! avait glissé le général Saint-Aubert à l'oreille de sa sœur Marguerite, en prenant la tête de la procession.

Cette victoire sur les injures du temps était la seule que le général ait remportée. Il en tirait gloire, comme de son amitié pour Foch, de qui le rapprochaient des yeux de faïence et une moustache d'argent. Né en 1860, saint-cyrien à la retraite et veuf au lendemain de 14, ce septuagénaire pimpant occupait ses loisirs à griffonner un traité sur les boutons d'uniformes depuis Valmy, et à justifier la particule que lui refusaient les bons ouvrages. L'été, en canotier, col cassé et veste d'alpaga à rosette, il veillait à ce que le manoir hérité de son grand-père conseiller d'Etat restât à l'écart du monde extérieur et de la vie moderne, ces incarnations du diable.

— Rien de changé, rien de changé ! Du temps de bonne-maman, Léostic n'aurait pas laissé les taupes envahir la pelouse ! avait bougonné Marguerite, en tapotant une motte avec son ombrelle.

En principe, La Landriais lui appartenait autant qu'à son frère. Mais elle avait deux ans de moins que le général, soixante-quatorze ans ce 20 juillet 1936, et elle était vieille fille. Longtemps, elle avait raconté à ses nièces et à ses bonnes qu'un fringant lieutenant de vaisseau « fou d'elle » avait coulé aux Dardanelles en criant son nom. Elle y croyait de moins en moins. « Taratata », ronchonnait-elle lorsque les enfants s'amusaient à réclamer l'histoire du beau marin. Elle avait admis qu'il n'y eût place dans sa génération que pour un héros, le général, dont elle tenait la maison depuis la mort de sa belle-sœur. Entre l'orgueil et l'agacement d'avoir sacrifié sa vie à son frère, elle n'avait pas choisi. Seul événement marquant de sa biographie : une arête de morue avalée en 1929, le Vendredi saint. Sept ans après, ce corps étranger lui restait en travers de la gorge. Quand elle était contrariée, elle détendait le gros-grain ivoire qui lui enserrait le cou, et elle cherchait son souffle, ce qui lui valait un regain de respect. « Marguerite a son arête », disait-on sans y croire, ou en y croyant, selon la conviction qu'elle mettait à suffoquer.

Le général avait enfanté pour deux. Il y avait eu Jean, l'éternel « Jeannot », né en 1890, tué en août 1914, et dont la photographie, barrée de la croix de guerre, trônait au salon ; Philippe, né en 1893 et missionnaire à Tamanrasset, sur les traces du Père de Foucauld ; Yves, né en 1895, bon à rien, toujours en croisière, père veuf et consolé de Bernard (1917) et Victoire (1918) ; Lise (1896), qui avait épousé en 1920 un normalien devenu homme d'affaires, Henri Boulet-Montreuil (1894) et en avait un fils, Hubert, féru de scoutisme. En 1903, la générale avait cru bon d'attendre, à quarante ans, un cinquième héritier ; ce fut Françoise, l'innocente Friquette, son calvaire, la cause, a-t-on dit, de sa mort de chagrin, en 1920.

Pour la procession annuelle du 20 juillet en l'honneur de Marguerite, la famille, cet été-là, était presque au complet. Derrière le général et sa sœur, venait Lise Boulet-Montreuil. Elle sortait d'une des migraines de trois jours que lui causait le climat breton. Depuis la naissance, en 1923, de son fils unique, le scout Hubert, elle allait de dépression en dépression. Elle avait séjourné dans une clinique de Saint-Germain-en-Laye, pour s'être fait prendre à voler des chapeaux au Bon Marché. A La Landriais, elle passait ses journées au salon, devant sa tapisserie : un perroquet au milieu de palmes tropicales. Elle trouvait toujours à broder un détail de feuille ou de plume, afin de ne pas achever l'ouvrage, ce qui eût été signe de drame proche. Elle portait ce matin-là une robe trop joyeuse pour le peu de plaisir qu'elle prenait à s'habiller. Ses yeux gris soulignés de bistre cherchaient en vain à qui déplaire, faute d'avoir jamais charmé.

Venaient ensuite ses neveux Bernard et Victoire, les enfants d'Yves Saint-Aubert, le veuf amateur de voyages et de jupons : autant dire des orphelins. Aux dernières nouvelles, « tonton Yves » participait à la croisière inaugurale du *Queen Mary* vers New York. Une photo de *L'Excelsior* le représentait à l'embarquement de Southampton, au bras d'un mannequin serbe, en flanelle blanche. « Plus tard, je ferai pareil que papa, avait chantonné Victoire : je changerai de femmes comme de voitures ! » Victoire était ravie de l'opprobre dont souffrait son père, et de la pitié pincée qu'elle lui valait. Personne, à La Landriais, ne se reconnaissait d'autorité sur elle, malgré ses dix-huit ans (elle était née le 11 novembre 1918, d'où son prénom).

Son frère Bernard prétendait remplacer le père absent, dont les frasques l'humiliaient. Il aimait l'ordre et le sacrifice. Il craignait que l'Europe ne « tombât à l'abîme ». Il répétait le mot « abîme », à plaisir. Il venait de passer le concours de l'Ecole navale. Le résultat devait lui être téléphoné bientôt. D'avance, il arborait un blazer de midship et la nuque rase. Dans sa chambre du manoir était affiché un portrait de Mussolini.

A côté de Bernard marchait son meilleur ami, Alain Mercier, comme lui en attente des résultats de Navale, et habillé strict. Depuis le début de la procession, Alain cherchait à rejoindre Victoire pour lui reprocher sa tenue, que Marguerite et Lise s'étaient appliquées à ne pas voir. Au lieu de s'endimancher, Victoire avait passé un short et une chemise de son frère, comme pour une partie de voile. Le béret rouge dans lequel elle avait enfoui ses cheveux laissait pendre des mèches cendrées sur sa nuque brune. En guise de chapelet, elle agitait un Yo-Yo.

Après les Saint-Aubert, s'avançaient les bonnes du manoir : la cuisinière Elia, au service du général depuis vingt-sept ans, infatigable porteuse de seaux, une voix de stentor ; et la frêle Germaine, « celle » des Boulet-Montreuil. Lise, sa patronne, redoutait pour Germaine l'influence d'Elia, que Marguerite disait « rouge » et « lesbienne, il n'y a qu'à regarder ses mains ! ». Suivaient les fermiers, le père Léostic, sa femme Marie, leur fils Loïc, matelot sur le bac Saint-Malo-Dinard, et leur fille Yvonne, quinze ans, appelée en renfort au manoir pour la durée des vacances. Au bras de Marie Léostic, pieds en dedans, le cou boudiné dans un sarrau brun : la puînée anormale du général, Friquette, trente-trois ans et en paraissant onze — « “ Ils ” ne sont pas malheureux, ils ne se voient pas vieillir », décrétait Lise. Tout le diocèse savait que c'était une héritière des Saint-Aubert, mais on faisait mine de la croire parente des Léostic, chez qui elle était en pension à l'année. Friquette trayait les vaches et renouvelait le fourrage avec entrain. Lorsque l'odeur du foin chaud l'avertissait d'un orage, il lui arrivait de menacer poules et visiteurs de sa fourche, dont elle seule connaissait la cachette ; mais on ne l'avait jamais vue frapper. Elle se contentait du dégoût gêné qu'elle inspirait, en léchant de sa large langue un vieux filet de morve.

Henri Boulet-Montreuil fermait la marche négligemment, une « High Life » allumée au creux de la main. Il ne faisait pas ses quarante-deux ans. Normalien devenu patron d'une fabrique de pompes hydrauliques par héritage de son grand-père Montreuil, il observait les Saint-Aubert en « pièce rapportée », avec l'ironie de qui les avait plusieurs fois renfloués. Depuis la naissance de son fils, le scout Hubert, il se consolait des migraines de sa femme Lise. Sa dernière maîtresse s'appelait Lily. Il l'avait installée dans un rez-de-chaussée près de l'Ecole militaire, où il passait ses fins d'après-midi.

De son séjour rue d'Ulm, il avait gardé un anticonformisme flegmatique. Il se démarquait volontiers des positions patronales, notamment depuis les élections du Front populaire. Au dernier week-end, car il ne venait à La Landriais qu'en fin de semaine, il avait annoncé comme une péripétie cocasse que son usine fût occupée par les ouvriers « en grève sur le tas ». « Ça leur passera avant que ça ne me reprenne ! », avait-il claironné au dîner. Sa certitude de « remettre bientôt tout ce petit monde au pas » avait rassuré son beau-père le général, inquiet de voir « bafouer le droit de propriété sous le regard passif et chassieux du talmudiste Blum » !

Au bras de Boulet-Montreuil, fermant du même pas goguenard la procession qu'ils avaient rattrapée au vol, le jeune prince Alexis Scherbatoff, pantalon de golf en tweed rouille, regard étonné, lunettes de myope, taches de rousseur. Henri avait fait sa connaissance le matin même sur le bac de Dinard. A la cale de Saint-Malo, où il arrivait de Paris, les marins s'étaient opposés à l'embarquement de son Hotchkiss. « Trop longue », avait prétexté le fils Léostic, alors qu'étaient admis à la place un tombereau de sable fin et ses deux percherons. Un fanion rouge flottait à la dunette, au lieu du pavillon habituel des « Vedettes vertes ». « Les deux cents familles peuvent faire le tour par Dinan », avait ajouté le petit Léostic, bras croisés dans son tricot blanchi de sel, bloquant de son sabot la roue avant de l'Hotchkiss. Des enfants entouraient la voiture, laissaient traîner leurs poings sur les ailes, se montraient l'intérieur en feutrine, les flacons dans les marqueteries, les initiales H.B.M. sur les portes, les gants jaunes, le volant de bois blond. « Si ta mère te voyait, espèce de morveux ! », avait grommelé Boulet-Montreuil. « On a des ordres », avait fini par s'excuser Loïc.

« De qui ? Un soviet ? » C'était Alexis Scherbatoff qui avait posé la question. Sa voiture, un cabriolet Ford, avait été embarquée non sans discussions, au cours desquelles il s'était déclaré « tsariste rallié au bolchevisme ». Il s'était présenté à Boulet-Montreuil. Il était né pendant la Révolution d'octobre 1917, à Odessa, ce qui lui faisait dix-neuf ans à peine. Son père, le prince Sergueï Piotr Scherbatoff, était l'intime du grand-duc Nicolas Nicolaïévitch. Emigrée à Antibes, sa famille louait à Dinard, depuis trois étés, la villa d'un ancien lord de l'Amirauté britannique. « Les révolutions, ça me connaît, avait dit Alexis avec une pointe d'accent slave : permettez que je vous conduise où il vous plaira ! » Boulet-Montreuil s'était laissé accompagner à La Landriais, où il avait prié Alexis de suivre la procession et de rester déjeuner. « Vous allez voir quelque chose de typiquement français, avait-il annoncé. Les Saint-Aubert ne sont pas les Guermantes, mais ils vous fourniront un chapitre en or. » Sur la route, Alexis avait confié qu'il désirait écrire. « Tout a été dit, avait objecté Boulet-Montreuil, mais bonne chance quand même ! » « Curieux, avait songé Alexis, le nombre de vies bâties sur un renoncement inexpliqué ! » A la dérobée, il avait noté sa remarque dans le carnet qui ne quittait pas sa poche. Il se promettait d'ajouter, le soir, ce que Boulet-Montreuil lui avait soufflé à l'oreille, depuis le début de la procession, sur chaque membre de la famille Saint-Aubert.

— Et elle, en béret rouge, c'est qui ? demanda Alexis en désignant Victoire.

— Oh, elle, c'est plus compliqué ! Elle est née pour régner ; donc, pour le drame !

Henri ne put achever. C'est à cet instant que la procession s'immobilisa. Dans le silence que ponctuaient des cris lointains de mouettes, un phono éraillé jouait *Le plus beau de tous les tangos du monde.* Les derniers fidèles se bousculaient pour voir d'où venait cette musique incongrue. Leur pression déséquilibra le curé doyen, dont l'ostensoir roula à terre. Bientôt, tout le cortège put découvrir ce qui avait stupéfait les premiers rangs.

Le pré Noiraude où le procession devait faire

halte avait été envahi, dans la nuit, par des campeurs. Un camion vert était garé à l'ombre des peupliers longeant la mer. Sur les portes était écrit au pochoir : « Blanchisserie des Binelles, linge en gros, Sèvres, Seine-et-Oise ». Des femmes en sous-vêtements se lavaient dans l'abreuvoir. Des enfants à foulards rouges grimpaient aux arbres, encouragés par un adulte en caleçon et casquette de sous-officier aviateur. Une vieille dame tricotait sur un pliant, face au large. Une femme aux cheveux frisés, moulée dans une robe de chambre rose, rasait un homme en gilet de corps. Au pied du « pommier de Marguerite », ainsi nommé parce qu'on l'avait planté au baptême de la châtelaine, le tréteau prévu comme reposoir était occupé par un autel portatif, sur lequel un prêtre à la soutane dégrafée disposait des linges. Voyant rouler l'hostie des processionnaires, le prêtre s'agenouilla et la ramassa, tandis que l'homme en gilet de corps, le visage barbouillé de mousse, arrêtait le phono posé sur l'aile du camion.

Le silence qui suivit parut une éternité. C'est Hubert Boulet-Montreuil, le fils d'Henri et de Lise, qui prit sur lui de réagir. Il rectifia son foulard de scout, s'avança vers le pré Noiraude, se racla la gorge. Sa voix muait :

— C'est une propriété privée, ici. Vous avez une autorisation, quelque chose ?

Lise, sa mère, chez qui la stupéfaction faisait place à la fierté, enchaîna :

— Un responsable à qui parler ?

Le général soufflait dans ses joues.

— Vous avez perdu votre langue ? demanda Marguerite à son frère, en se pendant ostensiblement à son bras. Vous laissez un enfant remplir votre rôle de chef de famille, s'exposer à votre place, c'est du propre ! Maman le disait bien, en 18, quand vous êtes revenu du front avec une seule citation sans palme : « Xavier n'est qu'un m'as-tu-vu. » La pauvre en est morte, vous le savez très bien. Xavier, je vous parle...

Le prêtre dégrafé replaçait l'hostie dans l'ostensoir et promettait une visite au curé doyen dès l'après-midi. Le général fit celui qui n'avait pas entendu sa sœur. Il lui montra l'autel portatif :

— C'est ingénieux, leur matériel de campagne. Si nos aumôniers en avaient eu autant dans les tranchées...

Marguerite décapita une fleur d'un coup d'ombrelle :

— L'Eglise crèvera de sens pratique !

Elle se retourna pour jauger les forces en présence. Villageois et domestiques étaient restés à l'écart d'un face-à-face qui ne les concernait pas. Elle fit signe au fermier, qui s'approcha.

— Eh bien, Léostic, on laisse des romanichels saccager le pré Noiraude, à présent.

Léostic tournait son béret sur son ventre, retenant un sourire entre ses dents noircies par le calva.

— D'un sens comme de l'autre, mademoiselle Marguerite, la luzerne, ça a vite fait de repousser !

— Le droit de propriété, lui ne repousse pas, répliqua Marguerite, en piétinant une taupinière de son soulier blanc. Vous feriez mieux de nous débarrasser de ces bestioles !

Le curé doyen avait repris le chemin de l'église. Le scout Hubert entonnait *Parle, commande, règne !* sans succès. La procession rebroussait chemin vers le village en ordre flottant, la ferme précédant le château. Elia, le cuisinière, jouait à faire tomber le chapeau de paille de Germaine, la bonne. Yvonne Léostic se faisait expliquer par un enfant de chœur le maniement de l'encensoir. « Je meurs de faim », chantonnait Victoire en prenant son frère et Alain Mercier sous chaque bras. Du pré Noiraude s'élevait un air en vogue : *Le chaland qui passe.*

— Votre gigot ne sera jamais cuit pour une heure, lança Marguerite à Elia. Je veux la souris grise à l'extérieur, et rose dedans !

Bon dernier, le général ordonna, d'une voix qui se brisait et que personne n'entendait :

— Tous à la maison !

Puis, pour lui-même, se voyant seul :

— Comme disait Foch, de quoi s'agit-il ?

Henri Boulet-Montreuil eut pitié. Il revint vers son beau-père, lui présenta Alexis Scherbatoff.

— Nous aviserons plus tard pour ces campeurs. Croyez-en mon expérience de l'usine, père : il vient toujours un moment où ces gens-là ont peur de leur force...

— C'est leur manque de tenue qui m'inquiète, songea tout haut le général. Ce débraillé...

— Toute révolution tend à l'état de nature, dit Alexis.

— C'est d'Engels ? demanda Boulet-Montreuil.

— Non, de Goethe.

— Tiens ?

Le général félicita le jeune Scherbatoff de son peu d'accent, et vrilla son œil pervenche.

— Vous qui sortez d'en prendre, si je puis dire : vous pensez, prince, que la France est menacée de révolution ?

Alexis ramassa une marguerite, qu'il se mit à effeuiller. Le manoir était inondé de soleil. Les robes claires gravissaient le perron cerné d'hortensias. Une odeur de gigot montait des sous-sols. Un dimanche radieux s'annonçait.

— Les révolutions sont accomplies avant d'éclater, mon général !

— Ça, c'est de Maurras, triompha Boulet-Montreuil avec un empressement de bon élève, qui le rajeunissait.

Alexis se retourna et contempla la vue, qui s'étendait jusqu'à Saint-Malo, voilé de brume. Il arracha le dernier pétale de sa marguerite :

— L'Europe est fichue, dit-il, mondain : mais votre manoir est un bien bel endroit pour la regarder mourir !

II

— Thorez ! Cachin ! Ici, tout de suite !

Thorez était un briard jaune et noir, Cachin un ratier blanc sale à la queue cassée. Les deux bêtes avaient sauté la barrière du pré Noiraude et aboyaient autour de la procession en fuite. Faute de se faire obéir, leur maître balança bien bas son chapeau vers le manoir, en signe d'excuse :

— Faut les comprendre, cria-t-il en désignant ses chiens : ils n'ont jamais vu la mer !

Surnommé « Jésus » dans la banlieue ouest de Paris, où il vagabondait, l'homme portait une barbe noire de trois mois, une tignasse de trois ans, et une houppelande brunâtre d'où émergeaient un torse de Christ en croix, des chevilles grises de crasse. Il adressa un dernier salut aux Saint-Aubert, et montra ses amis campeurs :

— Eux, c'est pareil ! l'iode, pas connaître !

Il chargea sur une carcasse de poussette le sac de jute qui lui tenait lieu de bagage, et se dirigea vers le chemin creux qui remontait du pré Noiraude au village.

— Salut la compagnie ! lança-t-il aux campeurs. Ça sent le grossium, dans le coinssetot, Jésus en connaît un bout ! La luzerne m'a foutu la chiasse ! Allez, le bonjour chez vous ! Thorez, Cachin, en route ! A la maison !

« Maison », c'était façon de dire. Jésus vivait sans domicile fixe. Naguère, il avait travaillé sur les chantiers de chemin de fer. Posté en avant des travaux, il soufflait dans une trompette à l'approche des trains pour que les ouvriers dégagent le ballast. Sa dernière paie datait de l'élargissement de la ligne Montparnasse-Versailles, en 1934. Un contremaître lui avait reproché sa soif, trois à quatre litres de rouge par jour selon la chaleur. Jésus n'aimait pas les remarques. Il était parti avec sa trompette en bandoulière. Les confins de Meudon et de Sèvres lui plaisaient bien. Passerelles, tuyaux et toiles goudronnées lui servaient d'abri. Il aimait les odeurs de lilas et de graisse chaude au bord des voies, les demeures bourgeoises à clochetons dont il écoutait, derrière les murs hérissés de tessons, les tourniquets d'arrosage, les râteaux, les vélos de luxe aux roues libres chantantes. Au passage des enfants en costumes marins et chaussettes blanches tirées haut, il entrouvrait sa houppelande sur son torse blafard, pas plus bas, juste pour le plaisir de lire dans les regards un éclair de compassion écœurée.

Jésus était de la fête, le soir du 14 Juillet où son ancien camarade de l'école de Sèvres, Mousseau, avait prêté sa blanchisserie, rue des Binelles, pour le bal populaire. C'était ce soir-là, au milieu des drapeaux rouges et des javas, que la fille Mousseau, Odette, et son fiancé, surnommé Gabin à cause de la ressemblance avec l'acteur, avaient décidé de partir en « congés payés » pour la mer, avec un camion de la blanchisserie. Mousseau avait fait confiance à Gabin, monteur chez Unic, pour prendre soin du matériel. Il avait posé comme condition que sa mère fût du voyage, ainsi que Jésus, pour chaperonner sa fille Odette. Bien qu'athée, Mousseau ne transigeait pas avec la morale. « Par les temps qui courent », il doutait de l'abbé Martinière, le vicaire de Sèvres, aumônier des Jeunesses ouvrières chrétiennes, J.O.C., lui aussi du voyage avec une douzaine de gamins sans famille.

Le prêtre en prenait à son aise avec les usages. Râblé, il tombait volontiers la soutane, jouait au foot, embrassait ses paroissiennes à pleines joues, et disait la messe sur une valise à peine plus grosse qu'un phono. C'était lui qui avait suggéré les bords de Rance, quand le camion de la blanchisserie avait quitté Sèvres, cap à l'ouest, pour les bains de mer. Il se souvenait d'avoir campé dans la région en 1930. N'ayant pas retrouvé l'endroit, de nuit, il avait pris sur lui de descendre le premier chemin privé menant à la mer, et d'installer le campement dans le pré Noiraude. Il venait de confirmer son autorité tranquille en ramassant l'hostie de la procession et en évitant tout incident. Il ne manquerait pas de régler les choses, l'après-midi, par sa visite au presbytère.

— Tu as tort de mettre les bouts, dit-il à Jésus.

Ces gens ne sont pas des féroces. Le vieux est un général qui n'a jamais commandé devant l'ennemi. Le gendre industriel flirte avec les grévistes, et les femmes sont toutes toquées !

Odette, Gabin et son ami Polo, casquette en bataille, s'approchèrent de l'abbé. Comment en savait-il autant sur leurs hôtes ?

— Je vous l'avais bien dit, rouspéta Polo, qui était contre la venue des jocistes avec le camion des Binelles. Les curetons, c'est la collaboration de classe assurée !

Polo était le plus rouge de la bande. Sergent de l'armée de l'air en permission libérable, il militait à l'extrême gauche derrière Marceau Pivert. Il jugeait le moment venu que la classe ouvrière « fasse le saut dans l'illégalité », que « des soviets se créent dans les usines occupées », « que se réalise le grand rêve de 1917 ». « Un rêve à portée de main », avait-il répété le long de la route. Tout à l'heure, quand la procession approchait, il voulait mettre *L'Internationale* sur le phono. Gabin avait exigé *Le plus beau de tous les tangos du monde.*

— Comment sais-tu tout cela, curé ? insista Polo.

L'abbé Martinière montra les seaux de lait et les paniers d'œufs qui venaient de servir au petit déjeuner.

— Les mécréants sont les premiers à croire aux miracles ! Tu penses peut-être que tout cela est tombé du ciel ?

La veille au soir, remontant le chemin qui menait aux communs du manoir, l'abbé avait croisé les fermiers, intrigués par le passage du camion. Léostic, sa femme, et leur fille Yvonne, avaient parlé de leurs patrons. « Il n'y a que mademoiselle Victoire de belle », répétait la fille. Le fermier conseillait de ne pas trop se déshabiller. L'abbé croyait se souvenir d'un Saint-Aubert, séminariste avec lui en 1919, et devenu Père blanc au Sahara. Le cas échéant, il ferait jouer cette relation.

Le matin, les Léostic avaient déposé deux seaux de lait, trois douzaines d'œufs et des confitures de la ferme, faites avec les cerises du pré Noiraude. Les campeurs en redemandaient. Ils étaient maigres. On leur voyait les côtes. Polo en fit la remarque. Il cita un rapport récent de « la première femme secrétaire d'Etat à l'Education nationale », Mme Brunschwicg :

— Dans les écoles des quartiers ouvriers, il y a trois fois plus de tuberculeux que dans les autres. C'est ce qu'on appelle l'égalité des chances !...

La mère Mousseau vint faire cercle. Elle aussi trouvait que les « petits » avaient besoin de « prendre », « quoi don ? » Elle ajoutait « quoi don ? » à tout ce qu'elle disait, sans faire sonner le « c ». Elle approchait de quatre-vingts ans, et n'entendait plus rien. Elle n'avait pas compris l'incident de la procession. A tout hasard, elle s'était signée. Depuis le matin, elle était assise sur le pliant que Gabin lui avait installé en contrebas, face à la Rance. Elle n'avait jamais vu la mer. Elle était contrariée : « Cette eau ne tient pas en place », disait-elle. Les marées ne donnaient pas les leçons d'économie qu'elle attendait de la nature. La tradition de sa famille l'avait rendue intraitable sur le chapitre des gestes superflus. C'était la fierté des femmes Mousseau, blanchisseuses depuis six générations, que leur fer ne passe pas deux fois au même endroit. Déjà sous Louis XIV, les courtisans de Paris en route pour Versailles déposaient et reprenaient leur linge à Sèvres, réputé pour son eau de rinçage. L'arrière-grand-mère de Marie Mousseau avait amidonné les chemises de Louvois. Quand un client difficile confiait une robe de mariée, il arrivait encore qu'on fasse appel à la patronne. « Ne regardez pas, rougissait-elle, j'ai perdu la main, quoi don ? » On la voyait alors lever son fer contre sa joue pour en vérifier la chaleur, lancer la lourde ogive à l'assaut des plis, fureter dans les tuyautés, écraser les ourlets, qui luisaient après son passage, fumant à peine, lâchant leurs odeurs de propre, d'été.

Odette, sa petite-fille, lui répéta les informations recueillies par l'abbé.

— Saint-Aubert, dis-tu ? J'ai connu des Saint-Aubert, draps et taies à chiffres, un chauffeur passait prendre, quoi don ?

Les filles de la blanchisserie s'étonnaient qu'on garde un tel culte des souvenirs de boulot.

— Moi, à sa place, je me dépêcherais d'oublier, dit l'une d'elle, Gilberte, qui remontait de se baigner en sous-vêtements.

— Moi, je la comprends, dit une autre en gobant un œuf. Faut bien aimer ce qu'on fait, sinon...

— Sinon quoi ? coupa Polo en observant la nudité de Gilberte du coin de l'œil. Quand donc comprendrez-vous qu'ils nous couillonnent, en flattant notre amour de la belle ouvrage ?

« Ils », c'étaient les affreux riches d'où venaient tous les maux de la terre. Leur duplicité était inépuisable, et mystérieux leur pouvoir.

— Un par un, il n'y a pas plus con, râlait Polo. Et en groupe, leur classe est capable de ruses diaboliques. On se fait avoir à tous les coups ! Vous verrez que ces Saint-Aubert-de-mes-deux vont nous rouler dans la farine !

Il était pour décamper vers Saint-Brieuc où, disait-il, « existe une forte tradition ouvrière ». Odette inclinait aussi pour le départ, de peur d'incidents que son père prendrait mal. Papa Mousseau avait hérité le zèle de sa mère, et la guerre de 14, accomplie en première ligne, lui avait donné l'horreur du désordre. Il n'aurait pas admis que les « petites », ses employées, occupent les Binelles, comme Polo était descendu de Villacoublay les y inciter. « Toi, le sergent, commence par te mutiner ; on verra si tu en as dans la culotte ! », avait gueulé Mousseau du haut du perron où se tenait, c'était écrit en belles anglaises sur un ovale d'émail, son « bureau » directorial.

— Pour l'instant, c'est nous qui les baisons, intervint Gabin en enlaçant Odette. Si ça se gâte, l'abbé sera là pour un coup !

C'était un calme, Gabin, un solide. A la mort de son père, militant communiste broyé par une presse aux usines Renault de l'île Seguin, il était entré au Parti sans se poser de question : « Je remplace le paternel, un point c'est tout. » Les discussions avec son vieux pote Polo l'amusaient sans l'influencer. Chez Unic, il montait les bielles des grosses cylindrées. Il aimait que les objets s'ajustent. Il y voyait un exemple pour mener le monde, et son ménage à venir. Il allait épouser Odette, bien qu'il lui en veuille de se refuser jusqu'au mariage. Toute sa personne respirait l'équilibre, la vigueur. A la toilette, les campeurs s'étaient extasiés devant ses pectoraux. Les filles de la blanchisserie enviaient Odette de monopoliser ses regards, ses caresses.

L'abbé et Polo firent la paix autour du feu de bois allumé pour le déjeuner. Jésus remit son départ à plus tard.

— J'ai une idée, proposa Gilberte : on va faire un bal, ce soir, et on va inviter le manoir !

— Quoi don ? bougonna la mère Mousseau, de son pliant.

— Inviter les ennemis de classe ? Jamais ! grogna Polo, mi-sérieux mi-moqueur.

— Chiche ! acquiesça Gabin, dans un rire général.

Sur le marchepied du camion, un campeur luisant d'eau de mer buvait une rasade de lait, à la louche.

III

— Ce Blum ne sent pas les choses en Français ! Il n'a pas la patrie collée à ses chaussures. Même les gens simples, ici, s'en rendent compte.

Le général Saint-Aubert passa au salon, suivi de sa sœur Marguerite et de sa fille Lise, qui fila droit vers la tapisserie au perroquet écarlate. Sous chaque bras, le général tenait le curé doyen et son vieil ami Rupied, commandant militaire de l'Elysée, venu en voisin de sa villa des Côtes-du-Nord. Il enchaîna :

— ... Et demandez à Rupied, monsieur le chanoine, j'ai toujours défendu Dreyfus, la question n'est pas là !

Le curé renifla une pincée de tabac :

— Le peuple déicide est différent de nous, à quoi bon le nier !

Henri Boulet-Montreuil alluma un cigare et en offrit un à Alexis Scherbatoff. Au milieu du repas, Victoire avait invoqué un malaise pour monter dans sa chambre. Son frère Bernard et leur ami Alain Mercier entouraient Rupied, paré des prestiges d'un général en exercice. Bernard l'avait interrogé sur le risque que des ouvriers révolutionnaires attaquent l'Elysée.

Sur la cheminée du salon, encadrant la photo de Jeannot, le héros de 14, Marie Léostic avait disposé deux statuettes du seizième siècle, trouvées par le chanoine sous les combles de l'église de La Landriais, et apportées en cadeau au « château » — ainsi le curé appelait-il révérencieusement le manoir. Sur le piano recouvert de velours, traînaient des livres de La Varende, de Gustave Thibon, les journaux *L'Action française, Gringoire,* ainsi que *Les Jeunes Filles* de Montherlant.

— Il vient de sortir, non ? Comment est-ce ? demanda Alexis à Boulet-Montreuil.

— C'est mon épouse qui lit ces choses, répondit-il en fixant le foyer de son cigare. Les femmes adorent qu'on les méprise, pourvu que ce soit dans la langue ronflante qu'elles ont apprise chez les sœurs...

Il ajouta, assez fort, exprès :

— Il n'y a qu'elles pour ne pas voir que Montherlant leur préfère les garçons !

Son beau-père mordit à l'hameçon. Cette querelle revenait souvent après le déjeuner, lorsque menaçaient les antiques discussions sur l'avenir du manoir ou les bijoux de Marguerite.

— Enfin, Henri, gronda le général, on ne parle pas ainsi du secrétaire général de l'ossuaire de Douaumont ! Pas devant les enfants !

— Lyautey l'était bien ! insista Boulet-Montreuil, soucieux de marquer ses distances avec la famille, aux yeux d'Alexis.

Le général n'était pas disposé à placer son couplet sur Lyautey. Il n'avait pas eu son compte, à table, de ruminations politiques.

— En attendant, ce Montherlant défend les valeurs qui ont fait la France. Ce n'est pas comme vos Malraux et vos Gide, ces révolutionnaires en peau de lapin !

Il revenait sur les craintes que lui inspirait le Front populaire. Ces « gens » étaient incompétents, mauvais patriotes. Les impôts nouveaux ne serviraient à rien, pas même à aider les pauvres, qui n'en demandaient pas tant. Maurras condamné en correctionnelle ; le préfet Chiappe et Philippe Henriot invalidés la semaine précédente ; les « Croix-de-feu » dissoutes, alors que leur fédération d'Ille-et-Vilaine tenait garden-party au manoir « pas plus tard que dimanche dernier » ; d'après Kérillis, le gouvernement livrerait des tourelles de cuirassés aux Soviétiques... Le pays allait au gouffre ! Sans parler des étrangers qui déferlent !

— Ce n'est pas vous qu'il vise, glissa Boulet-Montreuil à Alexis, pour excuser son beau-père.

— En réalité, dit Alexis, c'est la bourgeoisie qui a donné un caractère cosmopolite à la production et à la consommation, Engels le notait déjà il y a un siècle...

Boulet-Montreuil lui décocha un sourire ravi :

— Le prince Scherbatoff a raison, père : c'est nous qui avons enlevé à notre industrie sa base nationale, et fait le lit des métèques. Je vois, aux Pompes Montreuil...

— Henri !

L'exclamation était venue du métier à tisser, où sa femme Lise rebrodait pour la troisième fois le bec luisant du perroquet.

Par la porte-fenêtre, on voyait la pelouse plonger en douceur vers la Rance. Après un fort grain, le ciel se dégageait. Le vert émeraude de l'estuaire faisait paraître sombres les feuillages qui encadraient la vue, bornée au loin par les remparts de Saint-Malo. Allait-on prendre le café dehors ? Le « fond de l'air » s'y prêtait-il ?

— C'est quoi, ce « fond de l'air » dont les Français parlent tout le temps ? demanda Alexis avec son accent slave qui enchantait les dames.

— Venez ici que je vous explique, lança Lise, sans quitter sa tapisserie. Le « fond de l'air... », c'est ce qu'il reste de la conversation en famille quand on ne s'entend plus sur rien.

Elle posa sa main sur le poignet d'Alexis.

— Cela doit faire tout bête, nos histoires de « fond de l'air », après le vent des steppes ! D'où êtes-vous, cher prince ? Pétersbourg ? Odessa ?

Alexis ne savait comment dégager sa main et éviter le regard de Lise, suppliant. Le général Saint-Aubert était reparti au galop :

— Salengro, leur ministre de l'Intérieur, s'oppose aux occupations d'usine, et Thorez dit qu'il ne les a pas conseillées. Mais il dit aussi, leur Thorez, qu'il n'acceptera pas qu'on « fasse violence à la classe ouvrière » ; il s'en prend aux

« exploiteurs rebelles à la loi »... Vous ne savez pas la dernière ?

Marie Léostic apportait le plateau de café, « finalement à l'intérieur ». Le général attendit qu'elle eût quitté le salon pour enchaîner, dents serrées :

— Les « congés payés », que, par parenthèse, les syndicats n'avaient pas demandés, un règlement va les étendre aux agriculteurs et aux domestiques, alors que les paysans sont au grand air toute l'année, et que les bonnes nous accompagnent en vacances... Tout cela, pour attiser la haine de classe ! Blum ne sait faire que cela. Même pas bon financier, comme les gens de sa race. Il sera obligé de dévaluer à la rentrée. Les communistes le lâcheront, après l'avoir plumé. Il est déjà minoritaire dans le pays. Il se maintient au mépris de la démocratie...

Marguerite, qui s'était assoupie dans sa bergère attitrée, ouvrit un œil. A ce moment de la conversation, elle trouvait toujours que son frère n'allait pas au bout de son analyse. C'était du suffrage universel que venait le mal.

— La folie, dit-elle, c'est que nos votes ne pèsent pas plus que ceux des gens qui n'ont rien à perdre !

— Rétablissons le suffrage censitaire, ironisa Boulet-Montreuil.

— Ce qui m'étonnera toujours, glissa-t-il à Alexis, c'est que les bourgeois français soient encore aussi puissants, vu les conneries qu'ils arrivent à débiter le dimanche, depuis tant de temps, entre la messe et le pousse-café !

Le général en venait à ses prévisions d'Apocalypse :

— Vous verrez que les juifs et la City de Londres vont nous précipiter dans un conflit qui n'est pas le nôtre. Le cœur n'y est plus, chez nous, comme en 14. Les instituteurs et des artistes irresponsables ont brisé la fibre patriote. Mieux vaudrait s'entendre avec le Führer, chez qui tout n'est pas mauvais, et dont la politique sociale est autrement hardie que celle de Daladier...

Après une lampée de calvados, il en vint aux remèdes :

— Nous ne nous en tirerons pas sans un homme à poigne. Pétain a bien parlé d'ordre et d'autorité, l'autre jour, à Colmar, je le tutoie, il est avec nous ; mais il est plus vieux que moi de quatre promotions, quatre-vingts ans cette année ! Le petit La Rocque a la mâchoire qu'il faut, mais il a manqué de couilles, en 34. Eh bien, mais toi, Rupied, qu'est-ce que tu attends pour remettre à l'honneur l'amour de la France ? Tu aurais des millions de vrais patriotes derrière toi !

— Oh, moi, s'excusa Rupied. J'obéis, c'est déjà assez difficile !

Boulet-Montreuil cessait de plaisanter :

— Que pense de tout cela le président Lebrun ?

— Il pleure, dit Rupied.

— Blum aussi pleure, s'esclaffa Saint-Aubert. Ils pleurent tous. La France de Foch, dirigée par des hommes luisant de larmes !

Son rire de gorge fut interrompu par un petit cri de Marguerite, qui portait la main à son cou.

— Encore ton arête ? s'agaça le général.

Sa sœur désigna le parc. Les chiens Thorez et Cachin piétinaient les bégonias plantés avec tant de mal par Léostic, face au perron. Jésus tentait en vain de les attraper, houppelande au vent. Deux filles de la blanchisserie traversaient la pelouse vers la plage privée du manoir, des serviettes à fleurs nouées sur leurs corps nus. Un air de java montait du pré Noiraude.

— A propos d'homme à poigne pour la France, dit calmement Lise sans lever les yeux de sa tapisserie, on n'a pas décidé comment, sous nos fenêtres, force resterait à la loi !

Le déjeuner s'était passé à examiner les moyens de chasser les campeurs. Rupied avait déconseillé le recours aux gendarmes. Consulté au téléphone, Guy La Chambre, président de la commission de Défense nationale, et propriétaire d'un manoir sur l'autre rive de la Rance, avait répondu de « ne rien brusquer ». Le curé doyen s'offrait à vérifier les papiers ecclésiastiques du vicaire torse nu, lorsque celui-ci lui rendrait visite, mais il se jugeait incapable, « depuis son infarctus », de négocier un retrait qui ne le regardait pas. Lise excluait qu'on renvoie en première ligne son fils Hubert.

Marguerite sentait son arête lui déchirer le larynx.

— L'aviateur, à présent ! Vous avez vu cette tenue ? Enfin, Xavier, tout de même, pour l'honneur de l'armée !

Polo rejoignait les baigneuses en vareuse de

sergent et caleçon. Le général n'était pas scandalisé, parce qu'il n'était pas surpris :

— Normal ! dit-il. L'armée de l'air est trop récente pour avoir des traditions, et trop mécanisée pour éviter un afflux de voyous. On y monte trop vite en grade. C'est un repaire de rouges. N'est-ce pas Rupied ? De vrais arsouilles, avec leurs petites casquettes sur l'œil ! Et ce n'est pas M. Cot qui les mettra au pas !

— C'est égal, grommela Marguerite. Guynemer n'aurait pas toléré ! Ni Mermoz !

Saint-Aubert mordit sa moustache. Chaque été, un déjeuner, au moins, dégénérait. Les griefs de la plus tendre enfance remontaient à la surface. On s'arrachait les dépouilles des plus âgés, qui tendaient aux autres leur proche trépas comme une arme. « Vous verrez quand je n'y serai plus », « Vous me regretterez ! », « Mieux vaut que je disparaisse ! », « ou plutôt non : vous seriez trop contents ! »... « Et ces enfants qui ne sont plus élevés ! », « Je vais de ce pas changer mon testament, vous l'aurez cherché ! », etc. On montait dans sa chambre, on redescendait au salon en brandissant un papier timbré ou une broche de saphir, on ressortait en claquant la porte... Selon l'inspiration et la météo, le grabuge durait l'après-midi ou jusqu'au surlendemain. Il s'achevait dans des réconciliations mouillées, ou un silence las. La présence d'étrangers à la famille n'empêchait pas les éclats. Il arrivait qu'elle les favorisât. C'était à qui braverait l'opinion des tiers. « Parfaitement, je ne crains pas de le dire devant Untel et Untel. »

Pauvres « Untels », qui regardaient la pendule, vantaient la vue, le climat.

Ce jour de gloire était arrivé. Bien que les vacances fussent à leurs débuts, malgré la présence du curé doyen, de Rupied, d'un prince slave, et du danger marxiste, l'occupation du pré Noiraude par une horde de blanchisseurs fit de ce 20 juillet 1936 une date dans les annales du manoir. Boulet-Montreuil alléguait son état de gendre pour s'abstraire des chamailleries. Il se pencha vers Alexis :

— Prenez des notes, Scherbatoff, prenez des notes, mon vieux ! Vous avez devant vous tout le théâtre puéril dont la France est capable !

Marie Léostic remportait le café. Saint-Aubert fit diversion :

— Vous les avez vus de près, ces romanos, Marie ? Ils sont combien ? Comment se comportent-ils ? Ils sont armés ?

Marie gardait le plateau en mains. Elle avait l'accent saccadé et bourru de la région :

— Une vingtaine, à c' qu'on dirait ! De braves petits, par exemple ! De l'appétit, ça, dame oui. On leur compte les côtes, si c'est pas malheureux de voir ça !

Marie allait sortir. Marguerite ronchonna :

— Ça ne pense qu'à manger ! Les baignoires que Blum leur donne, il paraît qu'ils les remplissent de boustifaille et de charbon pour l'hiver. Vous saviez ça, Marie ?

Marie avait disparu vers la cuisine sans demander son reste. Lise se pencha vers Alexis, avec un mauvais rire :

— Tout pour la boustifaille... et le reste ! Le menuisier de La Landriais raconte que les lits-armoires perdent leurs chevilles tellement... les péquenots font l'amour !

Alexis fit celui qui n'avait pas entendu ; Boulet-Montreuil de même, ce qui renforçait leur connivence. Le couple qu'il formait avec Lise était inimaginable au lit, ou seulement en tête à tête. Hubert, le scout modèle, avait hérité de ce malentendu un air lisse de poupée. Il s'enivrait de perfection comme d'autres se soûlent de désordres. A présent, il donnait le bras à sa grand-tante Marguerite, sur le perron, et lui ouvrait son ombrelle de satin.

Car c'était décidé : ce serait elle qui irait au pré Noiraude poser un ultimatum de vingt-quatre heures. Avec une femme, et d'âge, les « rouges » tempéreraient leur arrogance. Le général se tiendrait en réserve, prêt à intervenir sur un signal convenu, trois moulinets d'ombrelle.

— Sais-tu ce que me disait mon père ? confia Saint-Aubert à son petit-fils Bernard, en montrant Marguerite qui descendait la pelouse d'un pas résolu : « Ta sœur mériterait d'être un homme ! »

— Il va y avoir la guerre, bon-papa ? demanda Bernard, sans transition.

Saint-Aubert se cambra, se massa les reins :

— Si les Français prennent l' « apéro » et vont aux bains de mer au lieu de tourner les obus qui feront réfléchir Hitler, sûrement ! N'est-ce pas, Rupied ?

Bernard étêtait les fleurs de la pelouse à coups de badine. Il se tourna vers Rupied :

— Le devoir d'un futur officier n'est-il pas de renverser par tous les moyens un gouvernement qui fait courir tant de dangers à la patrie ?

Boulet-Montreuil et Alexis s'étaient rapprochés des stratèges.

— Qu'en pense le prince ? demanda Rupied, heureux de la diversion.

Scherbatoff essuya ses lunettes, les remit avec lenteur, puis proféra d'une voix d'oracle :

— Je pense qu'Hitler sera ici dans peu de mois ! Et j'aime l'idée qu'il trouvera les Saint-Aubert fidèles à eux-mêmes, comme les bolcheviques ont trouvé les tsaristes de mon espèce : devisant à la fraîche, des robes blanches éparses dans un pré, les chemises de soie des enfants maculées de moka et sortant des culottes de velours... La vertu doit accepter de perdre pour ne pas se perdre. De même la démocratie...

Alexis n'acheva pas sa phrase. Tandis qu'il parlait, Victoire avait traversé le salon en compagnie d'Alain, l'ami de son frère. Elle avait revêtu une jupe de toile écrue et un pull-over à encolure si large qu'il découvrait l'une après l'autre ses épaules nues. D'un vieux phono posé sur le billard, s'éleva un air qui faisait fureur, cet été-là. Elle voulait apprendre à Alain une danse nouvelle. A chaque syncope de l'orchestre, les couples devaient se faire face, se taper la cuisse, et crier : « oh ! », l'index en l'air. Alain refusait. Adossé au mur, morne, il laissait Victoire danser seule, et rire de ses pitreries en écartant les mèches qui lui battaient le visage.

Scherbatoff frappa du poing droit dans sa paume gauche :

— Il me la faut ! Il me la faut !

Sur le perron, les deux généraux continuaient à deviser, entourés de Bernard, du petit Hubert, et de Boulet-Montreuil. Bernard singea la danse de sa sœur Victoire, et prit le général Rupied à témoin :

— Ce n'est pas avec ces musiquettes décadentes des Anglo-Saxons que l'Europe se sauvera, n'est-ce pas, mon général ?

Rupied évitait d'entendre. Il regardait Marguerite descendre la pelouse à pas comptés. Il lui trouvait du panache.

Bernard envoya son jeune cousin Hubert, qui était à sa dévotion, interrompre la musique de danse et la remplacer par le disque de *Giovinezza,* qu'il avait rapporté de ses vacances de Pâques à Rome, avec les *Jeunesses patriotes* de Taittinger. Depuis ce voyage, il ne jurait plus que par le Duce, et rêvait d'un Mussolini français. La marche fasciste couvrait des bruits lointains de cloches. Ce mélange d'Italie martiale et de sonnailles bretonnes étonnait Alexis.

— Les démocraties ne peuvent plus se permettre d'attendre, l'arme au pied, que les Soviets les dévorent, repartit Bernard. Elles doivent se muscler, se donner des chefs à ventres plats.

— Mussolini est plutôt bedonnant, ironisa Rupied.

— C'est du muscle ! rectifia Bernard. Je l'ai vu manier la pioche, torse nu, dans les marais Pontins ! C'est autre chose que votre Lebrun en gibus !

Alexis était de nouveau distrait de la conversation par Victoire, qu'Alain entraînait sur l'autre versant de la pelouse, vers un séquoia au tronc rose. Ce qui ressemblait à du dépit amoureux lui donnait des ailes :

— Si vous souhaitez la manière forte, dit-il à Bernard, pourquoi vous arrêter en chemin ? J'ai traversé l'Allemagne pendant l'été 34, croyez-moi : les Hitlerjungen ont le ventre encore plus plat que vos Romains d'opérette, avec leurs chéchias à pompons ! Les saluts à la croix gammée dans les clairières de la Forêt-Noire, ça vous a une autre gueule !

Bernard était pris de court :

— L'Allemagne reste l'ennemie. Et les Français sont profondément méditerranéens. C'est le modèle fasciste de notre sœur latine et catholique qu'il nous faut !

Alexis ne plaisantait plus. Une bouffée d'émotion l'obligeait à forcer la voix. Les mots se précipitaient :

— Il n'y a pas de bonne dictature ! Toutes conduisent à la même infamie !

Son menton tremblait. Comment dire ce qui lui brûlait le cœur ? qu'il détestait les Etats aux étendards claquants, les guides à baudriers, salués de chants mâles et unanimes ; qu'il aimait la démocratie tant décriée par le manoir, ses présidents en queue-de-pie, ses comités combinards, ses banquets, ses amendements, ses cabinets démissionnaires sautillant sur des perrons ! Il aurait voulu célébrer sans rire Herriot, Sarraut, la France à besicles et à bedaines !

— Heil der Republik ! (Vive la République !), cria-t-il en claquant des talons.

Boulet-Montreuil sourit et applaudit en même temps. Les généraux et Bernard restaient cois.

Marguerite était arrivée au pré Noiraude, où Jésus et Marie Mousseau épluchaient des haricots. Du manoir, il était impossible d'entendre la conversation, qu'aucun geste ne permettait d'imaginer. Les chiens Thorez et Cachin tournaient autour de la châtelaine avec bonhomie. L'ombrelle restait fichée en terre, signe qu'aucun secours n'était requis.

Dix minutes s'étaient écoulées lorsque Marguerite et Marie Mousseau se rapprochèrent l'une de l'autre. Elles parurent lever la jambe. Bernard proposa d'aller voir de plus près. Rupied l'en dissuada.

— Tu as été épatante. Tu sais ce que disait papa ? déclara Saint-Aubert sur le ton du commandant fier de ses troupes, lorsque sa sœur remonta du pré, aussi tranquillement qu'elle était descendue. Ils ont promis de partir ?

Marguerite eut un rire cristallin de petite fille. Elle gagnait du temps. Elle ne savait comment avouer qu'elle n'avait pas mérité tant d'admiration.

La mission s'était déroulée de façon pacifique et rieuse. « Alors, la mère, on prend le frais ? », avait risqué Marguerite. « A mon âge, on n'a plus jamais chaud ! », avait répondu Marie Mousseau. Après d'autres banalités sur le fond de l'air, elles avaient constaté qu'elles étaient nées le même mois de 1862. Huit ans à la Commune ! Elles s'en souvenaient mieux que de l'Exposition coloniale de 1931. Le père de Marguerite était conseiller d'Etat et versaillais de cœur, le père Mousseau était blanchisseur et communard dans l'âme ; l'une connaissait des officiers qui avaient tiré, à la porte du Point-du-jour, l'autre un des ouvriers tombés, au même endroit, sous les balles de l'armée ; mais l'appartenance à la même génération avait été plus forte que les dissentiments à propos d'une histoire qui leur échappait, à Marguerite comme à Marie. Elles avaient évoqué Gambetta, les embrassades de novembre 18, fredonné des airs d'époque, esquissé un pas de matchiche ; d'où la méprise des hommes quand ils les avaient vues lever la jambe. Sur l'autel portatif du vicaire jociste, Marguerite avait repéré *Les Jeunes Filles.* « Quelqu'un qui lit Montherlant ne peut pas être un sauvage », s'était-elle dit. « Au fond, nous sommes faits pareil, avait-elle conclu, assez fière de son bon cœur. — Quoi don ? » avait demandé Marie, en la complimentant sur son jabot de dentelle. « Une misère, à repasser ! », avait-elle ajouté, en recommençant à écosser ses haricots, signe que, pour elle, l'entretien était clos. Marguerite avait perdu le goût, et jusqu'à l'idée, de chasser sa contemporaine.

— Ils sont d'accord pour emménager à l'école publique ? continua Saint-Aubert.

Marguerite pénétra, sans répondre, dans le salon. Elle s'assit derrière le métier à tapisserie, près de sa nièce Lise. De la pointe des ciseaux, elle coupa les laines noires formant le bec du perroquet.

— Ça ne va pas du tout ! On doit l'entendre claquer, ce bec, comme une boîte à poudre !

— Assez de mystère ! s'énerva Saint-Aubert. Qu'ont dit nos chers blanchisseurs ?

— J'espère que vous notez tout cela, la troupe Saint-Aubert est dans sa forme des grands jours, glissa Boulet-Montreuil à Alexis.

Ce dernier ne s'intéressait plus à la défense du manoir ni à celle de l'Occident. Il n'avait d'yeux que pour Victoire, là-bas, près du séquoia, qui écoutait Alain Mercier en silence, à distance, de biais, de force, et qui faisait rouler une pomme de pin entre ses paumes.

— Il me la faut ! répéta-t-il à mi-voix.

— Marguerite ! ordonna Saint-Aubert. Cette manie de ne pas répondre quand on te parle ! Maman en souffrait assez ! Quand partent-ils ?

Marguerite ajouta une plume jaune vif à la crête du perroquet :

— Je les ai priés de rester, annonça-t-elle à la cantonade. Après tout, le pré Noiraude est à moi, que je sache...

IV

— Il n'y a rien à attendre de qui n'a rien, en soi, à opprimer.

Alain Mercier rejeta d'un coup de tête la mèche qui s'obstinait à lui barrer le front. Il poursuivit :

— De deux choses l'une...

Victoire dessinait du bout de son pied nu dans les brindilles qui entouraient le séquoia. La lenteur appliquée de son geste l'aidait à se contenir.

— « De deux choses l'une », « de deux choses l'une » : je n'ai jamais compris ce que cela signifiait. Pourquoi pas : « d'une chose, deux » ? Ça se dit : « d'une chose, deux » ?

Alain enfonça ses poings dans ses poches en regardant ses pieds.

— J'ai communié pour nous, ce matin, en prévision de... ce que nous avons à décider. Pas toi. Pourquoi ?

Victoire lança au loin la pomme de pin qu'elle tenait depuis le début de l'entretien, et dont la résine lui avait poissé les mains.

— Parce que... Dieu m'a faussé compagnie cet hiver, si tu veux savoir.

Alain s'arrêta. Sa mèche retomba sur l'œil, noir de reproche. Victoire lui sourit. Les indignations d'Alain l'énervaient et l'attendrissaient. Comme son frère Bernard, Alain rêvait d'égaler en héroïsme la génération des tranchées. Tous deux cultivaient les coups de menton, les abstinences fières. Fiancés à la grandeur, ils se sentaient un capital d'orgueil à monnayer en vies prodigieuses. Amiral, trappiste, espion : qu'importait pourvu que « ça dégote ! » Chez Bernard, l'idéalisme tournait à la passion politique ; chez Alain, au mysticisme. Fils unique de tué à la guerre, Mercier avait vécu dans les jupes d'une mère abusive que Victoire, masquant sa jalousie sous l'irrespect, appelait par son prénom, « Suzanne ». Alain préparait l'Ecole navale avec Bernard Saint-Aubert, derrière les murailles du collège Sainte-Geneviève, à Versailles. Des dizaines de jésuites chauffaient à blanc la résolution des élèves de servir ensemble Dieu et le drapeau. Réveils avant le jour, toilette à l'eau froide, travail forcené, discipline de noviciat : tout était fait pour former de purs esprits, des caractères entiers, des êtres poncés, rodés à tous les sacrifices, prêts à grossir joyeusement les listes dorées des monuments « aux élèves morts pour la France ». Quoi de plus beau, que de donner sa vie pour son pays ! Cela s'écrivait au tableau, se commentait en classe, se chantait, se gravait derrière les petites nuques, tendues par paquets de quarante vers leurs équations et des destins intrépides.

L'été 1935, Mercier avait passé une semaine au manoir, invité par Bernard. Dès le deuxième soir, il avait glissé sous la porte de Victoire une lettre lui déclarant son « amour ». Victoire avait été touchée par cette gaucherie exaltée. Le 20 juillet 1935, veille de son départ, Alain l'avait entraînée hors du salon où s'éternisait un bridge. Bernard, qui jouait volontiers les chefs de famille, s'était abstenu de réagir. Alain l'avait prévenu solennellement, avant le dîner, qu'il « aimait Victoire pour la vie », et qu'il allait l'en informer. La scène s'était passée sous le séquoia. La pleine lune inondait les pelouses d'un blanc neigeux. « Je t'aime devant Jésus-Christ », avait proclamé Alain précipitamment. « Du calme ! avait ironisé Victoire en passant sa main sur la mèche rebelle de son soupirant. Aimer, aimer : sais-tu ce que cela veut dire, seulement ? Si le verbe n'existait pas, comment t'y prendrais-tu pour le faire savoir ? » Elle l'avait embrassé sur la joue. « Ces choses ne se déclarent pas, en effet, elles se prouvent, avait continué Alain en prenant Victoire par les épaules. Et il n'y a de preuve que dans l'épreuve du temps. Donnons-nous un an sans nous voir. Rendez-vous, sous ce même arbre, le 20 juillet 1936. Si nous sommes toujours dans les mêmes dispositions, ce sera à la vie à la mort ! » Un an s'était passé selon le pacte, sans entrevue ni lettre. Depuis trois jours, chacun attendait la date fatidique, avec une fièvre inégale.

— Dieu ne nous fausse jamais compagnie, dit

Alain. C'est nous qui refusons sa présence. Moi, il m'a déjà exaucé en partie, puisque...

— Puisque ?

— J'intègre à Flotte, quatorzième !

Avant le déjeuner, Alain avait reçu un appel téléphonique de sa mère, qui lui annonçait son résultat. Il en réservait la primeur à Victoire, espérant que ce succès contribuerait à la convaincre.

— Et Bernard ? s'inquiéta Victoire.

— Collé, dit Alain, le plus neutre possible.

— Le pauvre ! Il y croyait tellement ! Et de se dire que toi... Vous rupiniez à peu près pareil, non ?

— Sa passion pour Mussolini... Son voyage à Rome... Il était moins fana que l'an dernier. Il disait : « Il y a plus urgent que la guerre, il y a les civils à remettre debout ! » Ce genre de programme n'aide pas à chiader la trigo !

— Pauvre ! dit encore Victoire... Quatorzième, toi ? Mais c'est formid' ! Tu finiras amiral ! C'est agréable, non ? de faire envie ?...

— Faire envie ? C'est-à-dire ?

— Ben oui, quoi, que les autres crèvent d'être à votre place...

Alain ne jugeait pas Victoire : elle lui était incompréhensible. Les mathématiques et la religion le fermaient à toute futilité. Il mettait le cœur en équation.

— Alors, c'est oui ? On se fiance ce soir, et on se marie dans deux ans, après la croisière sur *La Jeanne ?*

Victoire caressa les cheveux d'Alain.

— J'adore passer la main dans ta mèche, dit-elle. J'adore ta bouche, aussi. Donne-moi ta bouche !

— On risque de nous voir, bafouilla Alain.

— Comme ça, tu seras obligé de « réparer ». Tu auras ce que tu veux... Enfonce ta langue, j'ai envie.

Alain ramassa une pomme de pin et fit le tour du séquoia. Il avait rougi. Il parlait d'une voix de confessionnal :

— C'est un péché. Même ça. Dans ce monde souillé, il faut être monstrueux de noblesse, tu comprends ? L'honneur, l'amour, c'est un même mot. J'ai juré de dire non à la décadence... Je vis, c'est encore trop... Il faut rester debout, écouter la source d'amour en soi. L'absolu ou rien !

C'était au tour de Victoire de ne rien comprendre.

— Tu parles comme un séminariste, s'énerva-t-elle. Dieu n'exige rien de tout ce que tu racontes. La vie, c'est autre chose que tes grands mots pour carnets de retraite. C'est fait d'à-peu-près délicieux, de jolis manquements. Embrasse-moi. Je te le demande !

— Engageons-nous d'abord ! C'est une question d'âme !

Victoire recula, comme sous l'effet d'une frayeur brusque :

— Ton âme sent le froid. Le froid des idées, le froid de la mort. Alain, pourquoi n'as-tu pas de...

Elle ne contrôlait plus ses mots. Elle fixait les

bras d'Alain, que sa chemise de tennis rendait chétifs, enfantins. Elle observait la moue du visage buté, la rectitude farouche des sourcils.

— Pourquoi n'as-tu pas de... corps ?

Et encore :

— Je hais Suzanne de t'avoir rendu si inhumain !

— Maman n'a rien à voir là-dedans ! protesta Alain, choqué. Elle aussi serait capable de me trouver ridicule. Elle est de ton côté, à sa manière, du côté des compromis de la vie. Alors, c'est oui ?

Victoire se fâcha :

— Pas aujourd'hui... Pas là, maintenant. Nous ne savons rien l'un de l'autre, et ce que tu me montres m'effraie. Je n'ai même pas dix-huit ans... Regarde mon oncle et ma tante Boulet-Montreuil, mariés à notre âge, ici même, sans savoir ! Regarde où ils en sont ! Comme c'est hideux à voir, la façon dont ils détestent leur décision d'autrefois !

Du séquoia, on devinait Lise à sa tapisserie. Alexis Scherbatoff lui tenait compagnie. Saint-Aubert et les autres avaient raccompagné le général Rupied à sa voiture.

— Les voies de Dieu sont impénétrables, dit Alain. Ton oncle et ta tante obéissent peut-être à une volonté qui les comblera, un jour, de ses bienfaits.

— Au paradis, tu veux dire ? En attendant, tante Lise devient folle de chasteté, et l'oncle Henri compte les heures qui le séparent de sa petite Lily, dans un rez-de-chaussée de l'Ecole militaire. Si c'est ça, la Providence...

— Tu as des excuses de ne pas comprendre. Tu as le raisonnement gâté par l'exemple de ton père. Lui aussi s'apercevra un jour que...

Victoire s'irrita :

— Laisse papa ! Il est bien où il est. Tant qu'il pourra prendre le coude d'une jolie femme au bar des premières classes, il sera heureux. Donc gagnant. Le plaisir, ça ne manque pas d'allure non plus ! Et s'il n'y avait rien d'autre ?

— Le plaisir est toujours pareil. On y tourne en rond.

— Et ta sainteté, tu crois qu'elle ne se répète pas ?

Alain ne s'adressait plus à Victoire mais à lui seul, comme s'il s'épanchait en confession :

— Si, mais elle le sait. La sainteté sait que la vie est faite pour revenir au point de départ. La vie n'a d'autre but que de nous ramener là d'où nous sommes partis...

Revenir d'où ? Rentrer où ? Victoire commençait à haïr ces généralités fumeuses et altières. Que signifiait ce retour au ventre maternel, à l'eau primordiale ?

— Tu me fais peur. Tu es fou, je crois, dit-elle tendrement.

— Alors ? insista Alain, au garde-à-vous.

Elle s'écarta :

— C'est... C'est : NON.

Victoire regarda vers le manoir. Lise était sortie sur le perron. Elle donnait le bras à Scherbatoff.

— Tiens, dit Victoire, tante Lise essaie de

séduire le prince. C'est le bon Dieu qui va être content !

Alain crut découvrir une explication au refus de Victoire :

— C'est à cause du Russe, que tu te renies ?

Victoire explosa :

— Je ne me renie pas, et je me fous du Russe. Je le trouve laid, avec ses cheveux rouquins et ses lunettes. Laid et mielleux. Il veut trop plaire à l'oncle Henri, se faire accepter. On dirait qu'il passe sa licence en bourgeoisie française. Mais lui au moins...

— Lui au moins quoi ?

Victoire remontait la pelouse. Elle se retourna. Sa jupe volait autour d'elle :

— Lui, au moins, il me fera l'amour.

Devant la porte-fenêtre du salon, que le soleil déclinant incendiait tout à coup, Lise se pencha à l'oreille d'Alexis, lui pressa le bras.

— Si vous n'avez jamais vu une jeune fille envoyer baller un amoureux, c'est le moment, prince. Ma nièce Victoire a la joie amère de qui vient de dénouer un serment, je ne me trompe jamais là-dessus. Et ça la rend belle, vous ne trouvez pas ? Dommage qu'elle ait ces mains carrées, gauches, rouges, ces mains de garçon.

— J'adore ! dit Alexis. J'aime le défaut qui souligne la perfection du reste. Elle devrait tout le temps montrer ses mains, au contraire.

— Vous la désirez, n'est-ce pas ?

— Oh oui ! lâcha Alexis, comme un gosse.

Puis, pour lui seul, tandis que Victoire levait vers eux un sourire épuisé par l'effort, mais illuminé par sa liberté fraîchement conquise :

— Je l'aurai.

V

— Vise le mec, eh !

La marée s'essoufflait. Le haut de l'eau ne laissait subsister de l'anse de La Landriais qu'une langue de sable. Le soleil disparaissait derrière le manoir, étirait l'ombre des toits, et réservait ses derniers feux pour l'autre rive de la Rance. Au loin, les remparts de Saint-Malo se teintaient de vieux cuivre. Deux mouettes immobiles guettaient le moment où la mer étale regagnerait le large dans des bouillonnements impatients, s'écorchant aux perches des passes, aux pointes semées d'écueils.

— Non mais vise-moi c'te gonzesse !

Les « congés payés » des Binelles prenaient leur dernier bain de l'après-midi. Les filles de la blanchisserie se contorsionnaient pour se rhabiller sans être vues de Gabin et de Polo. Odette Mousseau tricotait un pull-over pour Gabin, et l'appelait en vue d'un essayage. L'abbé Martinière ne parvenait pas à faire sortir de l'eau ses gamins, excités par trois heures de baignade. Le boute-en-train de la bande, Jean-Jean, dansait *travadja la mouker,* les reins ceints de varech.

— Oh eh, pê, le garde champêtre !

C'était un autre « faucon », Raymond Soupier, son caleçon sur la tête et tirant sur son sexe rabougri par l'eau froide, qui alertait en vain les campeurs. Hubert Boulet-Montreuil le scout du manoir, avait surgi en roue libre sur son vélo neuf, un Alcyon gris perle à dérailleur, pneus demi-ballon à flancs blancs. Insignes dehors et foulard repassé, il s'apprêtait à clouer sur un arbre une pancarte où il venait de tracer à la peinture noire : « Propriété privée ».

Raymond grimpa sur le talus, s'empara de la bicyclette et roula jusqu'au sable, couché sur le guidon.

— C'est moi que j' suis Antonin Magne ! cria-t-il.

— On n'a pas le droit d'aller sur le sable à vélo, récita Hubert. Après, ça rouille.

— Raymond, rends-lui sa bécane, commanda l'abbé. Et viens t'habiller, tu trembles, tu n'as pas fait ta réaction. Ici ! Raymond !

Raymond essaya de remonter le talus à vélo, et tomba.

— J' m'en fiche, gronda Hubert, s'il y a des réparations, ce n'est pas nous qui les paierons. Nous vous ferons tenir la facture. Comment vous appelez-vous ?

— Eh, oh, mollo, lança Polo en vissant sa casquette sur l'œil et en s'approchant d'Hubert, d'une démarche chaloupée. On n'a pas pris la Bastille pour des prunes...

— Moi, c'est Soupier Raymond, dit Raymond en avançant vers le scout, d'un pas également étudié pour intimider.

Hubert lâcha l'écriteau, qui tomba dans le sable, et ramassa sa bicyclette. Il tenait le guidon des deux mains, très fort, et plantait son regard dans celui de Raymond :

— On dit pas : Soupier Raymond, on dit : Raymond Soupier. Soupier Raymond, ça fait « congés payés » !

— Ça fait quoi ? interrogea Raymond, de plus en plus susceptible.

— Ça fait commun, s'enferra Hubert. Et aussi, on ne touche pas à son petit oiseau, ça fait pleurer la Sainte Vierge !

Les campeurs éclatèrent de rire. L'abbé voulait éviter un incident qui les mettrait dans leur tort vis-à-vis du manoir.

— A présent, on se rhabille, cria-t-il en donnant une claque sur les fesses de Soupier.

Polo était monté sur le talus, et empoignait le porte-bagages de l'Alcyon gris perle.

— Et toi, c'est comment, ton blase ? fit-il, l'air très méchant.

— Boulet-Montreuil, détacha Hubert avec une conscience aiguë de sa dignité.

— Comme la station de métro ? s'esclaffa Polo. On se met bien ! Ça, au moins, ça fait pas « congés payés » !

— C'était mon grand-oncle, précisa Hubert, au

bord des larmes. Le philanthrope Boulet-Montreuil.

— C'est quoi un philanthrope ? Une race de singe ? ironisa Polo.

— C'est quelqu'un qui aime l'humanité, sanglota Hubert. c'est pas comme d'autres...

Il tenta de partir par surprise. Mais Polo retenait le garde-boue arrière, et Hubert se cogna violemment le tibia contre la pédale. Du sang perlait.

— T'en verras d'autres à la guerre ! commenta Polo. Alors, Boulet comment ? C'est comment, ton petit nom ?

Hubert pinça les lèvres, dans un refus qu'il jugeait héroïque. Il se voyait en Jeanne d'Arc, tenant tête à l'évêque Cauchon.

L'abbé voulait en finir :

— Chez toi, ta mère, comment elle t'appelle ? demanda-t-il en faisant signe à Polo de lâcher le porte-bagages.

Hubert fondit en larmes :

— Elle m'appelle : « mon bébé chéri » !

Le campement partit d'un long fou rire. Hubert ne demanda pas son reste. Des « vas-y Maes ! » et autres allusions au Tour de France 1936 saluèrent sa montée en danseuse vers le manoir. On allait quitter la plage en supputant les suites des brimades infligées au fils du château, lorsque Odette eut un cri :

— Oh, regardez !

— Où ça ? demanda Gabin.

— Là, juste dans le remous...

Gabin rejeta le « dos » du tricot qu'Odette avait étalé sur ses épaules, et plongea vers le canot des Saint-Aubert, mouillé au large. L'objet suspect dérivait à grande allure. Tantôt, une touffe de poils collés émergeait des tourbillons; tantôt, les baigneurs ne voyaient plus rien, tentaient de deviner l'endroit de la prochainc apparition, et sous-estimaient la distance parcourue.

— Si c'est ce que je pense, c'est personne de chez nous, annonça Polo, après avoir vérifié que tous les campeurs étaient sortis de l'eau.

D'un rétablissement, Gabin monta à bord du canot, baptisé *La Marguerite,* du nom de la châtelaine. Voulant mettre le moteur en route, il en fut empêché par trois cadenas.

— Vous n'avez pas le droit, cria le petit Hubert, parvenu à mi-pelouse et s'estimant hors d'atteinte. Ma tante le saura.

Gabin arracha les cadenas, mais le moteur refusa de partir. Il sortit les avirons, rama vers le milieu de la Rance. A son tour, l'embarcation était entraînée au large. Polo indiquait à grands signes le cap à suivre. Après quelques minutes qui, de la rive, paraissaient infinies, Gabin se pencha vers l'objet, au risque de faire chavirer le canot. Le doute n'était plus possible. Un bras blême s'agita dans le vide. Un autre s'enroula autour du cou de Gabin, et retomba à la mer. Le corps fut hissé le long du bord et disparut à fond de cale. Gabin se jeta sur lui comme pour une bagarre. Il lui donna des gifles, appuya du plat de la main sur le torse, vêtu d'une chemisette foncée. Subitement, il interrompit ses tentatives de réanimation, et fit force de rame vers la rive. De la plage, on voyait les muscles de son dos saillir à chaque coup d'aviron, et se couvrir de sueur. Odette prit sur elle de ramener les « faucons » au pré Noiraude, et de demander du secours aux fermiers. Polo et l'abbé marchèrent à la rencontre de Gabin, mouillés jusqu'au ventre. Le canot fut tiré au sec. Les trois hommes étendirent le nageur sur la plage. Le sable collait à ses vêtements trempés, à sa peau. Ses joues et ses lèvres étaient gonflées comme celles d'un joueur de trompette à bout de souffle et qui fixe le lointain pour tenir sa note.

Soupier Raymond ne perdait pas un détail de la scène. Il était accroupi derrière un peuplier, toujours nu, son caleçon sur la tête. Depuis que le camion de la blanchisserie était passé le prendre chez sa grand-mère, deux jours plus tôt, pour ces premières vacances de sa vie, il allait de surprise en étonnement. Toutes ses découvertes ne lui plaisaient pas, mais il suffisait que ce soit des découvertes. La mer, par exemple, qu'il croyait bordée de falaises à pic comme sur les cartes postales, il la trouvait moins large que la Seine au pont de Sèvres, du fleuve en plus vert, sans vagues montant de l'horizon, agitée de crues quotidiennes venues de nulle part et s'apaisant dans des grondements sourds, à la façon des trains de Chaville qu'on entend les soirs de grand vent sans deviner leur direction ; rien que des bras d'eau gris léchant des prés à vaches, la côte réduite à du boqueteau, vase et boue confondues, iode et bouse indémêlables, aucun relent salé d'aventure ; d'ailleurs les marins avaient des airs de paysans, portant les mêmes sabots crottés, la même crasse aux ongles, ils tiraient sur les chaînes d'ancre comme sur des licous, ils parlaient à leurs canots embourbés comme à du bétail rétif, « hue Noiraude », « drrr la Marguerite ! », « cré bon diou dé nom dé diou »... Jusqu'aux vedettes Saint-Malo-Dinard qui ressemblaient à des bateaux-mouches, sans quille pour combattre des flots véritables, vert pomme et bâchées de clair, des embarcations de lac, d'opérette, de manège ; seul, le regard du patron, là-haut, dans sa cageoulette, parlait de tempêtes surmontées, et encore...

Malgré ces déceptions, Raymond s'était senti vivre, tout à coup. Cela avait commencé dès que le camion des Binelles avait quitté Viroflay. Tout son passé de douze ans et demi s'était envolé. Finies les prudences geignardes de la grand-mère qui l'avait recueilli à la naissance, ses parents ayant disparu par enchantement ! Finis les devoirs sur la toile cirée de la cuisine, tandis que mémé Soupier tournicotait, avec sa blouse poissée aux poignets, son chignon serré sur ses souvenirs, toujours les mêmes, la foire à Neu-Neu au siècle dernier, son Gaston, au garde-à-vous sur la cheminée, le garde-à-vous rigolard des dernières permissions, Gaston qui l'aurait violée, à ce qu'il paraît, en mordant sa moustache, entre deux stands de tir, « sacré Gaston » ou ce « pauvre Gaston », c'était selon, car les bons moments et les mauvais, à ces âges, c'est comme la mer et la cambrousse bretonnes, comment les distinguer...

Aux premiers tours de roue, de grands drapeaux avaient claqué dans la tête à Soupier Raymond. Etait-ce la vibration du pont arrière ? Des envies le prenaient que les jupes des blanchisseuses s'envolent, que des touffes de poils fassent tache dans tout ce blanc lumineux, dans ces odeurs d'amidon. Les seuls mots de « linge en gros », sur les flancs du camion, l'avaient réjoui. Il les avait chantonnés en contemplant la route, que le capot paraissait engloutir. Il avait aimé la sensation que Gabin commandait à ce capot, de ses épaules. Enfin un homme devant soi, pas de l'aïeule friable avec, sous le traversin, des mouchoirs craquant de larmes sèches ! (C'était à croire qu'il était abonné aux grands-mères : à peine arrivé au pré Noiraude, Mme Mousseau l'avait pris en tendresse, l'attirait contre ses cuisses molles, s'assurait qu'il n'était pas en nage, d'un doigt glissé entre les omoplates, le resservait avant tout le monde, lui serinait « faut profiter », ajoutant : « ma poule », ou encore : « petite mère », non mais vous vous rendez compte, « petite mère », vis-à-vis de Jean-Jean et des autres ?...) Gabin au volant, c'était l'espoir d'échapper à la tutelle des vieilles. C'était du muscle comme Raymond désirait en sentir, plus tard, le long de ses bras, du sourire plein les dents, et la main d'Odette qui caressait ces muscles distraitement, entre deux rangs de tricot, qui rendait les sourires de son homme... Lui aussi, Raymond, des ongles joueurs se promèneraient, un jour, sur sa peau, il n'y avait pas de raison : il aurait une vie distincte du passé de mémé, figé sous Clemenceau dans un fracas de foire et de mitraille... S'il avait pu se parler à lui-même comme dans les livres, Raymond aurait dit que cette route de Bretagne ponctuée de pique-niques et de jupes larges comme des fleurs, c'était le début de quelque chose. L'idée d'un avenir à lui tout seul faisait naître dans ses reins, engourdis par quatre cents kilomètres à califourchon sur l'embrayage, une allégresse inconnue, un fameux grésillement.

VI

Même le drame fleurait bon la nouveauté ! Derrière son arbre, Raymond Soupier triomphait : « Mon premier cadavre ! »

Il ne perdit pas un détail du sauvetage : Gabin tirant sur les bras du nageur, la bouche de ce dernier lâchant des couinements de jouet, les doigts blanchis comme les branches que rejette la mer, et battant l'air en de drôles d'adieux, l'abbé faisant non-non de la tête, signant le front du mort et lui fermant les paupières d'un même geste, du plat de la paume... Etait-ce le spectacle de cet acharnement silencieux, sa position accroupie fesse à l'air, l'évocation du voyage en camion, l'action des pommes vertes dévorées la veille ? Raymond s'aperçut qu'il avait déféqué, sans s'en rendre compte, au pied du peuplier. Cette découverte lui arracha un rire qui attira l'attention de l'abbé.

— Viens plutôt nous aider, p'tit con !

« P'tit con » sonnait plus respectueux que « petite mère » ! Raymond enfila son slip humide, et rejoignit les sauveteurs occupés à remonter le corps vers le manoir. Gabin marchait à reculons, portant les épaules et retenant la tête de pendre sur le côté. Polo et l'abbé soutenaient, chacun, un genou. Raymond pensait se rendre utile en tenant entre ses mains un pied, si froid déjà, si gris, si dur, que pour ne pas vomir, il devait se répéter à mi-voix que c'était un caillou. Dès qu'il furent en vue du perron, des cris s'élevèrent. Le scout Hubert n'avait pas compris qu'il y avait eu un accident. Il avait rapporté que les campeurs avaient « volé *La Marguerite* » et voulu en faire autant avec son vélo. Ce fut Marie Léostic qui cria la première, en se signant :

— Monsieur Alain ! Il est arrivé malheur à monsieur Alain !

Le prénom courut la maison, le parc. Bernard Saint-Aubert dévala la pelouse, reconnut son ami.

— J'appelle l'hôpital ? demanda-t-il d'une voix sans timbre.

L'abbé refit non-non, comme sur la plage. La seule urgence était de dérober le corps aux regards. Bernard indiqua sa chambre, de plain-pied dans une aile du manoir. On y déposa son ami. Un cercle se forma autour du massif d'hortensias. Le général maudissait les courants de la Rance, en soutenant sa sœur Marguerite qui, par extraordinaire, n'avait pas « son arête ». Germaine et Elia s'offraient à rendre service, puis transmettaient le non-non de l'abbé, signe qu'aucun acte rapide ne s'imposait plus. Le fermier Léostic se tenait en retrait, béret sur le ventre, l'œil rougi. Même la petite Friquette, l'anormale, avait senti le drame, du fond de la buanderie ; elle imitait les airs méditatifs de tout le monde, bras croisés haut, caressant ses narines minuscules à longs coups de langue. Hubert revint de sa chambre avec une chemise constellée d'insignes pour couvrir Soupier Raymond, dont le torse nu et le caleçon douteux offensaient les usages.

— Devant un mort, on doit se couvrir, il faudrait même des manches longues, en principe, récita Hubert, toujours aussi légaliste, à l'oreille de Raymond, étonné de se voir changé en scout de luxe.

Boulet-Montreuil manquait à l'appel. Ayant compris le drame, il était monté faire ses bagages. Il rentrait à Paris le soir même, « à cause de l'occupation des usines Montreuil ». Sa voiture étant restée à Saint-Malo, Alexis le raccompagnerait au bac de Dinard, comme il l'avait amené le matin. Le prince n'avait pas voulu assister au transport du noyé dans la chambre de Bernard. Les réalités de la mort lui étaient insupportables. Il n'avait jamais vu de cadavre. Contrairement à Raymond Soupier, il n'était pas pressé. « Tu en verras toujours assez tôt », avait objecté son oncle, le jour de l'an passé où il envisageait de visiter une parente à l'agonie. Quelque chose lui disait qu'il croiserait beaucoup de morts dans sa vie. Quand il était malade, enfant, il rêvait d'un sol jonché de cadavres aux regards révulsés et accusateurs. « Ce ne sont pas des morts, susurrait la voix de son père : ce ne sont que des mannequins disposés sur le champ de bataille pour tromper l'ennemi ! » Et il était rassuré, jusqu'au cauchemar suivant.

— C'est maintenant que les choses vont devenir sérieuses, glissa Lise au prince, réfugié près de la tapisserie.

Victoire venait d'entrer dans le salon et se dirigeait à son tour vers la chambre de son frère. Elle avait jeté sur ses épaules une petite cape d'enfant qui pendait en permanence dans l'entrée, et que les Saint-Aubert utilisaient tour à tour. Les rouges écossais de ce vêtement collectif rappelaient ceux de la tapisserie. Cape et perroquet aidaient la famille à se croire unie.

— Alors, prince, accident ou pas accident, à votre avis ? chuchota Lise, en retouchant pour la énième fois la crête du perroquet.

Montrant le reste de la tribu assemblé dehors, elle ajouta comme un espion pris de court :

— Et surtout ne me répondez pas. Ne dites rien, malheureux !... N'allez pas croire que les Saint-Aubert vous ont adopté. Ils vous détestent... Presque autant que les « congés payés » du pré Noiraude. Marguerite vous appelle « le métèque ». Elle est convaincue que vous êtes juif !

Alexis se pencha sur le métier :

— Ah bon ? Et à quoi a-t-elle vu cela ?

— Votre oreille serait plus haute que votre nez... Ou l'inverse, elle ne sait plus bien...

Bernard sortit de la chambre mortuaire et courut vers sa sœur, qu'il embrassa, secoué de sanglots.

— Pas de larmes devant les gens ! dit sèchement Victoire, en l'entraînant dans le parc.

Celle qui passait pour la « fiancée » du noyé détenait certainement la réponse à la question que chacun se posait : accident ou mort volontaire ? Tous les regards suivaient le frère et la sœur, partis d'un pas lent vers le séquoia. La nuit commençait à tomber. On ne voyait plus la Rance. On entendait seulement, en contrebas, le torrent de la marée baissante.

— Tu n'y es pour rien, commença Bernard en serrant la main de Victoire sous la cape écossaise. Si Alain avait gardé sa chemise, c'est qu'il comptait faire un tour de voilier. Il aura voulu gagner le monotype à la nage, et le courant...

Victoire avala sa salive.

— Il m'avait proposé de faire un coup de voile, en effet.

Elle continua, pour elle seule :

— Quel gâchis !

— On reste tous les deux, dit Bernard, que cette perspective délivrait d'on ne sait quelle jalousie. Alain était trop pur, trop absolu, pour s'accommoder des combines de la vie...

— Quel gâchis ! répéta Victoire.

Puis, prenant la main de son frère entre les siennes :

— Alain venait d'apprendre qu'il était reçu à Navale !

— Et moi ? demanda Bernard, très vite.

Bernard apprendrait son échec bien assez tôt.

— Je ne sais pas, bredouilla Victoire. Il ne savait que pour lui... Un bon rang...

— S'il n'a rien dit pour moi, c'est que je suis collé.

Il se mit à tourner autour du séquoia en martelant le sol.

— Je suis collé, n'est-ce pas ?... Je suis bon pour entrer aux pompes Montreuil ! Un vulgaire pékin ! Payé à rien foutre pendant que la patrie crève !... Impossible ! Je sais : je vais m'engager. Dans la Légion !

La nouvelle de son échec lui ôtait ses scrupules envers Victoire :

— Tu peux me le dire, à moi, Alain t'a demandée en mariage, ici même, cet après-midi. Je me trompe ?

Victoire restait muette, ramassait des épines de pin.

— Et tu as refusé, c'est cela ? Pourquoi me le cacher ? De toute façon, Alain avait communié ce matin à côté de moi, en priant pour notre résultat. Il est au ciel, à présent.

Elle recula pour marquer le dégoût que lui inspiraient ces paroles d'apaisement : un dégoût qui l'étonnait elle-même.

— Au ciel ! Au ciel ! Vous allez arrêter, avec vos contes pour enfants ?

Des larmes lui vinrent, d'indignation, de vraie peine :

— Au ciel !... La réalité, c'est la mèche qu'Alain était furieux de voir rebiquer sur son front — rappelle-toi les kilos de gomina qu'il tartinait pour l'empêcher ! — et qui va rester dressée sur sa tête, qui va le narguer pour l'éternité, comme sa mort nous nargue...

— Les morts ne narguent personne.

— Moi, si !

Victoire avait répondu sans s'apercevoir que la voix n'était plus celle de Bernard, qui regagnait le manoir sans l'écouter. C'était L'abbé Martinière, qui s'était approché dans l'ombre.

— Tout est arrangé, dit-il. La maman de votre ami va être prévenue par sa paroisse. Les permis seront donnés dès ce soir pour un transport à Paris. Votre frère accompagnera le fourgon. C'est mieux ainsi.

— « Suzanne » ! Elle va en mourir, malgré les consolations de votre foi...

Comme si l'éloignement de son frère, avec qui était engagé depuis l'enfance un duel d'orgueil, la libérait du devoir d'endurance au chagrin, Victoire fondit en larmes. Elle tournait autour du séquoia. Ses paroles étaient à peine audibles :

— Alain s'est tué, monsieur l'abbé. Il s'est tué exprès. Rien que pour m'embêter.

L'abbé Martinière marchait à reculons, une habitude héritée des promenades au séminaire.

— La mort volontaire est un cas où la sépulture chrétienne est refusée, dit-il d'une voix de gorge, en plaçant des h aspirés là où rien ne l'imposait. Mais la miséricorde de Dieu est plus grande que celle de son Eglise. Nous ne dirons rien, et...

Victoire tomba à genoux :

— Je me fiche de vos arrangements avec le ciel.

Mon Père, je désirerais que vous m'entendiez en confession.

— Je vous écoute, mon enfant.

Elle récita à toute vitesse :

— Je savais qu'Alain allait se tuer si je ne répondais pas à son amour, il me l'avait annoncé. Je pouvais éviter le drame par un mensonge. Je n'en ai rien fait. Je ne voulais pas le tromper sur mes sentiments. Son goût de l'absolu était au-dessus de mes forces, et commandait la franchise. Mon souci de la vérité l'a poussé au désespoir... Mon Père...

— Allons... Dieu n'oblige pas à aimer sous la contrainte, même la plus noble...

— ... Je m'accuse de la mort, pour cause d'amour sans retour, d'Alain Mercier, qui était inapte à la vie, et qui prenait cette inaptitude pour de la sainteté.

L'abbé Martinière marqua un temps d'arrêt. Dans l'obscurité Victoire vit sa main étroite tracer un lent signe de croix.

— Ego te absolvo...

Elle ne le laissa pas achever. La colère la submergeait. On l'entendait du manoir :

— Il n'y a rien à attendre de qui n'a rien, en soi, à opprimer. C'était la devise d'Alain. Laissez-moi au moins mes remords. Si votre religion croit qu'elle gardera son public en pardonnant à tout, elle se trompe. « Elle crèvera de sens pratique », dit ma tante.

Une ambulance venue de Dinan avait roulé sur le gravier devant la chambre de Bernard. Les blouses des infirmiers s'agitaient dans la nuit. On claquait des portières. On déployait un brancard. L'abbé gravit la pelouse en courant. Tandis qu'on couvrait le mort d'une bâche en toile jaune, il demanda un instant d'attention. Le drame avait accompli un prodige : au pied du lit se côtoyaient le général Saint-Aubert en alpaga et le sergent Polo en vareuse déboutonnée, Marguerite en jabot de dentelle et Gabin en gilet de corps, Hubert et Raymond vêtus de la même chemise scoute. L'abbé tenait à souligner cet assemblage, que l'incident de la procession ne laissait pas prévoir. Après la prière des morts en latin, il improvisa :

— Dieu a voulu qu'un enfant quitte ce monde dans des circonstances qui nous stupéfient. Soyons au moins sensibles à ce que veut nous dire la Providence en réunissant autour de cet innocent des enfants de Dieu que rien, quand l'essentiel est en jeu, ne sépare. Nous naissons, nous mourons : telle est la loi dont ne préserve aucune faveur de la fortune. Offrons au Seigneur cette conscience de notre condition commune. Prions.

Les infirmiers faisaient glisser le corps dans l'ambulance. Bernard souleva la bâche. Impressionné par la remarque de Victoire, il plaqua tant bien que mal la mèche du mort sur son front glacé. Pendant ce temps, Polo montrait à Gabin, dans la chambre de Bernard, une photo de Mussolini.

— Ce soir même, dit Polo, j'exige une discussion avec l'abbé. Il croit bien faire, mais il est dans l'erreur. Les classes ne sont pas plus égales devant la mort que devant la vie. La nature ne rétablit aucune justice. C'est la vieille ruse patronale : « Moi aussi, j'ai des gosses, je viens de perdre ma mère, etc. », et pendant ce temps-là, ces messieurs licencient, ils appellent les flics...

— Chut ! fit la cuisinière Elia.

— Nous sommes ici chez l'ennemi de classe, poursuivit Polo. Ils exploitent les nôtres depuis toujours. Ils sont prêts à redoubler de poigne devant nos conquêtes. Non à l'opium du peuple !

Tandis qu'on emportait le brancard et que la pièce se vidait, Polo arracha la photo du Duce :

— Regarde ce que j'en fais, de leur « humaine condition », dit-il à l'oreille de Gabin, en piétinant le portrait de Mussolini, dont l'épaisse mâchoire se déchira.

L'ambulance s'ébranlait, avec Bernard à bord. Le général portait sa main à un invisible képi. Domestiques, fermiers et campeurs s'enfonçaient dans la nuit. Victoire les regardait partir, seule sur le perron. Gabin rebroussa chemin et monta jusqu'à elle.

— Pour le canot, ce n'est rien, dit-il avec un large sourire en guise de condoléances. Ça doit être le carburateur. J'irai voir demain, si cela peut vous dépanner.

Boulet-Montreuil venait d'entrer dans le salon, valise à la main. Il faisait signe à Alexis qu'il était prêt. Sa femme arracha une laine à la queue du perroquet.

— Monsieur dit qu'il rentre à cause de l'usine occupée, confia-t-elle à Alexis. Moi je sais que les Pompes Montreuil ont repris le travail ! La vérité c'est qu'on va retrouver sa petite pute de Lily, rue du Laos, rez-de-chaussée gauche.

Alexis faisait mine de ne pas entendre.

— Regardez-le, continuait-elle en se penchant exagérément sur la tapisserie. Regardez comme monsieur en crève d'envie ! On va rouler comme un fou pour se pelotonner plus vite contre le corps tout chaud de sa petite pute endormie...

Alexis cherchait à prendre congé.

— Prince, vous m'écoutez ? se fâcha-t-elle.

Il n'avait d'yeux que pour Victoire, qui tendait la main à Gabin en répétant :

— Ah bon ? Le carburateur ? Vous croyez ?

Lise éleva la voix :

— Ah, parce que, vous aussi, prince, vous rêvez ? Vous rêvez à ma jolie nièce ! Mais qu'est-ce qu'ils ont tous à se chercher dans le noir, à s'attendre, à se renifler comme des chiens ?

— Lise, ma chérie, nous allons filer si nous ne voulons pas manquer le dernier bac, lança Boulet-Montreuil.

Lise retint le prince par la manche.

— Je vois bien ce que vous vous dites : que le nageur a fait place nette. Un d'éliminé ! Toujours ça de pris !

— Nous allons devoir...

Sur le perron, Victoire souriait à Gabin :

— Et vous pensez que vous pourriez réparer ce carburateur dès demain ?

Lise se leva, tendit sa main à baiser. Alexis s'inclina.

— Prenez garde, lui dit-elle. Ce qu'on doit à la mort retourne à la mort !

Elle lui montra du menton Gabin qui descendait la pelouse, Raymond Soupier sur les épaules, et Victoire qui le suivait du regard jusqu'à son effacement dans la nuit.

— Qu'est-ce qu'on a pour le dîner ? claironna Marguerite. Ces émotions m'ont donné un creux.

— Il va falloir compter avec un autre rival, acheva Lise en enlevant sèchement sa main de celle d'Alexis. Les beaux travailleurs de force, nous ne détestons pas, dans la famille. Rien de tel pour réconcilier avec la vie. Et vous...

Boulet-Montreuil déposa un baiser sur le front de son épouse. Celle-ci n'y répondit pas. Elle évaluait la carrure d'Alexis. Elle eut une moue dédaigneuse.

— ... Vous ne faites pas le poids.

La cloche du dîner sonnait. Alexis s'aperçut dans la glace de l'entrée, étriqué, juché sur la pointe des pieds, plus myope et roux que jamais. Ce qu'il appelait sa distinction naturelle lui pesait. Lui qui s'aimait souffreteux, raffiné, il aurait voulu se suspendre au lustre, soulever le piano, emporter la commode Louis XVI sur son dos, dans des relents d'aisselle et de Byrrh, sous les regards gourmands des dames de la maison, et lancer un sonore « au plaisir ! ».

Au lieu de cela, il s'entendit réciter suavement :

— Mes hommages, madame !

Lise venait de se piquer avec une aiguille à

tapisserie. Elle grimaçait, en suçant le sang de son index.

— Juif, je ne saurais dire, conclut-elle pour elle-même dans le salon vide. Mais il serait tuberculeux que ça ne m'étonnerait pas !

VII

L'abbé Martinière fit au curé de La Landriais la visite promise, après vêpres. L'entrevue eut lieu dans la sacristie, aux boiseries grinçantes, aux odeurs d'encaustique et de dentelles humides. Le curé offrit une prise de tabac à son hôte, l'invita à réciter « trois petits *Ave* », et à s'asseoir dans le rayon, vibrant de poussière, d'un vitrail jaune citron. Un silence suivit, éraillé par des crissements de chaises dans la nef proche et des bavardages d'étourneaux sous la toiture. La foi des deux hommes en un Dieu soucieux de leurs moindres affaires rendait l'instant languissant et douillet. Le curé allait s'assurer des titres ecclésiastiques du jocistes et évoquer l'invasion du pré Noiraude, quand il s'aperçut que son vis-à-vis portait la croix de guerre, entre deux boutons d'une soutane de bonne coupe. Lui qu'un souffle au cœur avait empêché de combattre, de quel droit chercherait-il noise à un héros soigné de sa personne, et jouerait-il les gardes champêtres ? Après tout, les Saint-Aubert avaient renoncé d'eux-mêmes à l'expulsion des « blanchisseuses » par la force. Seule relevait de son ministère la « morale », ce qu'il appelait le « débraillé ».

— Pour vos campeurs, dit le curé, comme s'il n'avait que faire de cette vétille, mais avec une certaine emphase : du moment que leur tenue n'offense pas la décence... Car enfin, malheur à qui scandalise les faibles, n'est-il pas vrai ?

Le jociste enchaîna sur le même ton prêcheur, pas mécontent des allures de maxime que prenait sa réplique :

— Entre vos paroissiens et les miens, où est la faiblesse ? Entre la nudité et l'opulence, où est le scandale ?

Le curé ne craignait rien tant que les « discussions politiques », surtout en ces temps troublés où un gouvernement de « partageux » jetait dans l'angoisse les meilleurs soutiens de l'Eglise, « sans profit pour les pauvres ». Aussi choisit-il de couper court en récitant trois nouveaux petits *Ave*. Avant de prendre congé, l'abbé Martinière annonça de lui-même, pour transmission au manoir, que ses « gars » creuseraient des feuillées, et quitteraient les lieux quinze jours plus tard, vendredi 7 août. « Nous n'oublierons pas le château dans nos prières ! », ajouta-t-il sur le parvis.

Le pré Noiraude prit des airs de fête. Sur un fil tendu entre les peupliers et le pommier « de Marguerite » séchait du linge multicolore. Le phono jouait dès la première heure, car blanchisseuses et gamins n'arrivaient pas à rompre leurs habitudes ouvrières de lever à l'aube. La toilette autour de l'abreuvoir donnait le signal des chansons et des blagues.

La ferme fournissait l'essentiel des vivres, qu'on allait compléter en ville, d'un coup de camion. La vieille Marie Mousseau s'étant plainte de rhumatismes, les Léostic la logèrent avec la petite Friquette, au-dessus de l'étable, ce qui, selon leur fille Maryvonne, fit dire à table au général, sur le ton d'un commandement en chef encerclé, que « les forces adverses opéraient leur jonction ».

Dès lors que l'occupation du pré était tolérée en haut lieu, Hubert, le scout modèle, ne voyait plus rien à redire. Il rêvait de fuir la grisaille du manoir et les migraines de sa mère pour rejoindre le camping, dont la gaieté, aperçue derrière la haie, l'éblouissait. Pour sa première visite, il fit le douceâtre, offrant de prêter son vélo, de rapporter des médicaments de Dinard, où l'expédiait sa mère. Puis il vint sans prétexte. Pour payer son entrée dans la bande des « faucons », il indiqua les arbres où grimper, les trous à crevettes, les plages à lançons, les sureaux dont on fait les flûtes, les pieds de menthe à fumer en douce, les observatoires, les cachettes et autres secrets qui font paraître les adultes aveugles, crétins, occupants inobéis. En échange, Soupier Raymond lui montra la fente des feuillées par où on pouvait « zyeuter » les blanchisseuses. Une des croupes entrevues, dont Hubert n'aurait su dire à quel visage elle correspondait, s'ornait d'une paire de fossettes dont il emporta le souvenir dans son sommeil et qui lui valut, en pleine nuit, un chavirement ineffable. A la date du

23 juillet 1936, son agenda scout donnait à méditer l'exclamation de Pascal : « Joie, pleurs de joie ! » Hubert ne voyait rien à ajouter.

Le lendemain de cette extase dont il résolut de ne rien dire en confession, « des fois que ce soit un péché », il invita Raymond à jouer au tennis. Le court et ses règles réveillèrent, le temps d'un set, son instinct des convenances : il prêta une tenue blanche à Soupier, et lui apprit à dire, avec l'accent, « play » ou « ready », avant chaque balle. Passant près du grillage enguirlandé de roses, Polo intima l'ordre à Raymond de cesser ces « conneries de milliardaires ». Les deux garçons coururent à la plage pour se baigner. La mer étant basse, ils s'attardèrent à examiner leurs anatomies. Raymond était fier d'exhiber un poil follet, découvert le soir de la noyade. Bien que plus jeune de quelques mois et d'apparence plus frêle, Hubert possédait déjà une respectable broussaille de crins noirs. Cette différence les surprenait autant l'un que l'autre. Elle démentait leur préjugé commun selon lequel le peuple, à défaut de commander, disposait, par rapport aux bourgeois, d'une virilité précoce, irrattrapable.

— Je croyais que..., dirent-ils ensemble.

Ils n'auraient pas su préciser ce qu'ils croyaient. Le spectacle qu'ils découvrirent au même instant leur commandait de se taire, et de se cacher, s'ils voulaient en savoir davantage. Gabin, comme promis, réparait le moteur de *La Marguerite*, échouée dans l'anse de La Landriais. Et qui s'approchait du canot, endimanchée, sautillante, méconnaissable ? Victoire !

— Vise les amoureux ! gloussa Raymond.

— Ça alors ! s'étouffa Hubert, ébranlé dans ce qui lui restait de conscience de classe.

Victoire portait la robe de grand couturier que lui avait offerte son père pour son bac de philo. Elle s'était maquillée et parfumée à l'excès.

— C'est gentil à vous de dépanner cette épave ! dit-elle d'une voix de salon, en s'accoudant au plat-bord.

Elle était consciente d'en faire trop, de parler comme à son garagiste. Mais elle jugeait que sa dignité souffrirait moins de ces avances que des trois jours et trois nuits passés à les envisager, à guetter de sa chambre si le beau Gabin venait à bord. Elle soignait sa timidité naturelle par l'outrance, changeant toute relation avec autrui en défi à soi-même.

— C'est incroyable comme l'eau de mer bouffe tout ! dit Gabin sans se relever... Alors, comme ça, on vient se faire sauter ? C'est pas trop tôt !

Il se redressa hors du moteur, un joint de culasse déchiré à la main. Son torse nu laissait voir les marques blanches du gilet de corps. Bien que déjà coloré par la chaleur et l'effort tête en bas, son visage rougit de confusion :

— Faut m'excuser : j'ai cru que c'était Odette.

Gabin jouait à croire que sa fiancée renonçait à « arriver pure au mariage ». Mais il respectait cette obstination, et il excluait de se venger. Ce n'était pas les occasions qui manquaient. Chez

Unic, plusieurs filles s'étaient offertes. Ce qu'il refusait à des copines d'usine, il n'allait pas l'accorder à une fille à papa, habillée comme pour un concours d'élégance automobile. Pourvu que Victoire ne se soit pas méprise là-dessus ! Il s'en assura d'un regard bref. Victoire garda les yeux plantés dans les siens. C'est Gabin qui dut, comme ils disaient entre hommes, « se mettre en code ». Au passage, il devina les seins fermes et libres sous la robe largement ouverte. Il en fut troublé, et ne put le cacher. Il s'étonnait que l'écart social ne brise pas sa curiosité. Victoire semblait étrangère à son milieu.

— T'es belle, tu sais ! dit Gabin, lèvres serrées.

C'était une plaisanterie, à l'usine : depuis les films *La Bandera* et *Pépé le Moko,* en 1935, Gabin jouait de sa ressemblance avec l'acteur, dont l'atelier lui avait donné le surnom.

— Vous permettez ? dit Victoire en grimpant à bord.

Elle s'assit à l'entrée de la cabine, les coudes sur ses genoux découverts, le visage dans les poings.

— Vous ne connaissez pas votre chance ! Si vous saviez comme ma famille est grotesque, depuis votre arrivée ! J'ai honte pour eux ! Pour moi !

Gabin ne savait comment revenir du « tu » de cinéma au « vous ». La « troisième personne » des domestiques lui paraissait la seule issue :

— Elle ne devrait pas, la honte, ça profite à personne !

— Notre fric et notre frousse de le perdre fabriquent des mauviettes. Tandis que vous...

— Tandis que nous...

— Vous êtes du bon côté !

— Du bon côté, moi ? Elle veut rire ?

Victoire fixait le sol. Si Gabin savait à quel point lui et les siens effrayaient le manoir ! Les Saint-Aubert étaient convaincus que les fermiers, les domestiques, et maintenant les « congés payés », tout ce qui n'était pas eux et qu'ils appelaient « ces gens-là », remplissaient leurs baignoires de charbon, qu'ils allaient tuer les bonnes sœurs après les avoir violées, qu'ils faisaient l'amour toute la nuit avec des cris rauques, que les bonnes couchaient ensemble, ils fouillaient dans leurs petites valises de carton bouilli, à la recherche de vices cachés, d'armes secrètes... « Pour bien faire, il faudrait interdire au peuple *L'Internationale* et le plaisir... » Des généraux envisageaient sérieusement ce genre de programme !... Et quand le manoir cessait de craindre la force de « ces gens-là », de leur accent...

Victoire avala sa salive :

— Aidez-moi à quitter cet asile de fous, à trahir mon camp !

Puis, tout à trac :

— J'ai décidé que tu serais mon premier amant.

Gabin s'essuyait les mains en inspectant les grèves alentour. La mer remontait. Elle allait encercler *La Marguerite*. Personne ne pourrait plus les surprendre. Victoire l'avait sûrement prévu. Cette préméditation gênait Gabin, et l'excitait. Le ciel se dégageait, d'un bleu roi qu'on ne voit qu'en Bretagne après les grains. Tassée en haut du mât, une mouette poudrée de gris scrutait l'horizon avec détachement. Au fond de la cabine s'étalait un foc rougeâtre.

— C'est bien parce que...

Gabin n'acheva pas sa phrase. Les refus d'Odette ne regardaient pas Victoire. Mais il ne pensait qu'à cela :

— ... Vous nous avez refilé vos principes. « La vertu des humbles, c'est la morale des maîtres, sans les avantages ! », dit Polo. Pendant ce temps-là, vous, vous en prenez à votre aise...

Victoire s'était étendue sur le foc, les bras derrière la tête. Elle était partagée entre la crainte que Gabin ne la convoite pas assez, et celle qu'il la désire trop. Pour elle, il n'y avait de choix qu'entre deux outrages. Personne, à ses yeux, ne méritait le cadeau qu'elle avait décidé, après une nuit blanche, de faire d'elle-même. Tant qu'à s'offrir, autant que ce fût à quelqu'un qui ne voulait pas d'elle, et ne pouvait y mettre le prix ! Elle n'aurait pas supporté de se donner à un bon jeune homme qui eût bientôt « réparé ». Alain avait raison, Odette aussi : coucher avant l'heure, « faire Pâques avant Carême », comme disaient les mères, quelle piètre marque d'amour ! L'impatience prouve plus d'appétit que de passion. Gabin était un beau gars trempé de sueur, en rien un « parti possible », au sens de sa famille. En le voyant s'agenouiller au-dessus d'elle, ouvrir sa robe, poser sur ses seins des mains rugueuses, des ongles cernés de cambouis, en sentant couler sur elle l'odeur vinaigrée à laquelle elle reconnaissait, les yeux fermés, les blouses des bonnes, « l'odeur des pauvres », pensait-elle, en regardant la masse grise et effrayante du « populo » prendre forme et poids, se découper à contre-ciel, forcer ses cuisses... elle sut que son destin serait d'échoir au plus dissemblable, au plus « autre » des autres.

— Toi, toi, dit-elle, toute à l'exultation de ne plus s'appartenir ! Viens ! Vite ! Vite !

— Uniquement pour la chose, bafouilla Gabin à titre d'excuse, avant de l'embrasser avec force.

... De la plage, Raymond et Hubert avaient prévu l'issue de la rencontre ; on ne vous la fait pas, à treize ans trois quarts ! C'est égal : les réalités du sexe les décevaient. Par le hublot, ils voyaient le dos de Gabin s'agiter sans la grâce que les baisers de cinéma laissent augurer de l'amour. C'était aussi brusque et gauche que, trois jours plus tôt, quand le même Gabin tentait de ranimer le noyé ! Raymond avait du mal à imaginer mémé Soupier dans la même posture, à la fête à Neu-Neu, elle si fragile, du verre filé ! Il resongeait à son poil égaré dans l'aine, seul, tortillé : la nature prenait un curieux plaisir, parfois, à se moquer d'elle-même !

Gabin lâcha prise, roula sur le dos.

— Ils ont fini, expliqua Hubert, qui en connaissait plus long que Soupier, parce qu'il avait vu faire les bêtes, à la ferme.

— La vache ! s'extasia Raymond.

Ils auraient été consternés d'apprendre qu'au

dernier moment Gabin n'avait pu cueillir la virginité de Victoire.

— Je ne comprends pas, répéta Gabin.

Il cacha son sexe sans vie sous une pointe du foc, fixa le plafond de la cabine. Des odeurs de sel froid, de goudron et de corps en nage flottaient entre les planchers, sous lesquels croupissait une eau couleur d'encre.

— C'est la première fois que...

Victoire empêcha Gabin de poursuivre, en posant la main sur ses lèvres.

— Ne vous excusez pas. C'est sans doute que, moi aussi, c'est la première fois. Je ne sais pas m'y prendre.

Du fond de la cale, on ne voyait plus la terre : seulement un carré de ciel contre lequel se détachaient le gréement, des poulies dévernies, la voile mal ferlée sur son pic, et la mouette scruteuse, obèse de contentement.

— Pourquoi ça ne se chasse pas, ces bestioles ? demanda Gabin, pour parler d'autre chose.

— Parce que c'est imbouffable ! taisez-vous, mon amour.

La barre, usée comme un manche de pioche, se mettait à trembler. La coque craquait. *La Marguerite,* déséchouée, fit des embardées autour de sa chaîne. Les nuages valsaient à la pomme du mât, le courant chantait le long des bordées. La mouette s'envola.

— On se croirait au large ! dit Gabin, avec une exaltation enfantine. Elle savait que la marée allait nous isoler, elle avait tout prévu, n'est-ce pas? Tout, sauf...

— Chut! dit-elle.

Etait-ce cette préméditation qui avait perturbé Gabin? La gêne de tromper Odette? Le souvenir du « fiancé » de Victoire mourant, ici même, entre ses bras? Cette satanée différence de condition? Ils y pensèrent ensemble :

— C'est son côté... commença Gabin.

— ... mon côté « deux cents familles », compléta Victoire. Ah, et puis arrête avec tes « elle »! Je crois chaque fois que tu parles à quelqu'un d'autre, dans mon dos!

Il lui passa la main dans les cheveux. Il imita l'acteur Gabin :

— Tu es ma première bourgeoise, tu sais? Dommage que la collaboration de classe, comme dit Polo, ça marche mal au plumard!

— Ça marche bien entre les patrons et leurs bonnes ou leurs dactylos, pourquoi pas dans l'autre sens?

— Qui te dit que ça marche entre eux? dit Gabin. Elles vont avec le patron parce qu'il paie, pas pour le plaisir!

Victoire ne se démonta pas :

— Combien veux-tu?

Ce fut plus fort que lui : Gabin lui assena une paire de gifles. Victoire la lui rendit, de toutes ses forces. Ils étaient stupéfaits, l'un et l'autre, de leur violence.

— T'as de la veine que mon frère ne te voie

pas, finit par dire Victoire. Il te tuerait... Et moi avec !

— Qui ? Le mussolinien ? J'aimerais voir ça...

L'échange de coups les délivrait de leurs complexes. Gabin n'avait plus l'impression de trahir les siens avec une bourgeoise. La joue marquée de Victoire abattait son orgueil, la dénudait, lui donnait l'air soumis dont Gabin découvrait qu'il avait besoin, chez les femmes, pour se conduire en homme. Son désir renaissait, Victoire s'étendit sur lui. Elle lui parlait bouche à bouche :

— Alors, sale traître au prolétariat ! Ça réveille vos ardeurs, de frapper une fille de famille ? C'était donc ça ? On a besoin de cogner pour jouir, dans les classes laborieuses ?

— Sale traître à la bourgeoisie, répondit Gabin d'un même rire, on est contente ? On l'a eu, son moscoutaire à gros bras ?

Le canot s'était placé en travers du courant. Il roulait bord sur bord. Sur le rivage, les campeurs se baignaient. Odette tricotait dans le sable. Hubert et Soupier priaient le ciel qu'aucun dos n'apparaisse de nouveau par le hublot. Gabin retomba sur le côté. Les invectives n'avaient pas suffi pour effacer le fiasco de tout à l'heure.

— C'est bien comme ça ! dit-il en rejoignant à la nage la tribu des Binelles.

Victoire resta cachée à bord le temps qu'il fallait pour épargner tout ennui à Gabin. Une houle de tendresse montait en elle, beaucoup plus délicieuse que la volupté attendue. Elle s'enroula dans le foc.

La mouette revint à son poste. Victoire la prit à témoin :

— J'aime l'idée que le plaisir ne se commande pas !

VIII

Chaque été, les Saint-Aubert excursionnaient dans la région, départ à l'aube et retour après dîner. Une année, on poussait jusqu'au Morbihan ; une autre, c'était le Cotentin. La destination était débattue dès le commencement des vacances. Devant la difficulté de trancher, on remettait en cause le principe de la randonnée : n'y avait-il rien de mieux que La Landriais, au fond ? Se ruiner en restaurants, n'était-ce pas « terriblement nouveau riche » ? Marguerite invoquait la tradition, mot magique au manoir, et décidait en dernier ressort.

Cette année, malgré les « événements » — ainsi appelait-on la victoire du Front populaire et l'invasion du pré Noiraude —, on partirait le 2 août, cap sur Barfleur et ses « nègres en chemise ». Comme d'habitude, Léostic peaufina, la veille, la voiture du général. Depuis le salon de 1933, c'était une Panhard de maître, noire à roues crème. Des insignes du Touring Club et de l'Automobile Club des officiers ornaient la calandre. Dès que le général serait fatigué, il passerait le volant à sa fille

Lise, qui adorait conduire. Il retarderait de ville en ville le moment de la relève, pour prouver sa vaillance et savourer son pouvoir. D'un geste ample et plein de regrets, il finirait par se mettre au point mort et, ses longues mains posées en bas du cercle de bakélite, il attendrait, pour se garer, que la voiture épuise son élan. Lise refuserait les commandes, jugeant que son père les lui confiait « trop tard pour que ça en vaille la peine ». L'incident, le même chaque été, réveillerait les contentieux lancinants dont le clan tirait sa cohésion.

Prirent part à la sortie d'août 1936 : Marguerite, le général, la petite Friquette, qui allait coller son nez à la vitre arrière pendant tout le trajet — « signe évident de curiosité », dirait son père putatif —, Lise, son fils Hubert, dont les visites fréquentes aux campeurs commençaient à inquiéter, et Victoire.

— Si tu ne viens pas, lui dit le scout modèle, la veille du départ, je raconterai que je t'ai vue à bord de *La Marguerite* avec M. Gabin qui s'agitait sur toi !

— Le chantage est un péché mortel, riposta sa cousine, croyant vexer la belle âme, en lui, et non sans le pincer au sang.

C'était ignorer qu'en quelques jours Hubert avait compris bien des choses, et vieilli de plusieurs années. Sans être jaloux pour la scène du canot,ni souhaiter spécialement que Victoire fût du voyage, il ne pouvait s'empêcher de lui montrer sa force. Cela montait en lui comme ses extases nocturnes, dont il rêvait confusément de la prendre à témoin. Au retour, il se promettait de « peloter » les fesses de sa cousine, à l'abri de la nuit et de son secret. Victoire profiterait de cette journée vide pour rêvasser à la force trompeuse de Gabin, à la gaucherie touchante d'Alexis ; et elle laisserait la main d'Hubert mener ses jeux scouts dans le velours capitonné de la Panhard.

Sitôt les patrons sur la route, les Léostic invitèrent le pré Noiraude à une visite guidée du manoir. Ils y mettaient une fierté dont les campeurs, sans la comprendre, ne voulaient pas les priver. Elia et Germaine riaient de voir les blanchisseuses et les faucons essayer, à grands bonds, les bergères du salon. La mère Mousseau passait devant et commentait. Odette et Gabin la firent asseoir derrière le métier à tapisser, là où trônait Marguerite, qu'elle jouait à surnommer « ma jumelle ».

— C'est fichtrement genreux, dit-elle, mais c'est égal : quel tintouin ça doit être à tenir propre ! Quoi don ?

A ces mots, sa tête tomba lentement sur le côté, entraînant tout le corps. Polo se précipita et lui tapota le visage. Elle ouvrit des yeux étonnés. Elle soufflait dans ses joues, ses lèvres battaient, émettaient un vague « peuh ». Son front se couvrait de sueur.

— Mémé ! cria Odette. Je savais bien qu'il ne fallait pas venir ici !

Marie Mousseau habita de nouveau son regard. Elle montra le perroquet de la tapisserie.

— C'est ce rouge qui m'a porté au cœur !

Elle si habituée au blanc toute sa vie, ces plumes écarlates lui avaient fait l'effet d'une faute de goût, d'une blessure qu'elle aurait reçue.

Elia lui fouetta la figure avec un torchon imbibé de vinaigre, et lui fit avaler un demi-verre à moutarde de calvados. Marie Mousseau se leva, tituba un peu et, face à la glace de la cheminée, remit de l'ordre dans ses cheveux.

— C'est d'être là à ne rien faire qui ne me réussit pas, conclut-elle en acceptant le bras d'Odette. Je m'ennuie des Binelles... de la cour qui penche comme un bateau !

Il y avait un train pour Paris dans l'après-midi. Il fut décidé que Marie Mousseau le prendrait. A cette idée, elle ne ressentit plus aucune fatigue. Odette appela la blanchisserie, d'un téléphone en bois à manivelle. Son père serait à l'arrivée. Jésus, dont la présence dans le salon du manoir inspirait à Germaine des petits rires désemparés, s'offrit comme convoyeur. Lui non plus, les bains de mer ne lui réussissaient pas. « L'iode fait tousser les clebs », dit-il en dissuadant Thorez de pisser sous le piano. Comme ancien des chemins de fer, il voyageait gratis, mais il monterait au dernier moment à contre-voie pour échapper aux contrôles que lui valait sa dégaine, et « pour le principe ». Saurait-il s'occuper de la mère Mousseau en cas de nouveau malaise ? Odette en doutait. Elle n'osait pas dire qu'au téléphone son père lui avait donné l'ordre de prendre le train et de laisser Gabin ramener les campeurs en camion.

— A quatre jours près ! je rentre avec mémé en train, annonça-t-elle.

— Mais..., dit Gabin en la prenant aux épaules.

— C'est mieux comme ça.

Trois heures plus tard, le camion des Binelles déposa les Mousseau et Jésus à la gare de Dinan. Gabin se taisait. Il n'aimait pas voir Odette dans ce qu'il appelait son « numéro de femme de devoir ». La phrase de Polo sur la « vertu des humbles » le poursuivait. Il aurait voulu dire quelque chose comme : « N'en fais pas trop. » Odette le précéda, au moment des adieux :

— Ne te force pas à avoir l'air triste, dit-elle.

— Je ne me force pas, pourquoi tu dis ça ?

Gabin l'embrassa sur la bouche, pour la rassurer. La vitre du wagon lui renvoya un reflet de lui qu'il détesta : emprunté, pas net, pressé d'en finir.

— Pour rien, dit-elle.

Jésus monta à contre-voie, comme prévu. Marie Mousseau trouva que la banquette en lattes de bois était d'un joli jaune. Entre ses cuisses écartées par le sommeil, elle ne lâcherait pas, de tout le voyage, le litre de calvados offert sur le pas de la ferme par les Léostic.

Le retour du camion à La Landriais se fit dans un silence lourd. Gabin annonça à la cantonade qu'il irait le lendemain à Saint-Brieuc chercher un joint pour le canot des Saint-Aubert.

— Fais gaffe, dit Polo.

— Quoi : fais gaffe ?

— Fais gaffe, c'est tout ce que je dis.

Gabin détestait les conseils, plus encore que les

ordres. Et le conseil vague de Polo, il faudrait, pour le réfuter, passer des aveux qui lui coûtaient. Il ruminait sa défaillance avec Victoire. Ne pas rester sur cet échec devenait une idée fixe.

— Pas seulement vis-à-vis d'Odette, ajouta Polo. Te laisse pas embobiner ! Rappelle-toi qu'on ne peut pas grimper tout seul dans la société, prendre le bon et rejeter le mauvais ! On s'en tirera tous ensemble ou pas ! Tu te vois déjà le gendre du patron, ou quoi ?

Grimper où ? Gendre de qui ? Qu'on puisse le croire intéressé, à cause de la blanchisserie Mousseau, lui faisait horreur. Le souvenir du corps de Victoire le traversa.

— Tu peux pas comprendre, dit-il.

— Les bourgeoises qui font semblant de cracher dans la soupe, ce sont les plus dangereuses ! énonça Polo.

Gabin revoyait les cuisses nues de Victoire, la robe déboutonnée sur le foc, les os des hanches, les seins sombres, les bras derrière la nuque. Il avait un geste à achever pour mieux l'oublier. Après, il n'y penserait plus, il se l'était juré.

— J'ai juste quelque chose à vérifier, dit Gabin.

— On dirait que tu parles d'un moteur dont tu n'as pas trouvé la panne !

— Il y a de ça !

Le lendemain après-midi, Gabin irait seul à Saint-Brieuc, confiant le camp à Polo. Soupier prévint Hubert, qui avertit Victoire de s'engager à pied sur la route du cap Fréhel. Gabin la fit monter, croyant naïvement au bon hasard des amoureux. Il raconta la visite clandestine du manoir par les campeurs, le départ de Marie Mousseau, celui de Jésus, d'Odette. Victoire s'efforça de ne pas ciller. Elle évoqua la virée familiale à Barfleur, la migraine de tante Lise, le malin plaisir du général à ne pas confier le volant, Marguerite se gavant de « nègres en chemise », Hubert et sa main baladeuse. Elle revenait à l'effet que lui faisait sa famille :

— Ils sont attendrissants comme... des pantins dont les fils vont lâcher, et qui sont seuls à ne pas le savoir, à ne pas voir venir la catastrophe.

— Aucun ne s'en rend compte ?

— Si, l'oncle Henri, plus lucide, parce que plus désespéré ; à moins que ce ne soit l'inverse.

— Et son père ? Pardon, ton père ? Tu n'en parles jamais...

Si Gabin le voyait sur ses paquebots, avec ses « charmantes », ses blazers coupés à Londres, ses mains soignées, ses sourires d'éternelles vacances !

— Le désastre ne le surprendra pas et ne le privera de rien, dit-elle, il vit comme si tout allait sombrer dans la minute qui suit !

— Drôle de mentalité pour un marin !

Victoire ressentit la gêne de riche dont elle se croyait affranchie.

— Papa n'est pas marin, avoua-t-elle, il est... passager de première classe à l'année !

Gabin ne put qu'ironiser :

— Le naufrage ne le surprendra pas, mais au moins il coulera reposé !

Victoire crut bon de l'interroger sur son père à lui.

— Il marnait chez Renault, dit Gabin sèchement. Tiens : le temps se couvre.

Elle aurait aimé prouver son intérêt en posant des questions pertinentes. Mais son éducation et sa pratique mondaine des propos pour ne rien dire ne lui étaient d'aucun secours. Elle ne savait rien sur les ouvriers, moins que sur les Bantous. A part les bonnes, au sous-sol, avec leur lit-cage jauni et leur broc de zinc, à part les vieillardes qu'elle visitait à Noël, sous les combles du faubourg Saint-Germain, avec les « conférences de Saint-Vincent-de-Paul », elle n'avait jamais approché « ces gens-là » qui n'ont pour vivre que la location de leurs bras. Elle avait juste aperçu l'entrée des usines de Billancourt, en rentrant d'un bal à Saint-Cloud ; le coupé Delahaye de son danseur fendait à grand-peine la marée des vélos, des haleines à l'ail, des casquettes et des visages gris, tendus par la lutte contre le froid, la nuit, la montre. Quant au travail à la chaîne, elle le connaissait par Charlot boulonnant tout sur son passage dans *Les Temps modernes*, et un texte attristé de Simone Weil, lu en classe par son professeur de philo. De cette ignorance, aussi, elle tenait rigueur à sa famille.

Gabin ne s'illusionnait pas sur les compétences de Victoire, ni sur sa véritable curiosité. Il n'en éprouvait pas de rancune. Mais il n'était plus question, comme il l'avait envisagé, de visiter à Saint-Brieuc la « maison du peuple » décrite par Louis Guilloux, seul auteur dont son père possédait et relisait indéfiniment les ouvrages. « Ils ont humilié ma mère, ils me le paieront ! récitait-il, tout est là-dedans ! » Avec Victoire, le pèlerinage à Saint-Brieuc n'aurait pas de sens, sinon celui d'une trahison. Tant pis pour le joint de culasse ! Gabin bifurqua vers le cap Fréhel.

Il s'était mis à pleuvoir. Victoire avait enfilé un blouson de cuir trouvé dans le camion. Cette tenue prolétarienne lui donnait de la hardiesse :

— Il était à la chaîne, ton père ?

Même dans la conversation, Gabin entendait que son père soit absent.

— Ne te donne pas ce mal, dit-il. Il est mort, le dab, mort au champ d'honneur du rendement, tu peux pas comprendre. T'es chouette quand même. Essuie plutôt le pare-brise, pendant que tu y es !

Simple pinceau de caoutchouc, l'essuie-glace devait être actionné à la main. Victoire s'y employa avec une ardeur qui ne lui ressemblait pas. Ses cheveux et la manche du blouson balayaient le visage de Gabin. Le phare du cap Fréhel apparut, gris acier sous des nuages bas. Un fort grain d'ouest couchait les haies, cinglait les vitres, inondait le tableau de bord. Même à un rythme accéléré, l'essuie-glace ne permettait plus de conduire. Gabin se gara dans un champ, face à la falaise. L'averse avivait les odeurs d'ajoncs et de bouse. Sans se quitter des yeux, sans un mot, Gabin et Victoire rampèrent vers un amas de sacs à linge marqués « blanchisserie des Binelles ». La pluie tambourinait sur le toit, secouait le camion par saccades. Gabin s'étendit brutalement sur

Victoire, lui cacha le visage avec le col du blouson, releva la robe tachée de boue.

— Le champ d'honneur du rendement, elle ne connaît pas, forcément !

Gabin se montrait aussi exigeant qu'il avait été timide, quatre jours plus tôt, à bord de *La Marguerite*. Victoire aimait qu'il manifeste une certaine vindicte. Elle avait toujours rêvé qu'on la prenne ainsi, pour autre chose que pour elle-même. Ses ongles griffaient les sacs de jute. Par le hublot arrière du camion, on apercevait un poulain, dont le vent tirait la crinière à l'horizontale. Les nuages se déchiraient, des rayons morcelés allumaient sur la mer des cercles dorés comme des cymbales. Gabin embrassa Victoire sur la tempe, dans un long geignement :

— Là, là, murmura-t-elle, en lui flattant l'encolure.

Victoire songeait à l'écluse du port de Saint-Malo, lorsque les niveaux du sas et de la mer extérieure s'équilibrent, que les portes s'ouvrent lentement, que les bateaux s'élancent, libres. Depuis l'enfance, ces noces du bassin et du large, cet échange puissant et calme, la remplissaient d'aise, la faisaient danser voluptueusement d'un pied sur l'autre, sans raison. Elle comprenait enfin pourquoi.

IX

Alexis rentrait de La Landriais à Dinard avec le cabriolet de son oncle, quand il dépassa le camion des Binelles, stationné en haut du pré Noiraude. Victoire, en blouson, embrassait Gabin sur la joue. Alexis éprouva moins de jalousie que de soulagement. Il tenait la preuve de ce qui n'était, depuis quelques jours, qu'un soupçon, entretenu à plaisir par le scout Hubert. Son premier mouvement fut d'accélérer. Il devait dîner avec Victoire, le soir même. Avait-elle oublié ? Comment le lui rappeler sans ridicule ? Mais c'était ce soir-là ou jamais. Sa famille visitait l'île de Jersey. La villa était vide jusqu'au retour du bateau à Saint-Malo, vers minuit. En cachette de sa mère, son oncle lui avait ouvert un coquet budget pour mener à bien sa « conquête ». « Une affaire qui devrait marcher, avait décrété l'oncle ; l'honneur des mâles de la famille est en jeu ! » Alexis avait préparé un feu de bois, un souper fin à la vodka. Il avait mis un complet neuf en tweed, knickers, veste à soufflets et casquette assortis. De tels investissements, son oncle comprendrait qu'il y renonce sur un coup de tête, à la manière de leurs ancêtres, mais pas contraint et forcé. « La déveine est toujours infamante », disait-il. Alexis écrasa le frein. Il savait par Hubert que Gabin était allé à Saint-Brieuc pour le joint de culasse de *La Marguerite*.

— Alors, ce joint ? demanda-t-il.

— Introuvable ! dit Gabin en venant à sa rencontre, et tandis que Victoire descendait du camion par l'autre portière.

Alexis avait laissé à pleine puissance la radio de son cabriolet, une des premières « T.S.F. » montées sur une voiture particulière. On entendait des nouvelles. Gabin siffla d'admiration :

— La seule que j'aie vue, c'était sur un taxi !... Celle-là est meilleure... Ça doit tirer dur sur la batterie...

Alexis ignorait ce détail. Il était nul en mécanique. Il n'avait d'yeux que pour Victoire. Celle-ci cachait le bas de son visage derrière le col du blouson qu'elle n'avait pas quitté depuis le cap Fréhel. Elle soutenait le regard d'Alexis, calme et surprise de son calme.

— Je suis à vous, dit-elle au prince, d'une voix amortie par la fourrure.

Gabin fit celui qui n'entendait pas.

— C'est bien ce soir que nous dînons ensemble ? dit-elle encore à Alexis. Vous m'acceptez comme je suis ?

Un speaker lisait les premiers communiqués de la guerre d'Espagne, commencée deux semaines plus tôt, le 18 juillet. Une discussion avait éclaté, le matin au camping, à propos de cette guerre. Polo s'en désintéressait. « Que les hidalgos se démerdent !... Tous des crâneurs !... D'ailleurs, je ne comprends pas les corridas, ça me dégoûte... Un peuple qui aime des trucs aussi cons, aussi lâches, il ne mérite pas qu'on se casse la nénette ou la gueule pour lui ! » Gabin n'était pas de cet avis. « Une république qu'on assassine, c'est jamais bon pour nous, disait son père, même quand ça se passe à l'autre bout du monde. » Le nom de Franco revenait sans cesse à la radio.

— Le salaud ! dit Gabin.

— Le salaud ! reprit Alexis en écho.

Victoire s'était installée d'autorité dans le spider du cabriolet, et essayait un serre-tête de toile blanche. Elle regarda tour à tour Gabin et Alexis. Cet ouvrier de Puteaux et ce prince russe réunis sur les bords de la Rance, écoutant une T.S.F. mystérieuse, peut-être amoureux d'elle, rivaux sans le savoir, ou sans se l'avouer, et soudain du même avis, de plain-pied, du même bord honni par les Saint-Aubert, donc parés pour elle de tous les prestiges : au lieu de s'étonner de tant de hasards, Victoire les trouva normaux, mérités. Aux informations succédait une rengaine américaine : *A fine romance*. Victoire chantonna. Elle aurait voulu que l'instant s'éternise, que ces deux hommes qui l'attiraient, chacun à sa façon, l'aiment ensemble sans s'éliminer, aussi naturellement qu'ils parlaient politique. Elle aurait vécu entre eux deux, libre de ses intermittences dont ils auraient fait leur loi. Le trio aurait inauguré une manière d'aimer proscrite jusque-là par la mesquinerie de la société. Ils seraient devenus un modèle pour les siècles à venir... Pourquoi ce rêve n'était-il possible que le temps d'un virage sur une route d'enfance, au son des cloches purifié par l'averse ?

— Hitler va sûrement soutenir Franco, annonça Alexis.

— Et nous, que ferons-nous ? demanda Gabin.

— Ce que les Anglais voudront bien que nous fassions !

Soupier Raymond et Hubert Boulet-Montreuil apparurent, à deux sur le vélo du scout. Le dîner était prêt au manoir et au pré Noiraude. Gabin monta dans le camion. Victoire proposa de lui rendre son blouson. Il lui fit signe de le garder.

— Elle me le rendra demain, dit-il en démarrant bruyamment.

Alexis embraya à son tour.

— No pasarán ! cria-t-il en levant le poing.

— No pasarán ! répondit Gabin, avec le même geste.

Raymond et Hubert restèrent seuls au milieu de la route, éberlués. Ils s'attendaient à ce que les deux hommes en viennent aux mains, sortent les clefs à molette ; et voilà qu'ils fraternisaient, sous les yeux de Victoire indifférente...

— Ça alors ! souffla Raymond, mains aux hanches.

— Et le prince qui fait le signe des bolcheviques ! compléta Hubert, pour qui cette contradiction bousculait tous les raisonnements appris au manoir.

— A la jaffe ! trancha Raymond.

— A la jaffe ! imita Hubert.

Malgré l'étroitesse de la route, Alexis mena le cabriolet à une allure jamais atteinte. C'était sa façon de saluer une situation dont il ne savait que dire. La vitesse empêchait la conversation avec le spider, où Victoire était restée, le visage penché à l'extérieur du pare-brise, le narines offertes aux odeurs de foin. Le vent continuait à retrousser arbres et parasols, à faire grincer les enseignes.

Plantée à la pointe de Dinard, la villa Coppinger essuyait toutes les rafales. Dans l'entrée en pitchpin, bottes et parapluies s'égouttaient sous un baromètre, dont les aiguilles pendaient entre « pluie » et « tempête ». Du salon, le jour finissant faisait ressembler Saint-Malo à un cuirassé embossé à la côte. Des échos de sirènes et de cloches traînaient dans les passes. Un chalutier s'échinait contre le courant, piquant dans la lame courte, se couvrant d'écume, une volée de mouettes suspendue au-dessus du sillage. Un feu de bois éclairait la pièce, dont les hauts plafonds à coffrages se perdaient dans l'ombre. Victoire s'accroupit le dos à la cheminée, les jambes enfouies sous sa robe tachée de boue, les mains cachées par les manches trop longues du blouson. Elle se servit une rasade de vodka dans une tasse à thé, qu'elle humait comme une fumigation, en regardant nulle part. Alexis monta en haut d'un escabeau de bibliothèque. Il fallait trouver d'urgence des mots qui aient l'effet d'une gifle, d'une caresse, quelque chose...

— Là-bas, déclama-t-il d'une voix de théâtre, la pluie ne sera plus qu'un souvenir... Les palmes s'inclineront sous la brise... Des paquebots blancs glisseront dans des azurs de calendrier... L'aube aux doigts boudinés les surprendra sur d'antiques terrasses, immobiles, silencieux, attentifs à ces secondes de pur bonheur, craignant qu'elles ne s'envolent, ces secondes, comme des colombes farouches... Leurs nez se cogneront parce qu'ils auront envie de s'embrasser au même instant... Là-bas... Vous m'écoutez ?

Il empoigna une potiche et la jeta à l'autre bout du salon, où elle explosa. Victoire ne put retenir un rire nerveux. Des larmes lui montaient aux yeux. Alexis sauta de l'escabeau, s'agenouilla devant elle, essuya ses paupières du dos de la main.

— Pourquoi ? dit-il.

Elle n'avait jamais vu de si près le visage d'Alexis, ses taches de rousseur, ses yeux démunis derrière les épaisses lunettes, où le feu se reflétait. Pourvu qu'il ne s'approche pas davantage ! Pas maintenant ! Il lui semblait que l'odeur de Gabin, qui imprégnait le blouson, envahissait la pièce. Et cette vodka, qui faisait tanguer les parquets, les mots !

— Pour rien, dit-elle. La pluie, le froid, cette journée qui n'en finit pas... où tout va trop vite... La dureté de ce pays... des gens... votre confiance, votre gaieté... tellement...

Elle retint le mot « incroyable ». L'image qui lui venait était celle d'un camelot éperdu. Alexis racontait les moments au lieu de les vivre. Il les vantait, comme des objets de pacotille, des tours Eiffel enneigées sous leurs globes. Pour y croire. Sans y croire. Dans l'affolement !

— Du calme, mon prince, dit-elle en passant l'index sur les montures de ses lunettes. Il n'y a pas le feu !

— Justement si ! protesta-t-il.

Victoire dépassait ses espérances. Il la croyait enracinée et fragile : elle se révélait forte, de nulle part. Il lui reversa de la vodka et saisit un cahier sur la cheminée. Il lut de brefs textes de son cru : la tante Lise faisant l'amour avec le perroquet de sa tapisserie, le général Saint-Aubert signant avec Hitler un pacte « entre gens d'honneur »... Il sauta une page consacrée aux larmes de sa cousine, à sa mère, aux cours de séduction de son oncle. Il en vint au portrait de Victoire.

— ... « La mâchoire de V. est puissante. Ses oreilles sont carrées. Cependant, on sent chez elle une faiblesse désarmante, et dont la nature semble avoir fait, pour ceux qu'elle choisit, un supplice d'une incompréhensible douceur... Elle porte sur son visage cette suavité langoureuse qu'ont les filles promises au couvent. »

Victoire se cacha dans ses bras. Qu'en pensait-elle ? Alexis n'aurait su dire. Il aimait ce qu'elle devenait sous ses yeux. La châtelaine qui avait fasciné son snobisme cédait la place à une paumée encore plus attirante. Une averse fouettait les vitres à croisillons. Les éclats des phares clignotaient entre les poutres. Alexis s'agitait comme chaque fois qu'il approchait d'une sensation nouvelle et de sa traduction juste.

— En allemand, on dit : schloch. Il y a le même mot en yiddish, je crois. Ça veut dire faiseuse de fouillis, souillon... Meine schloch, ich liebe dich weil du aus meinen Land, aus meiner Rasse stammst !

Victoire leva la tête. Alexis traduisit, haletant :

— Je vous aime, parce que vous êtes de mon pays, de ma race !

— Méfiez-vous, dit-elle. Je ne serai jamais de votre pays. Je suis indécrottablement française. Au fait, c'est quoi, votre pays ? On ne sait plus, avec vous...

— Vous le saurez quand vous m'aimerez... C'est le pays des gens qui n'ont d'autre patrie que leur amour.

Elle avala d'une traite sa tasse de vodka :

— Mais je ne vous aime pas, Alexis ! On n'arrête pas de me répéter qu'on m'aime, ces temps-ci ! C'est la marée, ou quoi ? Ça flatte, mais c'est fatigant, cette intensité ! Et ça me rend jalouse. Vous en avez de la veine, tous, d'aimer si vite, si fort, du premier coup, pour la vie ! Car c'est pour la vie, bien entendu ?

Alexis fit oui-oui en agitant la tête et en riboulant des yeux avec gourmandise, comme il avait vu faire, l'hiver passé, par Harpo Marx, dans *Une nuit à l'Opéra*.

— Vous dites tous la même chose, s'assombrit Victoire. La semaine dernière, avant de...

— ... Votre ami Alain se trompait, coupa

Alexis. Sur vous, sur lui. Il le savait, et c'est cela qu'il n'a pas supporté...

En se plaignant d'entendre trop de déclarations d'amour, Victoire ne pensait pas au cap Fréhel. Gabin n'avait rien dit de semblable. Il se vengeait des principes d'Odette et de son fiasco de *La Marguerite*. Victoire le savait et n'attendait pas de serment. Elle avait seulement décidé d'en finir avec sa virginité, de casser la cote boursière que sa famille attribuait à cette fausse valeur. Elle n'en voulait pas à Gabin d'avoir accepté ce qui ressemblait, pour lui, à une aubaine, et, pour elle, à un défi. Elle lui savait gré de sa réserve bourrue. Mais elle n'avait pas épuisé l'envie de le toucher, d'être touchée par lui.

Alexis devinait ce lien. Il n'en imaginait pas d'autre. Victoire ne voulait pas épargner Alexis. Elle l'estimait trop. Il fut question de Gabin sans le nommer.

— Vous ne vous ressemblez pas, dit-elle, mais vous avez quelque chose de pareil.

— ?

— Une chose qui ne dépend pas de vous, que je suis seule à sentir, parce qu'elle me manque. Vous me rappelez... un manteau !

Victoire évoqua un souvenir qui la poursuivait. Lors d'une maladie d'enfance, en hiver, un médecin était venu la voir chaque soir. Il l'auscultait sans ôter son manteau. Elle sentait sur elle cette ratine, ce froid du dehors, accentué par sa fièvre ; une odeur de nuit, de forêt, de chasse, l'odeur des lointains d'où elle ne venait pas, où elle n'irait jamais, où elle n'avait pas le droit d'aller.

Elle attira Alexis près d'elle. Elle renifla tour à tour sa veste et le blouson de Gabin :

— Vous venez d'ailleurs, tous les deux. Vous sentez le manteau : ce pour quoi les Saint-Aubert vous craignent, vous haïssent.

— Je leur fais tout de même moins peur que les blanchisseurs ! dit Alexis.

— Bien sûr, mais ce n'est pas parce que vous êtes prince : c'est parce que vous êtes seul et qu'eux sont... plusieurs.

Victoire touchait un point sensible. Dès l'incident de la procession, Alexis avait senti que les gens des Binelles faisaient partie des réprouvés, comme lui, mais qu'ils s'y trouvaient à l'aise, parce qu'en nombre et, peut-être, depuis peu, du bon côté de l'Histoire. Lui, quoi qu'il advienne, il ne bénéficierait, face au manoir, que d'une morale de l'hospitalité, modifiable au gré des événements comme toutes les morales. Il devrait se battre seul, ruser, plaire, envoyer des fleurs, baiser les mains, inventer des livres suaves — puisque telle était sa vocation.

— A propos d'invention, dit Victoire, savez-vous ce que dit mon oncle Henri, celui que vous aimez tant et qui vous le rend bien ?

Elle s'était étendue devant le feu, apaisée. Une autre idée la traversa (le coq-à-l'âne était signe, chez elle, d'euphorie) :

— J'y pense, encore un, l'oncle Henri, qui m'aime. Enfin : qui m'a aimée. Le premier ! C'était l'été après la crise de 29. J'avais onze ans. Cela se passait sous le séquoia ; déjà. C'est fou ce qu'il en a vu et entendu, cet arbre ! Oncle Henri se pressait contre moi, sous prétexte de jouer à cache-cache.

Elle imitait son oncle :

— « Victoire, ma toute petite, il n'y a qu'un Dieu, qu'une loi : la nature ! Tu la sens, la nature, là ? » Et il amenait ma main vers son ventre... Il disait encore : « Si j'avais été une fille, c'est à toi que j'aurais voulu ressembler ! »...

— Que pense de moi le satyre, quand il ne viole pas ses nièces ?

Victoire ôta son blouson.

— La vérité me donne chaud, dit-elle.

— Que dit-il ?

— Que... Que vous n'êtes ni russe ni prince, que vous avez l'accent allemand et...

— Et ?

— C'est tout. Voilà... J'aimerais que ce soit vrai, que vous nous ayez trompés, que vous soyez un sale boche comme ma famille les déteste !

Alexis allait-il passer aux aveux ?

— J'aime arranger les choses, dit-il. Pas par commodité. Par jeu. J'invente des histoires délirantes qui m'obligent ensuite à trouver des preuves acrobatiques. Je me fais l'effet d'être à la fois Dieu qui crée l'absurde sur un coup de dés, et l'homme qui justifie l'impossible.

— Russe ou pas, dit-elle, tous les gens qui fuient quelque chose se ressemblent, et me plaisent !

Elle enfouit son nez dans l'épaule d'Alexis.

— L'odeur de manteau ! Je la préfère non princière, elle est plus forte.

Alexis s'écarta.

— J'oubliais. Il faut aussi que vous le sachiez, je suis...

Victoire lui ferma la bouche d'un baiser. Alexis acheva sa phrase lèvres contre lèvres, sa langue entre les dents de Victoire :

— Je suis... tuberculeux.

Victoire éclata de rire :

— Chez moi, on dit : « poitrinaire ». Boche et phtisique : c'est tante Guite qui va être contente !

Elle se retourna, souleva ses cheveux. Elle avait envie d'une caresse précise :

— Pour éviter la contagion, embrassez-moi juste la nuque, là, plus haut, encore !

— Meine schloch, murmurait Alexis.

Une sirène de bateau retentit. Ils allèrent à la fenêtre, joue contre joue. Un paquebot virait le môle de Saint-Malo. Les lumières des hublots perçaient la pluie. C'était le *Britanny,* retour de Jersey.

— Mon père passe sa vie sur ces engins, dit Victoire. Je crois que c'est à cause de la nuit autour, du liquide noir en dessous. Il aime que les lustres se détachent sur du vide. Je suis comme lui. J'aime bien mon père.

— Déjà eux ! dit Alexis, soudain préoccupé. Mieux vaut que je vous raccompagne maintenant. C'est mieux.

— Vous avez honte de moi ?

— Je n'ai jamais été si fier.

— Honte d'eux ?

Sur le bac, quand il avait fait la connaissance de Boulet-Montreuil, Alexis s'était inventé à brûle-pourpoint le nom de Scherbatoff, repéré dans Proust. Il savait que les Français haïssaient les Allemands, depuis 14. Les Russes et les princes avaient meilleure presse. Comme dit son oncle : « Il faut s'adapter à la clientèle. » Ce mensonge l'arrangeait et l'amusait. Toujours le goût du jeu, du risque.

— Je ne m'appelle pas Scherbatoff, en effet ! Je vous expliquerai. Pas maintenant. Ce serait trop long !

Un coup de sirène claqua dans l'air saturé d'eau, comme une note de tuba, le couac d'un clown.

— Comment vous appelez-vous, alors ?

— Ma mère a surnommé mon oncle « Bouglione », parce qu'il ressemble à un directeur de cirque, et qu'il peut crier aussi fort qu'un dresseur de lions.

— Vous ne voulez pas qu'ils me voient ? Que je les voie ?

Ils montèrent en voiture. Alexis s'inquiétait d'être en retard au bac de Dinard, après l'avoir reconduite. A la lueur du tableau de bord, Victoire lut dans ses yeux une tendresse qui ne lui était pas destinée, un sourire d'excuse protectrice, curieusement paternel.

— Mon oncle est si, comment dire ?... si petit !

X

Le dimanche 9 août, veille de leur retour à Sèvres, les campeurs se rendirent aux îles Chausey, qui ferment la baie du Mont-Saint-Michel. C'est Alexis qui organisa la randonnée. Il y voyait un moyen de plaire à Victoire. Il avait d'abord cru qu'il lui fallait briller au manoir. Sans savoir ce qui s'était passé avec Gabin, il estimait que son intérêt commandait désormais de conquérir les blanchisseurs, plus attirants, aux yeux de Victoire, que des émigrés, parce que plus redoutés de sa famille. Il ne s'agissait pas d'un calcul froid, mais de malices qui faisaient partie, pour ce joueur d'échecs, du bonheur d'agir.

Son oncle lui avait vanté la sauvagerie de l'archipel. La blanchisserie rouvrait le mardi suivant. C'était dimanche ou jamais. Alexis attendait beaucoup d'une journée au large, « toutes classes confondues ». Il demanda à Marguerite Saint-Aubert qu'elle prête son canot, enfin réparé par Gabin avec un joint venu de Rennes. La châtelaine donna son accord, soulagée que le pré Noiraude soit bientôt évacué. Elle mit comme condition que son bateau soit confié au fils Léostic, Loïc, le matelot du bac de Saint-Malo. Outre les blanchisseurs et les faucons au complet, embarqueraient Yvonne, la petite sœur de Loïc employée au manoir, et, côté châtelaine, Victoire, flanquée, à la demande de Soupier Raymond, de son cousin Hubert.

Le temps était au beau fixe. L'appareillage eut lieu à l'aube, dans un reste de brume. On fit la chaîne pour entasser les paniers de pique-nique préparés jusque tard, la veille, à la ferme. Au moment de sauter à bord, Gabin et Victoire regardèrent ensemble la cabine avant où avait eu lieu leur rendez-vous manqué. Les premiers roulis incitaient chaque passager à se taire, à éprouver son corps, à naviguer pour son compte entre la nausée et l'euphorie. Gabin, chiffon au poing, surveillait les suintements du moteur. Sous le contrôle de Loïc, bras croisés, Polo s'essayait à barrer, entre Gilberte, sa blanchisseuse préférée, et la petite Yvonne Léostic, sensible au prestige de l'uniforme. Soupier Raymond et le scout Hubert apprenaient à boire au goulot à Victoire, en pantalon, marinière, béret rouge et lunettes de soleil. Debout près du mât, casquette d'inscrit maritime, caban à boutons dorés et foulard de soie, Alexis observait chacun à la ronde, avec un sourire épanoui. Ce rassemblement était son œuvre. Après avoir viré l'îlot du Grand-Bé, sur lequel on se montra du doigt le tombeau de Chateaubriand, *La Marguerite* piqua entre des rochers à fleur d'eau et contre un clapot vert émeraude, dont les embruns provoquaient des cris de joie. Une vedette nommée *Solidor* les dépassa. Sa cheminée jaune lâchait une fumée noire, sur fond de ciel pur. « Le Ville-de-Montereau fumait à gros tourbillons », se récita Alexis, pour qui il n'y avait pas de moment parfait sans un souvenir littéraire. Il allait demander à Victoire de reconnaître le début de *L'Education sentimentale*, mais il craignit de se heurter à une ignorance qui l'eût déçu.

Le campement fut établi sur une plage de la grande île, face au Mont-Saint-Michel. C'était une anse de sable fin, surmontée d'un château fort en granit ocre. Des ajoncs bordaient la dune. Dans un pré d'herbe rase paissaient deux chevaux blancs. La traversée avait ouvert les appétits. Gilberte et Yvonne s'amusèrent de ce que Victoire ne savait toujours pas boire au goulot, ni manger pain, fromage et fruit sur son pouce retourné sans lâcher le couteau. On parla de la superstition du lapin chez les marins du pays ; on évoqua les moines du Mont-Saint-Michel qui venaient se fournir en granit sur l'archipel, avant qu'un séisme n'eût inondé la forêt qui couvrait la baie. Le scout Hubert était intarissable sur les phénomènes naturels. Depuis quelques jours, il y incluait le sexe. A l'heure du bain, il comptait identifier celle des blanchisseuses dont la croupe à fossettes illuminait ses nuits et resterait l'emblème de cet été 36. Raymond était songeur. Il se promettait d'envoyer une carte postale à mémé Soupier « qui, la pauvre ! ne verrait jamais le Mont-Saint-Michel ». Plus tard, il aimerait être aussi élégant que le prince Scherbatoff, dont la pochette le fascinait.

En attendant le bain, les gamins se livrèrent à leur jeu favori depuis que l'abbé Martinière les avait conduits voir *L'Appel du silence*, triomphe cinématographique du printemps. Leurs serviettes en turbans, armés de pétoires en branches de genêt, ils jouèrent la scène du film qui les avait le plus divertis : le meurtre du Père de Foucauld par les « infidèles ». Raymond excellait dans le rôle du trappiste assassiné. Il tombait à genoux, bras en croix, avec un sourire d'extase. N'était le Mont-Saint-Michel, dont le cône bleuté perçait l'horizon, le décor imitait à merveille le Sahara. Les Touaregs rugirent à qui mieux mieux. Les salves crépitèrent. Le religieux roula en boule magnifiquement.

Le scout Hubert en oublia que le Père de Foucauld était un de ses modèles. A Paris, il avait collé près de son lit une photographie du film, au début, quand le futur martyr hante les bals de la bonne société. Annoncer à sa cavalière, au terme d'une valse endiablée, qu'on va entrer dans les ordres, lui semblait, jusqu'à ce qu'il entrevoie les fossettes du pré Noiraude, le comble de la félicité. Il avisa un galet en forme de pistolet d'ordonnance.

— Vachement au poil ! cria-t-il aux copains, en donnant au moine le coup de grâce que se réservent les chefs.

Ainsi meurent les idoles ! Pour mettre fin à ces innocents blasphèmes, l'abbé Martinière décréta la baignade. Polo mit les faucons en rangs par deux en beuglant des ordres militaires et les mena au pas vers la mer, où les précédaient Gabin et les blanchisseuses. Victoire n'avait pas envie de se baigner. Elle craignait que son maillot rayé à la dernière mode ne parût trop chic, au milieu des sous-vêtements des campeuses. Elle garda son béret rouge et ses lunettes de soleil. Ce n'était pas de la bouderie ; un vague renfrognement, dont elle ne discernait pas la cause. Un défaut de famille ? Elle avait observé cet entêtement morose chez Marguerite, chez Lise, et bien qu'elle le trouvât enfantin, elle s'y enfonçait à son tour. C'était d'autant plus absurde qu'elle se sentait heureuse, nullement déchirée entre ses sentiments pour Gabin et pour Alexis, convaincue qu'on pouvait aimer sans drame deux personnes à la fois. Les deux hommes s'aspergeaient au bord de l'eau, l'un portant Raymond sur les épaules, l'autre Hubert. Victoire n'était pas seule de son espèce : Gilberte et la petite Yvonne menaient autour de Polo un ballet de séduction qui n'excluait pas l'amitié entre elles.

L'abbé invita Victoire à courir vers l'eau. Allongée sur un coude, elle jouait avec une boule de varech. Elle avait envie que le prêtre bénisse son rêve de trio.

— Pourquoi l'Eglise veut-elle l'amour possessif et exclusif? demanda-t-elle. Logiquement, elle devrait encourager le maximum de partage !

Par habitude de la confession, le prêtre cherchait l'origine des questions posées par ses pénitents. Victoire attendait de Gabin et d'Alexis qu'ils l'arrachent à son monde. C'était à qui l'en délivrerait le plus vite, le plus fort.

— Vous prenez pour de l'amour la haine de ce que vous êtes, dit-il.

Victoire écrasa la boule de varech, furieuse d'être percée à jour.

L'abbé n'avait pas de mérite. Il venait du même milieu qu'elle.

— On ne se débarrasse pas de notre monde en le trahissant, dit-il. C'est lui rester fidèle que de vouloir prolonger, par la séduction, notre domination du porte-monnaie...

Il montrait les baigneurs.

— Au lieu de resonger déjà à régner, réjouissez-vous qu'ils partagent enfin, pour quinze jours, notre privilège de barboter sous le soleil du bon Dieu !

Victoire demanda n'importe comment :

— A propos du Père de Foucauld : comment devient-on sœur blanche dans le désert ?

L'abbé étouffa un rire. Il pensait au noyé de la Rance, victime de sa vanité plus que de l'absolu. Victoire en faisait trop, dans le grandiose. Toujours le besoin bourgeois de devancer les autres en toutes choses !

— Vous me rappelez un camarade de séminaire, dit-il, un « de quelque chose ». Il restait en prière après tout le monde. Il demandait à chacun de nous ce que nous éprouvions. Il ne supportait pas qu'on puisse sentir plus que lui. Autant avouer qu'il ne sentait rien !

Il courut à l'eau. Victoire était soulagée que ses

comédies ne prennent pas. Face à ses tantes, la partie était trop facile. Il lui avait manqué d'être rabrouée. Elle laissa couler l'instant. Le soleil lui brûlait le front. A la verticale des dunes, une alouette, point minuscule et immobile, tenait son trille.

La note était si claire que tout autre son paraissait lui faire injure. Ainsi du carreau qui se brisa et dégringola le long du château fort. C'était Soupier Raymond qui avait lancé un caillou dans la pièce d'angle. Polo lui colla une paire de gifles et l'abbé le priva de goûter. Faucons et blanchisseuses trouvaient le coup plutôt réussi. Du haut des épaules de Gabin qu'il occupait depuis la sortie du bain, de moins en moins « garde champêtre », et tout heureux d'avoir repéré les fossettes — Gilberte, c'était Gilberte ! —, Hubert cria, sur le ton aigu des réparateurs ambulants :

— Vi-tr-ier !

Puis, sautant dans le sable :

— Monsieur Renault peut payer !

Polo et Alexis se firent confirmer par Victoire que le château fort appartenait au constructeur automobile. Gabin fit celui que le détail n'intéressait pas. Chacun avait présent à l'esprit que son père avait péri broyé par une presse, aux usines de l'île Seguin. Quel rapport entre le château et l'accident ? Polo dit tout haut ce qu'on ruminait tout bas :

— Il paraît que l'argent des riches, une fois distribué, les pauvres n'en verraient pas la couleur... N'empêche : le pognon foutu dans ce château aurait évité que...

Gabin ne supportait pas qu'on s'empare d'un drame qui était sa propriété. Il se réservait d'en tirer vengeance lui-même, à son heure.

— La seule chose qui compte, dit-il, c'est ce qui se passe en Espagne !

— No pasarán, cria Alexis. En Espagne... et en Allemagne !

Gabin rejoignit les campeurs qui jouaient à saute-mouton avec l'abbé. Victoire se tourna sur le ventre. Cette excursion n'en finissait pas. Le soleil tapait trop fort. Il y avait trop de monde, venu de trop d'endroits, trop éloignés. Elle ne supportait les gens qu'en petit nombre, à faible dose. Elle ne savait pas se contenter d'être présente, naturellement. Il lui fallait mener un jeu, le jeu, sous peine de se sentir laide, contestée. Elle aurait aimé ne plus rien entendre, ne plus soutenir les regards, s'enfoncer sous le sable tiède et fade contre lequel s'écrasaient ses lèvres.

Debout au-dessus d'elle, Alexis n'avait pas d'autre envie que de se pencher sur cette nuque où le mica mêlé au sable miroitait en paillettes sombres. Mais Polo restait fiché près d'eux, décidé à discuter, retors.

— Les prolétariats allemand et français ne se laisseront pas entraîner par leurs bourgeoisies dans une nouvelle guerre, affirma-t-il.

Alexis dessinait des signes cabalistiques, pour se calmer.

— En attendant, les prolétaires allemands laissent arrêter les pacifistes, les opposants... Savez-vous qu'Hitler a décidé d'exterminer les juifs ?

— On le dit, admit Polo.

— Comment : « on le dit » ?

Polo avait entendu dire ces choses à Paris. Il n'en était pas remué. Chez ses parents, qui tenaient une boutique de jouets sous la gare Montparnasse, on trouvait que « des juifs, il y en avait assez comme ça ». Le petit commerce était écrasé par « ces gens venus d'on ne sait où, avec leurs capitaux apatrides et leurs succursales anonymes ». En servant la soupe, le père de Polo disait souvent : « Chacun chez soi, ma famille d'abord, ensuite mes cousins, et puis les autres..., s'il en reste ! » Et d'ajouter, lui qui ne croyait à rien : « On est un pays chrétien, bordel de Dieu ! Eux ne se tiennent pas les coudes, peut-être ? »

— Ils sont partout ! lança Polo. Ils ne produisent pas, ils empochent nos bénéfices au passage, ils s'arrangent entre eux, ils ne sont bons qu'à ça... ça ou faire les artistes ! Le cinéma, les journaux, c'en est farci !

L'alouette tenait toujours sa note, au plus haut du ciel. Que le manoir soit antisémite, c'était dans l'ordre ; mais si le petit peuple français incarné par Polo l'était aussi, alors l'oncle Bouglione avait raison : c'était fichu pour les juifs, il fallait faire les bagages, aller plus loin. Alexis regarda l'heure et la position du soleil. Il se tourna vers ce qui devait être l'ouest. Au-delà de rochers penchés les uns contre les autres comme de vieux moines, la Manche s'ouvrit à l'Atlantique. Des nuages cuivrés annonçaient le crépuscule, longtemps à l'avance, à la façon des thèmes d'opéra. C'est par là-bas qu'il faudrait fuir encore. Derrière l'horizon, au pied des gratte-ciel de Manhattan couleur de suie, des oncles attendraient agités, que le paquebot se colle aux docks rouillés de l'Hudson. Troisième Avenue, 32e Rue, on dédoublerait les lits en débouchant la vodka...

Alexis fit un demi-tour, et tendit le bras vers l'est, où le ciel perdait de sa gloire. Là-bas, au fin fond de l'Europe, quelle heure était-il ? Etait-ce déjà la nuit, l'hiver, sur les toits en pente et les bulbes vert-de-gris de la Möhlstrasse ? Au kiosque du Biergarten de Munich, quels éclats de trompettes et de grosse caisse saluaient la fin d'après-midi ? Cette île bretonne lavée de lumière, blanche de sel et muette, il y manquait des châtaigniers opulents, des longues tables aux bocks ambrés, aux cernes guettés par les guêpes, les valses reprises en chœur, un coup je te pousse à droite, un coup à gauche, et pan sur les cuisses duveteuses, c'était tout de même ça, son chez lui, le Bavaria Ring, le Schwabing, les bords de l'Isar, le cousin polonais dans son hangar à houblon, oncle Elie le Russe et ses tours de cartes, Sam et sa barbe enneigée de laine, la famille infinie, oncle Bouglione et ses diamants dans les traversins, les cours de français et de violon avec cousine Sarah, papa arrêté le 10 février 1934, on n'a jamais su pourquoi, un livre à la main, le regard si persuadé de la bonté humaine que maman faisait oui-oui de la tête jusqu'au fourgon des S.S., le projet de meurtre qu'Alexis en conçut, il avait tout le temps, cette certitude de vengeance qui le soutiendrait dans ses guignolades... Car il faudrait porter beau, l'été 1934, quand Bouglione et sa mère décideraient : schnell nach Paris... Comme c'était petit, le Marais, la rue des Rosiers ! Petit et gris, sans air, et sans chanson ! Heureusement, il y avait la langue française, ses descriptions en bouquets, ses raisonnements en batailles, Proust dans le texte, Louis-le-Grand, les dissertations vendues aux petits chrétiens essoufflés, le coup de Bourse de Bouglione, l'achat du cabriolet Ford et la location de la villa, Sarah à son camp d'éclaireuses, le bac de Dinard, Boulet-Montreuil, l'Hotchkiss grand luxe... Je me présente : « Prince Scherbatoff » ! Pourquoi pas ? Le Dieu des goyim roulant dans la luzerne, et la nuque de Victoire, si lisse, si lisse...

Loïc revint du bistrot de l'île, ivre mort.

— Il faut rentrer, brailla-t-il. Avec ce putain de rafiot des deux cents familles de merde !

Au large, la vedette *Solidor* cinglait déjà vers Saint-Malo, « à gros tourbillons ». Victoire se leva sur les coudes. Qu'était-il arrivé, pendant qu'elle somnolait le nez dans le sable ? Alexis, debout contre le soleil, décoiffé, lui parut beau, aussi fort que Gabin, là-bas, entouré de blanchisseuses pépiantes.

— Vous me plaisez, prince ! Je peux vous dire cela ?

Alexis achevait de se remémorer ce qui l'avait conduit sur ce bout de rocher celte, seul au milieu d'étrangers méprisants et méprisés. Le soir de la villa Coppinger, quelle idée d'avoir inventé que son oncle était petit, alors qu'il le dépassait d'une tête ?

On eût dit que Victoire devinait ses pensées :

— Pourquoi vous me cachez votre famille ? demanda-t-elle en enlevant ses lunettes, et en découvrant des yeux attendris par la fatigue.

Alexis se souvint des affres de Sarah, qu'un professeur maboul de Munich donnait en exemple de pure aryenne, qui n'osait démentir, et qui craignait que son père ne vînt la chercher en classe, tant il avait l'air... tant il...

Polo ordonna aux campeurs de regagner *La Marguerite* en chantant *Youcaïdi*.

— Allez, lança-t-il à Alexis. L'heure, c'est l'heure ! Tu verras quand tu seras chauffeur de taxi, comme tous les princes russes...

Il fallait en finir avec cette légende stupide. Comment Alexis convaincrait-il l'adjudant Polo de ce qui arrivait aux siens dans l'Allemagne nazie, alors qu'au lycée personne ne voulait le croire, pas même son professeur de philo, le socialiste Marcel Déat ? A quoi bon ? Cette région était à l'image de la France entière. La mer y scandait l'oubli. Paroles et gestes s'effaçaient d'une marée à l'autre. L'eau les engloutissait avec le mouvement lent des mourants qui relèvent le drap par-dessus leur tête, anticipant le geste des croque-morts. La vérité suivait les lois du marché : elle attendait, puisque personne ne voulait delle !

Un cri, pourtant, montait dans la gorge d'Alexis. Il aimait trop Victoire pour lui mentir une minute de plus. Il était prêt à mourir pour qu'elle sache, qu'elle comprenne. Il sentait en lui la force des animaux qu'agite l'approche indistincte du danger. La terre, peut-être, allait s'ouvrir sous ses pieds nus. Ce fut un hurlement tel que Victoire fronça les yeux, ouvrit grand la bouche, comme sous l'effet d'une explosion :

— Je m'appelle Alexis Goldschmidt !

L'alouette se tut net.

XI

— Le temps rêvé pour partir ! dit Marguerite, en reposant sa tasse de café.

— En 1928, il faisait encore plus mauvais, corrigea Lise.

Parmi les traditions du manoir, celle du départ était la plus solide. Le général, sa sœur et Lise quittaient La Landriais le plus tôt possible après le 15 août. Au-delà, ce n'était « plus ça », bien que septembre, « et même octobre », réservent « de belles surprises ». Le célèbre fond de l'air s'aigrissait, des roux d'automne s'installaient au haut des arbres, ce qui mettait le général au bord des larmes. Seraient-ils encore là l'été suivant ? Par ces temps troublés, comment prévoir ? Au terme de la conversation d'usage sur la date exacte où l'été « basculait », on retint, pour 1936, le lundi 17 août. Par chance, il pleuvait depuis l'aube. Le vent arrachait les premières feuilles, dont l'une, brune, presque noire, s'était plaquée, durant la nuit, contre la porte-fenêtre du salon. Le déjeuner passa à se rejouir d'un temps à l'unisson des âmes.

La tristesse de partir serait moins grande, et « ce serait bien fait pour les Jacques ».

Par « les Jacques », les Saint-Aubert désignaient le beau-frère du général et ses descendants, à qui le manoir était prêté chaque année après le 15 août. « Les Jacques » incarnaient les meilleurs principes du clan : chacun des six neveux avait cinq ou six enfants, les aînés prenaient soin des cadets, les mères à colliers de perles tricotaient sur la plage, les maris à chevalières venaient en week-end parler du bureau, on récitait la prière en commun, la balançoire grinçait du matin au soir, la cloche du déjeuner tintait, tout était dans l'ordre. Mais le général et les siens n'aimant rien tant que se distinguer, ce conformisme leur paraissait excessif, dépourvu de l'originalité qui restait l'apanage de leur « branche ». En partant, on fermait à clef certaines chambres, certains placards. Marguerite interdisait que les Jacques touchent à son bateau ; Lise, à la tapisserie.

Cette année encore, les brodeuses avaient réussi à ne pas achever leur ouvrage. Le perroquet demeurait sans crête ni bec. « Je pourrais parler, si je voulais » : cette menace, courante les jours de grabuge, aurait pu servir de légende à la tapisserie, et de devise à la famille, dont l'esprit se nourrissait de mots imprononcés. Ainsi le mot « divorce », qu'Alexis avait eu le malheur de suggérer à Lise, le soir où elle se plaignait des frasques de son mari. « Pas ce mot-là ici ! », s'était-elle récriée, avec autant d'effroi dans les yeux que s'il avait brisé, sur la cheminée, la photo d'un enfant mort...

Par crainte du ridicule, les Saint-Aubert firent promettre aux fermiers qu'ils ne parleraient pas « aux Jacques » de l'occupation du pré Noiraude. Après le départ des campeurs, huit jours plus tôt, le général décida que seraient posés des barbelés, et refusa qu'il fût question des Binelles à table. Même quand Hubert rapporta que l'abbé Martinière les « remerciait de tout cœur », qu'il « dirait des messes pour les Saint-Aubert », et qu'il « reviendrait en 1937 », aucune remarque ne fut tolérée.

— Les pleins de la Panhard sont faits, annonça le père Léostic, en ciré luisant de pluie.

Sa femme et sa fille s'encadraient dans la porte.

— Approchez ! ordonna le général avec solennité.

Avant le déjeuner, la cuisinière Elia et la bonne Germaine avaient prévenu que « décidément ça n'allait pas » ; qu'elles « rendaient leur tablier ». Après tant d'années ? Marguerite était plus émoustillée que malheureuse : où partaient-elles ? Encore un coup de Blum ! Lise voyait dans cette décision la confirmation de ses soupçons contre Elia. Celle-ci aurait perverti « sa » Germaine. Quel bonheur était encore en train de se bâtir, hors d'elle ? Le général s'était opposé à tout commentaire. Il tenait sa riposte prête, une vieille idée. Il fit approcher la petite Yvonne Léostic. Que dirait-elle de se « placer » à Paris ? Marguerite lui montrerait. Il s'agirait de la cuisine et d'un peu de ménage, pour commencer.

Yvonne bondit de joie. C'était son rêve, « bonne

à Paris », et de quitter La Landriais ; surtout depuis le départ des campeurs. Le soir de l'excursion à Chausey, dans le chemin du pré Noiraude, Polo l'avait embrassée « comme au cinéma ». « Tu m'aimeras toujours ? », avait-elle demandé en reprenant son souffle comme après un plongeon dans la Rance, et en s'essuyant la bouche. « Evidemment, c'te connerie ! », avait répondu Polo. Depuis, elle rêvait de mariage en blanc au bras d'un aviateur.

— Monsieur est trop bon, répondit pour elle la mère Léostic, rougissante. Les jeunes, ça ne sait plus que s'amuser ! Tu dis merci à mon général ? Tu la veux, la mornifle ?

— C'est que faudra la mater, renchérit Léostic. Pas de sorties ni rien ! Non mais sans blague...

Victoire subissait aussi le climat des départs. De sa chambre, elle regardait la pluie balayer la pelouse par vagues argentées. Le séquoia laissait voir son double tronc rose. Elle n'avait jamais remarqué l'indécence de cette fourche couleur chair, sous les feuillages retroussés par la tempête. Elle s'apprêtait à rentrer dans la Panhard du général. En bouclant sa valise, elle récapitulait ses vacances 1936. Elle revoyait la mèche rebelle d'Alain, elle entendait ses phrases têtues : « Il n'y a rien à attendre de qui n'a rien, en soi, à opprimer ! » L'esprit d'escalier lui dictait, près d'un mois trop tard, la réplique qu'elle n'avait pas eue : « ... Et on ne peut rien pour qui a juré de s'éblouir tout seul. » Gabin avait levé le camp après des adieux muets et délicieux, sur la plage, toute la nuit. Alexis était parti le surlendemain après une soirée aussi douce, bien qu'il lui ait fait l'amour sans habileté. Les paroles du « prince » l'avaient touchée plus que ses gestes. Il avait raconté sa vie à Munich avec ivresse. Il portait à son enfance un sentiment pour lequel Victoire n'avait pas trouvé d'autre mot que « patriotisme ». La crainte d'oublier des détails le faisait bégayer. Parfois, il s'arrêtait pour demander l'équivalent d'un mot allemand. Il s'indignait qu'elle ne connût pas les chariots de Wiesbaden, à quatre roues et claires-voies, dont le timon relevable lui servait de guidon, dans les rues descendant à l'Isar. Les paysans, l'armée, les enfants, toute l'Allemagne, roulaient sur ces engins de tailles variées. « Enfin, Victoire ! Wiesbaden ! » Elle avait répété : « Wiesbaden ! », sans en tirer l'exaltation qu'espérait Alexis. « Je t'en montrerai plein, des chariots de Wiesbaden ! », avait-il promis. « Après Hitler, je t'emmènerai voir le château de Louis II... » Il était aussi fier de « son » pays que Victoire écœurée du sien. « Après Hitler ! » L'expression n'avait de sens que pour lui. Il l'employait avec véhémence, comme un serment sur une tombe. L'appétit amoureux de Gabin apaisait Victoire, mais l'impatience d'Alexis devant la vie la troublait davantage. C'était la terre entière que le « prince » voulait dévorer, en plus d'elle-même. Sa voracité la replaçait vivante, au sein du monde. Sur la plage de Chausey, il avait révélé son nom de Goldschmidt avec une rage insoupçonnable. Victoire n'avait pas compris qu'il y mettait la force d'un cri de naissance. Des juifs, comme des prolétaires, elle ne connaissait que les préjugés effarants qui se débitaient à la table des Saint-Aubert, la peur irraisonnée qu'ils inspiraient. Elle s'était étonnée que Polo tînt le même discours contre les juifs que sa famille. Deux mondes d'accord sur rien sauf sur « ça » : sale présage !

Elle y verrait plus clair à Paris. Elle avait rendez-vous avec Gabin et Alexis. Elle se promettait de les rencontrer sans se cacher de l'autre. Elle en attendait un bonheur étrange. L'hiver serait riche de possibles. L'enfance s'achevait. Reviendrait-elle au manoir en 1937 ? Seule ? Comble d'incertitude : elle attendait depuis quatre jours la preuve que ses étreintes avec Gabin et Alexis n'auraient pas de conséquences. L'éventualité d'être enceinte sans savoir de qui ne l'apeurait pas. C'est en chantonnant qu'elle entra au salon :

— Devine la nouvelle, triompha le général, fier comme d'une tactique militaire : Elia nous quitte, et, dans l'heure, j'arrête Yvonne. La petite rentre avec nous dans la Pan-Pan (c'était le surnom de la Panhard).

— Au tarif d'ici ! précisa Marguerite. Nous la formerons.

Victoire ne savait quoi répondre. Sans réfléchir, elle trouva drôle d'enchaîner :

— Eh bien moi, j'attends un bébé !

Un « oh ! » secoua le salon. Seule Marguerite n'était pas surprise :

— Tu me croiras si tu veux, mais je m'en doutais ! Ton grand-père te le confirmera : pas plus tard qu'hier en sortant de table, je lui ai dit : « Xavier, tu ne trouves pas que Victoire change de tête ? Elle devient... »

— « Vulgaire », compléta le général.

— Je n'ai pas dit : « vulgaire ».

— En effet ! Tu as dit : « elle fait congé payé » ! Ce sont tes propres termes !

— C'est possible, concéda Marguerite.

Lise s'était appuyée à la tapisserie, couverte d'une housse.

— Quand donc tout cela finira-t-il ?

— Quoi : « tout cela » ? demanda Marguerite.

Lise voulait dire : ces ventres qui gonflent et crèvent, toute cette ponderie du monde, comme à la ferme, au milieu des chiures et des plumes sanguinolentes, piti, piti, piti, et les couinements des nouveau-nés, leurs glaires sur le dos. Léostic lui a raconté que certaines poules, tout à coup, piétinaient leurs œufs, crac, crac, que la chatte, celle qu'il appelle « Négus » à cause de sa petite taille chafouine, à chaque portée, griffait à mort un ou deux chatons, les plus jolis...

— Piti, piti, piti, dit Louise en semant des graines imaginaires sur l'Aubusson du salon.

Le général portait sa tenue de voyage. Une des jambes de son pantalon de golf tomba sur la chaussette écossaise.

— Comme disait mon ami Foch : « De quoi s'agit-il ? ou plutôt : de qui ? »

— C'est vrai, ça, qui est le père ? appuya Marguerite.

— Je ne sais pas, dit tranquillement Victoire.

Hubert, qui ne perdait rien de la scène, retrouva son âme de garde champêtre. Il se souvenait du dos qui s'agitait à bord de *La Marguerite ;* toujours la nature et ses extravagances !

— C'est le chauffeur des Binelles, Gabin !

Un nouveau « oh ! » traversa le salon. Victoire ne cherchait pas à provoquer. Elle suivait ses pensées.

— Lui... ou le prince ! Ça peut être les deux !

Marguerite avait son « arête ». Elle roulait des yeux, se tenait le cou à deux mains.

— A propos, précisa Victoire, Alexis n'est pas prince, ni russe. Il s'appelle Goldschmidt. Il est allemand, juif, tuberculeux, et encore autre chose qui devrait vous plaire...

Que pouvait-il être de pire ?

— ... Il adore la vie !

Hubert n'en revenait pas. Il ignorait qu'Alexis était aussi l'amant de Victoire, qu'un enfant pouvait avoir deux pères. Son admiration pour sa cousine et pour la biologie était au zénith. Le bébé serait-il un mélange des trois parents ? Sa mère n'écouta pas sa question.

— Pine au cul, marmonna-t-elle en ramassant ses graines imaginaires.

Victoire avait causé assez de terreur. Avant de monter dans sa chambre chercher sa valise elle lança :

— Au fait, savez-vous ce que dit Alexis ? Qu'Hitler fait arrêter les juifs sans raison, uniquement parce qu'ils sont juifs...

— Comment peux-tu croire quelqu'un qui nous

a autant menti ? s'indigna Marguerite, entre deux suffocations. Ces gens-là se montent la tête. Ils adorent qu'on les plaigne, c'est bien connu !

Elle se tourna vers son frère. Elle regrettait que le curé doyen ne soit pas là. Elle lui aurait demandé si l'Eglise autorisait l'avortement « dans des cas pareils ».

— Quels cas ? grommela le général.

— On ne peut pas obliger une chrétienne à mettre au monde un fils de David, tout de même !

— Ni un fils d'ouvrier, pendant que tu y es ! plaisanta le général, accablé.

Avec sa sœur et sa fille, le général ouvrit sur-le-champ un conseil de guerre, « puisque aussi bien » son fils Yves, le père de Victoire, « courait la gueuse ». Le problème n'était pas : de qui est l'enfant ? mais : à qui le faire endosser ? Lequel des deux séducteurs ferait le gendre le moins encombrant ?

Lise revint à la raison :

— Lequel sera le plus arrangeant comme porteur des parts Boulet-Montreuil détenues par Victoire ?

— Il y a aussi ça ! convint Marguerite, les mains toujours à son cou, palpant l'arête de 1929.

Tant qu'à supporter un « étranger » dans la famille, Lise avait une préférence pour Gabin. Elle se risqua dans un exposé socio-politique tiré des thèses de son mari. L'Europe ne se sauverait qu'en inventant une troisième voie entre le capitalisme et le communisme. Ni classes sociales — ces « vieilleries » —, ni droite, ni gauche : la participation de tous dans l'élan patriotique de 14 retrouvé! Pour diriger en France ce type de révolution nationale et socialiste, il faudrait « un gars du peuple ». Lise ne prétendait pas que Gabin serait ce chef; mais l'avenir était aux hommes de terrain. Un ouvrier sait mieux se faire obéir de ses semblables. Il garantit « l'ordre par le bas ». « Comme les sous-officiers », approuva le général. Par fierté, Gabin était capable de refuser des ponts d'or, mais on l'allécherait avec la technique en pointe des Pompes Boulet.

— Un bon ouvrier s'intéresse toujours à un bel outil! conclut-elle. Tandis qu'avec ce Goldschmidt...

Le général était d'un avis contraire. Il n'avait rien contre Gabin, il en avait connu, de son espèce, dans les tranchées, « pas de mauvais bougres »; mais « ces gens-là » n'entendaient pas la vie comme « nous ». Il leur manquait le sens héréditaire du patrimoine à conserver, du commandement, de l'intérêt supérieur. Rien à faire : ils étaient « différents ». Lise ricana :

— Pour quelqu'un qui nie l'existence des classes, vous vous posez là, père!

Le général savait faire le sourd quand cela l'arrangeait. Il en tenait pour « Goldberg » (*sic*) parce qu'il ne serait pas dit qu'un militaire de son rang « fabriquerait un deuxième Dreyfus ». Alexis lui rappelait un certain Meyer, qu'il avait connu à l'état-major de Foch, « malin comme un singe, comme souvent les israélites », et qui, d'ailleurs, « n'en était peut-être pas », « seulement alsacien »... Le futur gendre pourrait toujours changer de nom pour entrer dans la famille. Avec un peu de chance, le bambin ressemblerait à sa mère, ou bien à ce « monsieur Gabin », « puisque aussi bien » le doute persistait...

Cette perspective causait à Lise une jalousie hystérique. Depuis l'apparition du prince au manoir, elle vivait un roman. A Paris, son mari, qui appréciait Alexis, l'aurait attiré chez eux. Pendant qu'Henri aurait fait l'amour à cette gourde de Lily, elle aurait couru les musées et les concerts avec celui qui s'appelait encore Scherbatoff. Une liaison orageuse les aurait conduits, le cœur battant, dans des hôtels de passe aux odeurs d'endive, du côté des Batignolles, encore plus au nord... Elle aurait perdu la tête. Elle aurait dissimulé un revolver de salon dans son manchon. Un soir, elle aurait tiré. Sur Henri ? Sur Lily ? Sur le prince ? Elle ne savait pas, mais elle aurait tiré. Elle serait devenue une grande dame étrange des années trente ; demandez *Paris-Soir,* la belle et fantasque Lise aux Assises de la Seine, voyez *L'Intransigeant !*... Non et non, Victoire ne lui volerait pas le destin clinquant auquel elle avait droit !

— Je suis sûr que ce Goldschmidt baise comme un dieu, siffla-t-elle entre ses dents, pour le plaisir de dire une énormité devant son père.

XII

Le général ne risquait pas d'entendre. Un klaxon couvrait la conversation et les ronflements du vent. Entré par le clos Noiraude, un coupé américain crème et bleu roi remontait la pelouse, faisait jaillir des gerbes d'eau. Tout le manoir accourut au salon.

— Ça ne peut être qu'Yves ! dit Marguerite, qui en oubliait son arête.

— Une Packard ! s'extasia Hubert.

— Mes allées ! maugréa Léostic.

La voiture s'immobilisa après un coup de freins qui ouvrit dans le gravier deux saignées noires de dix bons mètres. Sans couper le moteur, ni l'essuie-glace ni les phares, le conducteur grimpa le perron sur les rebords plantés de bégonias, passage interdit entre tous. Il se planta devant la porte-fenêtre du salon, jambes, bras, doigts et lèvres écartés, avec la jovialité figée des héros de comédies musicales. Un parfum de Camel l'entourait comme un encens. Son costume blanc, trempé, soulignait le hâle du visage, buriné par des mois de pont-promenade. La pluie révélait un début de calvitie, sous le cran gominé. La moustache noire, bien scindée en son milieu, signait le don Juan de Hollywood. Traversée d'intonations anglaises, la voix jouait entre les graves cajoleurs et des rires sans raison, qui dévoilaient une denture parfaite, affable, carnassière.

— Tonton Yves ! sautilla Marie Léostic, ça, par exemple !

Yves Saint-Aubert enleva la fermière, et l'embrassa sur le chignon, qu'elle serrait en haut de la tête. Il prit son père par les épaules, le secoua, avant de lui donner une longue accolade.

— Tu devrais couper tes phares, because la batterie, conseilla le général, pour dire quelque chose qui l'éloignât de son émotion.

— Ne vous en faites pas, dit Yves, ce n'est pas de la camelote française !

Chaque été, Yves s'arrangeait pour faire une visite éclair au manoir, sans prévenir. Le *Queen Mary* venait de le déposer au Havre, lui et sa Packard neuve, après une traversée à trente nœuds de moyenne, battant le record du *Normandie*. Le général vit dans cette perte du « ruban bleu » sur l'Atlantique un « nouvel échec national ». Américain dans l'âme, Yves était pour que le meilleur gagne. Il montra le parc inondé.

— Il fait toujours aussi beau, dans votre pays pourri !

— C'est le premier jour vraiment mauvais, rectifia Marguerite, qui mettait sa fierté où elle pouvait. Un temps idéal pour partir... Car nous étions sur le départ, figure-toi !

Tonton Yves n'écoutait qu'un mot sur vingt. Il respira à pleins poumons.

— Ça sent toujours autant le broc de toilette ici ! Et ces tentures rouges, moisies, comment appelez-vous ça ? L'andrinople ?...

Il continuait d'embrasser à la ronde : le père Léostic, ébahi ; Elia et Germaine, ravies du spectacle ; le scout Hubert, médusé. Il se pencha à l'oreille de Lise :

— Alors, chère sœur, toujours aussi folle du derrière ?

Il avait oublié la tante Marguerite. Il l'entraîna dans un tour de valse. Elle n'appréciait pas. Au lieu de faire « le joli cœur », Yves aurait pu s'inquiéter de sa fille Victoire. Il flaira que quelque chose n'allait pas.

— Vous, tante Guite, vous avez votre arête. Je me trompe ?

— Toi qui te vantes de porter chance, tu tombes plutôt mal ! se vengea Lise, avant de quitter le salon.

Marguerite l'imita, ainsi que les Léostic. Le général restait seul, adossé à la cheminée, non loin de la photo de Madeleine, la femme d'Yves morte à la naissance de Victoire. Le sourire triste de la disparue et le reflet flou ménagé dans ses cheveux par le « studio Harcourt » étaient les seules taches claires dans le salon, Yves alluma une Camel avec un briquet à tresse d'amadou.

— Eh bien, Foch (ainsi surnommait-il son père dans les grandes occasions), de quoi s'agit-il ?

Le général fixa les pointes de ses souliers, en se soulevant plusieurs fois sur les talons, comme pour sauter la difficulté.

— Ta fille attend un heureux événement, mon vieux !... Et... elle ne sait même pas qui a fait le coup !

Yves sauta de joie.

— J'ai toujours rêvé d'être grand-père, cria-t-il. Victoire ! Victoire, où es-tu ?

Puis, sérieux :

— Du moment que le père n'est pas le petit Alain Mercier !

Il était passé par Paris. Il avait dîné avec son fils Bernard, qui lui avait raconté la noyade. Il était soulagé. « Ce cureton de Mercier » ne lui disait rien qui vaille.

— Quand tu sauras ! souffla le général.

— Qui ? demanda Yves, comme s'il s'agissait d'une devinette. Le fils Léostic ? Le petit Hubert ? Mon beau-frère Henri ? Boulet-Montreuil en personne, oui ? C'est lui ?

La moustache du général en tremblait. La lèvre du bas ne parvenait pas à l'arrêter :

— Un ouvrier monteur chez Unic !... Ou un juif allemand qui se fait passer pour un prince russe !

— Champagne pour tout le monde, cria Yves, de plus belle. Je reconnais bien là mon sang ! Victoire !

Victoire avait tout entendu. Elle était sur le pas de la porte, valise à la main. Yves bondit, lui prit les mains, écarta ses bras comme pour une danse, l'attira violemment contre lui, leurs poings mêlés sous le menton, la dévorant des yeux, retardant le moment du baiser salé de larmes. Plus personne n'existait. Il fallait d'urgence un endroit où pleurer et rire en paix, où rattraper l'arriéré de confidences. Yves entraîna sa fille sur le perron, lui ouvrit cérémonieusement la portière de la Packard, monta de l'autre côté. « On dirait la grande scène d'amour des films américains ! » se dit Victoire en ravalant un sanglot de fillette.

— Regarde-moi : tu t'es coupé les cheveux, depuis Noël. C'est bien mieux, bien plus sexy !

Il regretta le mot. Tant pis. Les joies de la vie, c'était de ne rien se refuser ; le contraire de ce que symbolisait le manoir, plus gris que jamais dans le faisceau des phares. Il but une lampée de whisky dans une flasque d'argent, qu'il passa à Victoire

— Ma « charmante » aussi est juive, dit-il. Il n'y a que les métèques de fréquentables !

Il corrigea : Diana était roumaine, avec du sang serbe et écossais ! Peu importait. Elle était immense, auburn. Ses robes tournaient autour de son corps toujours en mouvement, en torsade, comme pour un drive de golf. La machine aux nouvelles était en route. On ne l'arrêterait plus... Bernard voulait s'engager dans une organisation paramilitaire « pour régénérer la France, je te demande un peu ! » Il vivait avec une vieille assez rigolote, qui avait ouvert la porte en robe de chambre à grands carreaux... Son nom ? Quelque chose comme Suzanne.

— Suzanne, la mère d'Alain ?

— Suzanne Mercier, en effet, maintenant que tu me le dis !

Ainsi Bernard et la mère du noyé s'étaient consolés mutuellement ! L'étourderie triomphante d'Yves faisait rire Victoire aux larmes. Elle avait beau expliquer à son père que cette histoire de grossesse n'était pas certaine, qu'elle l'avait dramatisée pour égayer l'après-déjeuner d'un jour de pluie, Yves continuait sur sa lancée. A Paris, il l'emmènerait écouter un guitariste tzigane prodigieux, un certain « Django Reynolds ». Plus il y réfléchissait, plus les seins de cette Suzanne Mercier avaient l'air de se tenir très bien...

Victoire vida la flasque pour se donner du courage. L'égoïsme des autres, on s'en lassait. Ce n'était pas partageable. Le bébé qu'elle n'aurait peut-être pas, il était là, sous les traits de son papa, assis au volant d'un bolide hors de prix, jouant avec les manettes, parlant de seins qui se tiennent, sifflant dans ses doigts, soufflant la fumée par le nez, comptant les tavelures de ses poignets... Cette enfance lui pesait comme le marmot humide que les matrones, dans les trains, vous flanquent d'autorité sur les genoux... Elle eut envie d'entendre Alexis lui parler gravement de ses chariots de Bavière aux roues cerclées de fer, bien craquantes, vraies. Elle murmura : « Wiesbaden ! »

Yves prit sa moue pour un reproche. Si elle le souhaitait, il pouvait aussi s'assombrir, « à la slave ». La frivolité, ce n'était pas drôle tous les jours. Le temps passe plus mal pour les jouisseurs que pour les endormis. « N'aimer qu'un être toute sa vie, tu crois que je n'en rêve pas, moi aussi ? » Certains soirs, il ne pouvait plus se regarder dans la glace. Les visages qu'il avait approchés depuis vingt ans se confondaient. Il mélangeait les prénoms, les dates, les parfums. Pour s'endormir, au lieu de moutons, il comptait ses maîtresses ; il en oubliait toujours, et cette pléthore était macabre... Jusqu'à l'an passé, il s'imaginait, à chaque aventure, que ce serait le grand amour. Maintenant, il n'y croyait plus. Ses dîners aux chandelles perdaient tout éclat, tout tremblement. Les coupes de champagne ne rendaient plus le même son. L'âge avait changé la fête en routine fade. Il savait que ses compagnes, désormais, lui survivraient. Il ne les appelait plus ses « charmantes » mais ses « veuves ». Il se les représentait à son enterrement, par dizaines, piétinant le gravier, s'épiant, faisant assaut de toilettes, se demandant qui avait succédé à qui. Il rentrait son estomac en se déshabillant. L'avouerait-il à sa fille ? Il avait peur qu'on juge ses bourses ramollies, avec le cynisme qu'il mettait à critiquer les seins mûrs. Il mourrait dans les bras d'une petite pétasse, que la chose agacerait comme un bas qui file. Il n'était pas un bel homme, plus ses conquêtes : mais un vieil homme, moins l'amour unique qu'il n'avait pas connu...

— Je suis un bas qui file ! dit-il. Et tu sais qui j'envie le plus au monde ?... « Les Jacques » ! Mon but dans la vie : « les Jacques » !

— Vous pouvez rester, si vous y tenez, dit Victoire. Les Jacques arrivent demain, justement.

Avec le petit Hubert vous tiendrez les écheveaux de laine des épouses ; vous pousserez les balançoires des bambins. Il y a toujours à bricoler, dans les bonheurs sans histoire.

L'humour d'Yves avait des limites ; celles de son confort. Impossible de jouer les Jacques ! il devait repartir le soir même.

— Vous me ramenez à Paris ?

— C'est-à-dire que...

La vie de patachon prolongée l'obligeait à des mensonges de gosse. Yves avait déposé Diana au Yacht Club de Dinard, où elle bridgeait en l'attendant. Tout noceur qu'il se proclamât, il n'avait pas osé s'afficher au manoir, devant son père. Il ferait les présentations plus tard, supposé que Diana soit toujours Diana.

Victoire ne demanda pas son reste. Elle claqua la portière de la Packard, plus fort qu'elle ne le désirait. Il n'était pas question de faire la morale à son père, ni de peser comme une maîtresse éconduite : elle avait seulement son compte de légèreté.

— Bye, bye ! dit-elle en agitant la main.

Lise était seule au salon, en manteau, au milieu de ses bagages. Dans l'entrée, on s'agitait. Le moteur de la Pan-Pan tournait. Victoire s'approcha de sa tante. Au fond, elle l'aimait bien. Lise ressemblait à son frère Yves, sauf qu'elle s'était tout refusé, sans savoir pourquoi. Petite, Victoire l'appelait « maman » en cachette, et se logeait dans ses bras, qui gardaient du moelleux, entre les os.

Pendant que Victoire parlait avec son père, Lise

avait lacéré la tapisserie à coups de ciseaux. Le perroquet pendait, une touffe de laine grenat à la place de la tête, comme égorgé. Lise désigna la photo de sa belle-sœur, sur la cheminée.

— Ta mère n'est pas morte à ta naissance, révéla-t-elle à Victoire. Elle s'est suicidée un mois après... Ton père n'avait pas reparu de toute la grossesse, ni à la clinique... Il avait envoyé dix douzaines de roses. Ça n'a pas suffi !

— Cette fois, c'est le départ ! commanda le général.

— Pour moi aussi. On fait la course, Foch ? proposa Yves, qui était rentré au salon, de nouveau tout sourire.

Lise se leva, renversa la tapisserie, se blessa avec ses ciseaux, poussa des cris inarticulés, jeta ses valises dans les fenêtres. Yves n'arrivait pas à maîtriser sa sœur. Elle appelait des poules invisibles. Elle répétait avec rage : « Pine au cul », et « piti, piti, piti »...

Il fallut Léostic et deux gars de la ferme pour la ceinturer. Le soir, elle couchait à l'asile de Pontorson, dans des lanières.

Deuxième partie

I

— La guerre fait rage en Espagne ! Demandez *Paris-Soir !* Blum à Luna-Park ! *Paris-Soir* dernière !...

Une casquette trop large sur l'arrière de la tête, déhanché par son paquet de journaux, Soupier Raymond tendait *Paris-Soir* à bout de poing au-dessus de la foule des dimanches matin, place de l'Opéra. Le mois de septembre avait des douceurs fragiles de printemps à l'envers. On était le 6, un bon jour pour la vente : Irun était tombé aux mains des franquistes, Saint-Sébastien était assiégé, les cadets de Tolède tenaient tête aux Républicains, la France socialiste resterait-elle les bras croisés ?... Raymond ne pigeait rien à ces nouvelles : c'était le chef des vendeurs, rue Réaumur, qui disait quel titre crier. Lui, il ajustait le tir. Il voyait bien ce qui accrochait l'attention : le sang, le drame, le vice. Ça lui plaisait, de deviner l'attente des gens, d'arrêter leur course avec une phrase, d'allumer, d'un mot bien choisi, leur regard de mômes devant un baba. Parfois, il grillait une « cibiche », pour faire plus que ses quatorze ans et se grossir la voix. Coquetterie inutile : le plein air lui avait éraillé les cordes vocales. Il couvrait sans peine les grincements des tramways, les mugissements douloureux des autobus De Dion-Bouton, si drôles avec leur radiateur rond et leur marchepied arrière recommandant le bouillon « Kub »...

Son Paname, on peut dire qu'il l'aimait, Raymond. Il s'y agitait comme poisson dans l'eau. Il trouvait tout « drôlement bath », « vachement chouette », « foutral ». Viroflay, il y avait trop de jardinets, de volets clos, ça sentait la tisane, la petite vieille qui se repose sous sa glycine, des haricots dans le creux du tablier. A Paris, la fumée noircissait les murs jusqu'aux toits, le pavé de bois luisait comme les pèlerines des agents, ça puait l'anthracite mouillé et le trognon de chou, on se bousculait, on se faufilait, il y avait toujours un ticket de bus à resquiller, un fruit à grappiller, un sourire canaille à échanger, un coup « marrant » à surprendre, à tenter. Raymond pouvait rester des heures à regarder les remorqueurs de la Seine, dont un matelot couchait la cheminée au passage des ponts, ou le « bébé Cadum », dont les bouclettes rousses et les joues géantes couvraient des murs entiers, l'épaule en avant, l'œil en attente, une vraie gonzesse. Les tranches roses du jambon Olida lui mettaient l'eau à la bouche, ainsi que le père Nicolas, le Pierjac des jus de fruits, Monsieur Dubonnet. Son trou, il le ferait, pas à se biler pour lui, tant qu'il y aurait de la ville bien grouillante autour de cézigue !

La chance fut avec lui. A son retour de Bretagne — voyage aussi atroce que l'aller avait été joyeux : Gabin inquiet pour le camion du père Mousseau, Polo parlant politique tout seul, chacun pensant au boulot du lendemain... à vous dégoûter des vacances ! —, Raymond trouva mémé Soupier dans le coma. Elle ouvrit un œil jaune, déglutit bruyamment, s'enquit du prix de la pintade au marché de Sèvres, demanda qu'on lui coupe un ongle de pied, elle ne savait lequel, qui s'accrochait désagréablement dans le drap, et, comme par agacement qu'on ne trouve pas le doigt fautif, elle mourut. « Pourvu qu'elle rejoigne son Gaston, là-haut, derrière un stand de tir ! » se dit Raymond, sans trop y croire, pendant l'enterrement, auquel assistaient, il les compta, seize personnes dont trois faucons et quatre blanchisseuses. Le soir, Polo s'installa à Viroflay. Le lendemain, en échange, Raymond couchait dans la boutique de jouets des parents de l'aviateur.

Vu son âge, il échappait à la nouvelle loi prolongeant la scolarité jusqu'à quatorze ans. Il pourrait chercher tout de suite du travail. Par souci de sa liberté, il refusa d'aller à la boutique comme le proposait la mère de Polo. Son rêve, en attendant de conduire les voitures, c'étaient les chevaux. Il démarcha les entreprises qui en utilisaient encore, en commençant par la Laiterie Gervais, qui faisait trotter dans Paris, pour sa réclame, des cabriolets aux fouets immenses. Même pour mener les percherons des Vins du Postillon, des Glacières réunies, des Charbons Louvet ou des Déménagements Grospiron, on exigeait majorité et certificats. L'excitation de commander à des croupes crotteuses, d'un coup sec des rênes, d'un claquement de la langue, ce serait pour plus tard. La seule façon d'approcher des chevaux eût été de convoyer les canassons condamnés qui, chaque aube, traînaient leurs sabots vers les abattoirs de Vaugirard. Raymond n'avait pas le cœur à pareille tâche. Il se rabattit sur les petits métiers cyclistes. Pendant une semaine, il livra la viande sur un vélo dont la minuscule roue avant permettait des acrobaties intéressantes. La patronne retenant les pourboires et exigeant des câlins dans la glacière, il porta des fleurs chez Baumann, puis des pneumatiques. Mais les clients n'étaient pas moins pressants que la bouchère. Trois jours durant, un sac en pointe sur la tête, il tira la charrette à bras d'un « Vins-Bois-Charbons » du quartier Saint-Antoine, débordé par les livraisons au « prix d'été ». Il savourait les encouragements peinés que lui valaient son âge, sa crasse, sa sueur, ses yeux roses dans la face noircie de poussier. Mais c'était vraiment trop dur « en pleine croissance » ; Polo avait mis le holà. Depuis une semaine, il avait trouvé une combine « formid » qui le rendait « vachement jouasse » : le matin, il portait des colis variés en triporteur, et, tout en gardant le véhicule s'il le désirait, il vendait *Paris-Soir* l'après-midi, entre Opéra et Madeleine. Ce double travail lui rapportait, en douze heures, une dizaine de francs, soit vingt journaux, timbres ou croissants, cinq camemberts. Outre des casse-croûte épiques, il s'était payé déjà une casquette à damiers et deux cinéac-Saint-Lazare. Cette semaine, il comptait rôder vers la rue de Provence, là où des dames à jupes fendues et lèvres grasses vous parlaient de votre zizi comme d'autres du temps qui est à l'orage.

— L'Espagne à feu et à sang ! Demandez *Paris-Soir !*

Il s'arrêta, poings aux hanches.

— Victoire ! Victoire ! enchaîna-t-il d'un même cri, ce qui lui valut plusieurs acheteurs, persuadés que Dieu sait quel armistice était intervenu de l'autre côté des Pyrénées.

Victoire sursauta. Quelques jours plus tôt, Alexis lui avait confié que les vendeurs de journaux parisiens lui donnaient froid dans le dos. Au lieu de *L'Echo de Paris* ou *L'Excelsior,* il croyait entendre « A la lanterne ! ». Il pensait que la foule française — elle l'avait prouvé en 1789 et à la Commune — était sanguinaire, dangereuse. Depuis, Victoire ressentait la même peur instinctive.

— Mademoiselle Victoire ! corrigea Raymond en lui tirant le bras.

Il avait repéré le béret rouge arboré par Victoire en Bretagne. Sinon, il ne l'aurait pas reconnue. C'était curieux, comme les gens se modifiaient, au retour des vacances, Victoire n'était plus la même. Raymond eut l'impression qu'elle était gênée de ces retrouvailles, triste. Il pensa la distraire en lui faisant les honneurs de son triporteur, garé à l'écart de la place. Il expliqua qu'il avait préféré la marque de tri « Blotto » à la concurrente « Ducom », qui lui aurait attiré des quolibets. Il montra comment la caisse vert bouteille pivotait moelleusement sur les roues avant, fit sonner le grelot du guidon, se dressa sur les pédales à pignon fixe, qui permettaient de subtiles marches arrière. Rien ne la déridait.

— Et elle ? finit-il par demander, à la troisième personne, comme Gabin. Moi, mémé a dévissé sa rondelle...

Que répondre à ce gamin qui tenait tête si crânement aux difficultés ? Pour elle aussi, la rentrée à Paris fut pénible. L'internement de la tante Lise la consterna. La Panhard du général tomba en panne à Alençon, obligeant à une nuit d'hôtel vaudevillesque. L'appartement de Victoire, près du Trocadéro, sentait l'antimites, l'abandon. Son frère Bernard s'était installé chez Suzanne Mercier. Alexis, revu dans un café, n'était plus le même. Sa cousine Sarah le suivait partout, il n'osait la décourager. Le jour où il avoua sa terreur des crieurs de journaux, Alexis se sentait épié, allait téléphoner, nettoyait ses lunettes, surveillait les allées et venues. Il lui faussa compagnie, en lâchant, comme un espion traqué : « Le temps arrange bien des choses, Archives 68-09. » Lui si pressé, à Dinard, si convaincu d'aimer pour la vie ! Elle se jura de ne pas appeler la première. Quant à Gabin...

— Elle fait quoi, dans le coin ? insista Raymond,

tout en continuant à écouler des *Paris-Soir,* à rendre la monnaie.

— Les vitrines du quartier !

Victoire était « retombée en bourgeoisie », comme elle se disait à elle-même. Elle cherchait comment dépenser futilement son argent, dans le temps où Raymond s'échinait à en gagner. Elle venait d'hésiter entre une ceinture en crocodile et un sac en peau de porc. Raymond prit l'air entendu, la heurta du coude.

— Des courses pour le môme ?

Il avait reçu une carte postale d'Hubert lui annonçant le bébé, et révélant que lui, Hubert, aurait défloré l'aînée des « Jacques » dans une meule de foin. Raymond ne demandait qu'à croire ces choses.

Victoire bafouilla. Les retrouvailles avec Gabin furent aussi tendues qu'avec Alexis. C'était fin août. Victoire n'y tint plus : elle téléphona chez Unic. Elle ignorait qu'on n'appelait pas le personnel ouvrier à son travail, sauf drame. Elle ne connaissait Gabin que par son surnom. Le standard s'en donna à cœur joie. Gabin était vexé. Il accorda sèchement un rendez-vous pour le lendemain, à l'hôtel du Départ, gare Montparnasse. Il arriva le premier. Il était étendu sur le lit en lisant *Ce soir*. Il dit à peine bonjour. Il regarda Victoire à hauteur du ventre. Il se jeta sur elle, exigea qu'elle se donne aussitôt. Il s'excusa de sa rudesse répétée. A cause d'elle, il ne voyait plus Odette, au chevet de sa grand-mère paralysée. Il ne reprochait pas à Victoire cette rupture avec les Mousseau, « trop bourgeois pour lui ». Il s'en voulait, à lui, de ne pas maîtriser son désir pour elle, tellement plus bourgeoise encore. Il l'avait dans la peau. Cet aveu, loin d'humilier Victoire, la comblait. Elle aussi tenait à Gabin par une envie irrépressible. Ce double silence affamé leur convenait. Il leur évitait d'apercevoir ce qui les séparait. L'après-midi se passa sans un mot, en plaisirs, chaque fois plus violents, plus radieux. Gabin la quitta à la nuit, pour une réunion du syndicat de la métallurgie. « On va être reçu par Blum », dit-il en se rhabillant. Victoire resta au lit. Il était dans l'escalier quand, prenant son élan, elle annonça d'une voix atone : « Je suis enceinte de toi, autant que tu le saches ! » Gabin rouvrit la porte. Il ordonna froidement : « Il n'en est pas question... Qu'elle se débrouille ! » Elle aussi refusait qu'un être doive la vie à ce qui ne pouvait être qu'une parenthèse absurde. Elle savait qu'Henri Boulet-Montreuil avait fait avorter Lily par les soins d'Elia. Victoire retrouva trace de l'ancienne cuisinière du général, dans un bureau de placement maquillé en œuvre de bienfaisance. Elia promit ses services « au deuxième mois seulement, c'est plus sûr ; moins toutefois que de se passer des hommes, ces sales égoïstes ! » ajouta-t-elle avec une œillade. Victoire s'étonna que l'opération soit plus facile après un délai que séance tenante. Moralement, ce serait plus dur. Pour éviter les questions de Raymond, elle anticipa de quelques semaines :

— Le bébé est mort, dit-elle.

Raymond laissa tomber le couvercle du triporteur, et faillit se pincer le doigt. Avec un à-propos d'adulte, il conseilla à Victoire de se changer les idées en le suivant à Puteaux. Il avait rendez-vous avec Polo et Yvonne Léostic, « qui prenait son dimanche ». La veille, Gabin avait été reçu en haut lieu avec le syndicat de la métallurgie pour demander l'intervention de la France en Espagne. Il devait rendre compte de sa mission dans une usine en « grève sur le tas ». L'après-midi, Blum parlait au Luna-Park de la porte Maillot.

— On ira en bande, dit Raymond en cadenassant son tri à un bec de gaz. L'A.T. est direct Opéra-Puteaux ! Justement le voilà ! Allons-y, plate-forme !

Il poussa Victoire vers le bus. D'un coup d'œil, il se fit autoriser par le receveur, retenu dans la cabine, à actionner lui-même la sonnette du départ. Il tira fierté de payer la course pour Victoire, qui n'avait pas de tickets. Penché à la rambarde, la casquette enfoncée aux sourcils, paupières closes, il offrit son visage au vent de la vitesse, huma ses chères fumées. Elle aurait suivi n'importe où ce gosse si réjoui que des autobus sillonnent la ville, et démarrent à son commandement. L'envie de revoir Gabin lui donnait des fourmis dans les jambes. Elle posa sa main sur l'épaule de Raymond, dont la clavicule pointue soulevait le tricot effiloché. Ce gavroche s'enivrant de poussière en savait plus long sur la vie que le général Saint-Aubert en personne. La réalité s'apprenait dans la rue. Victoire ne la connaîtrait que par accroc. Elle caressa le cou de Raymond, qui leva le visage vers elle. Le vent lui avait peint des larmes grises sur les tempes.

— C'est le Renault à moteur avancé, indiqua-t-il en flattant la tôle de la plate-forme. Il laisse les De Dion sur place !

Sur le chemin du meeting, ils passèrent devant une « soupe populaire », servie par l' « Association des Dames françaises ». Victoire se souvint que sa tante Marguerite tenait « ouvroir » au profit de cette organisation. Elle n'avait jamais réfléchi au fonctionnement des bonnes œuvres. Aujourd'hui, la banderole « secours aux militaires en cas de guerre et aux civils dans les calamités publiques » lui apparaissait dans sa naïveté et sa ruse. Assimiler le chômage à une calamité dégageait la responsabilité des patrons. Pendant que les maris licenciaient, les épouses servaient la soupe aux sans-travail, avec un dévouement qui leur rappelait 14. Tout le monde y trouvait son compte. Victoire était-elle en train de comprendre les malices de sa classe ? Etait-ce cela que son professeur de philo appelait la « prise de conscience », à propos de Simone Weil ? Suffisait-il de se rendre à un meeting de banlieue, la main sur l'épaule d'un petit crieur de journaux ? Conclusion provisoire : on pouvait rejoindre d'autres milieux, mais par étapes lentes, jamais complètement, et non sans peine, ni sentiment de solitude, d'exclusion.

Ainsi restait-elle à l'écart des farandoles que garçons et filles en salopettes formaient dans l'usine occupée, au son de l'accordéon. Des lampions de bal musette pendaient aux poutrelles. Des colis s'amoncelaient devant le bivouac des grévistes. Victoire dissimula son béret rouge, qui lui avait valu lazzi et pincements de fesses. Ses préjugés volaient en éclats. On lui avait appris (personne en particulier, c'était ainsi, écrit dans son berceau de piqué blanc) que les pauvres, ça devait exhiber des moignons aux porches des églises, faire la queue à la soupe populaire dans des tintements de bidons, ça ne pouvait ni rire ni danser, sinon avec la vulgarité étourdie des bonnes et, au bout, des drames sordides : fausse couche dans une arrière-cour puant le crime, amant ivrogne à foulard rouge sang, prostitution, coups de surin sur les fortif', chancres au visage, hôpital, mort infâme au milieu de religieuses à cornettes, glissant sur le lino, transparentes, elles, comme des cierges, pardonnant de leur bouche desséchée par les hosties... Son état de fille mère ne suffisait pas à la rapprocher de la fête populaire. Elle devrait attendre que l'ail ne l'écœure plus, que poings tendus et drapeaux rouges n'évoquent plus pour elle des vengeances au coutelas, troquer le bridge pour la belote... L'air de *L'Internationale* l'émouvait aux larmes, mais elle ne savait, des paroles, que la parodie beuglée, sous la douche, par son frère mussolinien : *car l'eau mi-né-raaa-le remplacera le vin.* Elle s'interdisait de mêler sa voix à celle d'ouvriers qui chantaient l'hymne depuis le biberon, comme elle le *Tantum ergo.* Le manoir de La Landriais, la Packard de tonton Yves, les bagues que tante Marguerite, depuis le Front populaire, cachait sous son corset, épinglées dans un gant de toilette :

Victoire aurait donné tout cet héritage pour la joie de brailler le « genre humain », comme Raymond, de sa voix fausse, et déjà cassée, de Parigot.

Un délégué lut dans un cornet en zinc la liste des usines qui se mettraient en grève le lendemain pour l'intervention de la France « aux côtés de nos camarades du Frente popular ». Une clameur saluait chaque entreprise. Cela tourna au délire quand on précisa qu'une usine non métallurgique s'associait au mouvement. Le speaker fit attendre le nom, à la façon des présentateurs de cirque :

— J'ai nommé... KUB, en lutte depuis les élections !

Raymond serra les poignets de Victoire. Etait-ce la ténacité des grévistes, la passion de mémé Soupier pour cette boue de bouillon qu'elle ajoutait à tous les plats, la réclame sur le marchepied des bus ? Le seul nom de KUB mettait Raymond en transe.

— On est tous là ! dit-il en montrant Polo, au pied de l'estrade, le bras autour du cou d'Yvonne.

Victoire eut à peine le temps de constater la métamorphose de la petite Léostic ; chapeau à voilette sur l'œil charbonneux, lèvres barbouillées de rose fuchsia (si sa mère la voyait !). Gabin venait d'empoigner le porte-voix. Les manifestants applaudissaient, avant qu'il n'ouvre la bouche, l'homme qui avait été reçu la veille par Blum, en plein conseil de cabinet. Victoire ne connaissait de Gabin que la force qui le jetait sur elle, et dont il s'excusait comme d'une sauvagerie indépendante de sa volonté. Son ascendant sur la foule lui causait la même faiblesse de tout le corps. Elle s'adossa à une colonnette de fonte. Elle ne l'avait jamais entendu parler autant. Les mots venaient facilement, sans hâte, portés par une conviction souriante.

— Irun est tombé, dit-il. Saint-Sébastien est menacé... Les Allemands et les Italiens envoient du matériel aux rebelles pour bombarder nos frères... Halte au pseudo-pacifisme à sens unique de la droite, et à son allié, le traître Doriot...

Les huées couvrirent la fin de la phrase. Un contremaître en blouse blanche profita de l'interruption :

— Gare aux grèves politiques, camarades !

— Et les syndicats patronaux, ils se gênent pour faire de la politique ? reprit Gabin, poing levé et approuvé par de longs applaudissements... Qu'au moins on fasse passer des armes, puisque l'Axe en envoie à Franco !... Pour faire pression sur le gouvernement, tous à la fête de la Fédé S.F.I.O. de la Seine ! Tous à Luna-Park !

Raymond bondit sur l'estrade, se pendit au bras de Gabin. Il lui montra du doigt Victoire contre la colonnette, bras croisés, comme une écolière punie. « Le bébé est mort ! », chuchota-t-il. Gabin fendit la foule et vint embrasser Victoire sur la bouche.

Le tramway 38 qui descendait à Maillot par le pont de Neuilly fut pris d'assaut. Le gros des militants traversa à pied le bois de Boulogne. Victoire donna le bras à des inconnus et reprit les slogans. La tête lui tournait : de fatigue, de bonheur. Elle n'avait pas encore subi la fausse couche dont Gabin la remerciait, elle ignorait où se trouvait Irun, qui était Doriot... mais on la traitait en camarade, en ouvrière d'honneur !

Devant le défilé, qui n'avait pourtant rien de menaçant vu de l'intérieur, un cavalier, tunique fendue de velours bleu nuit, cravate en soie, broche de perle, fit demi-tour et piqua des deux, épouvanté.

Victoire reconnut les fesses molles et beiges de l'oncle Henri.

II

Le micro de la tribune était suspendu par des ressorts à un octogone de ferraille, telle une araignée au cœur de sa toile. Léon Blum entoura l'appareil de ses mains, en approcha sa moustache tombante, comme pour une confidence. Ses lorgnons miroitaient sous les projecteurs. Le chevrotement indigné de la voix fit grésiller les haut-parleurs de Luna-Park.

— Est-ce qu'il y a ici un seul homme qui croit que j'ai changé depuis trois mois ?

Des « oui » gouailleurs s'échappèrent d'une baraque à frites.

— ... Est-ce qu'il y a ici un seul homme pour croire que j'ai entendu avec moins d'émotion que vous les appels des délégués du Frente popular ?... Trois mois d'exercice du pouvoir auraient-ils fait de moi un autre homme que celui que vous connaissez depuis tant d'années ?

De nouveaux « oui » fusèrent du groupe descendu de Puteaux. Gabin les fit taire.

— Je sais ce que vous désirez, poursuivit l'orateur : qu'on livre des armes au gouvernement régulier, et qu'on empêche d'en livrer aux rebelles, c'est bien cela ?

— Oui, cria Gabin, seul, mais entendu de tous.

Blum distinguait légalité formelle et souveraineté populaire. Il invoquait l'accord de non-intervention signé au début d'août entre les grandes puissances. Selon lui, on n'avait aucune preuve que cet accord ait été violé.

— C'est faux ! hurla Gabin, dans un silence glacé.

Le président du Conseil chercha du regard d'où venait la contestation. Sa myopie et les éclairages l'en empêchaient.

— C'est une question trop grave, dit-il avec flamme, pour qu'on la raisonne par des interruptions de séance !

Gabin lança le slogan : « Des avions pour l'Espagne ! » scandé par tout le meeting.

Sous l'estrade, Soupier Raymond bichait. Il ne comprenait rien à ce qui se disait au micro, mais il constatait que son copain Gabin tenait la foule de Luna-Park avec la même poigne que le camion des Binelles, le noyé de la Rance et le corps de Victoire. C'était son modèle, dans la vie. « Je le connais », répétait-il. Il était aux premières loges pour voir son idole en action. Il avait rampé sous les enfilades de tréteaux. Il cherchait comment mémé Soupier avait bien pu céder aux instances de son Gaston, dans un lieu pareil. Ça le turlupinait, cette histoire de viol entre deux baraques foraines. Ça s'était passé debout, ou couché ? Gaston avait filé une trempe à mémé pour faire entrer son trucmuche ? Ou bien alors mémé, si fermée de partout, dont on ne voyait pas un bout de peau, aurait soulevé ses raides jupons de l'époque, écarté les cuisses, et allez donc, c'est pas mon père ! Impensable...

Le ton de l'orateur devenait intime, brisé :

— ... Je me suis demandé gravement, amèrement, si je trouverais en moi la volonté, la substance d'un chef...

— On n'est pas au confessionnal !

La remarque venait de Polo, qui avait rejoint Raymond sous la tribune. Yvonne dévorait l'aviateur des yeux. Sa voilette était déchirée ; son rouge à lèvres s'était brouillé sous les baisers.

Léon Blum marqua un temps d'arrêt. Un silence religieux s'installa.

— ... Je suis un Français, fier de son pays, fier de son histoire,... nourri autant que quiconque, malgré ma race, de sa tradition !

— « Malgré ma race »... La gaffe à pas faire ! murmura Polo à Yvonne. C'est vrai, mais c'est pas des choses à dire ! Allez, on met les bouts ?

Le couple gagna une baraque où on se faisait photographier avec la tête passée dans une toile peinte. Raymond avisa un stand de boissons. Il se paya deux verres de grenadine. Au comptoir, Victoire buvait de l'eau en se tenant le front.

— T'as vu ce qu'il lui met, Gabin, au vieux ?

Victoire n'écoutait pas. Elle était livide.

— Ça va pas ? demanda Raymond en lui offrant son reste de sirop.

— Tu... leur diras que j'étais fatiguée. Tu veux bien ? Tu y penseras ?

Raymond fit oui-oui si fort que sa casquette lui tomba sur l'œil. Victoire quitta Luna-Park. Derrière son genou, le long du mollet, un filet de sang. Elle se sera écorchée, pensa Raymond. Dehors, la nuit tombait. Il ne restait que des lueurs indigo, du côté de Suresnes. Les guirlandes d'ampoules et les tirs de carabine s'estompaient. Victoire remonta avec difficulté l'avenue Malakoff vers le Trocadéro. Elle ramassait sa robe entre ses cuisses. Elle avait l'impression que tout son corps se vidait. Sa langue se desséchait. La lumière des becs de gaz la rendait plus verte que nature. Ainsi, elle n'aurait plus à souffrir, ni à s'humilier devant Elia l'avorteuse. Elle recevait dans le sang son baptême de « fille qui a fait de sales choses avant son mariage ». Place Victor-Hugo, elle eut un regard amusé pour l'église Saint-Honoré-d'Eylau. Elle avait ce qu'elle voulait : elle ne serait jamais la bourgeoise en dentelle blanche que son papa conduit, vierge, à l'autel avec, sur le prie-Dieu voisin, un midship aux joues roses, aux cils baissés de communiant. Elle avait gagné ses galons de paumée, sinon de pauvre. Mais elle ne pouvait s'en vanter qu'à elle-même, puisque Gabin croyait la « chose » faite, et que personne d'autre n'était au courant. Si elle s'évanouissait, ce serait le commissariat, la salle commune sans visite, « parent à prévenir : néant ». Elle n'avait pas trop de son orgueil pour régler la note. Elle serra les lèvres par peur de vomir. Une idée fixe l'habitait : qu'on ne la ramasse pas près de chez elle, de ce Chaillot aux façades de forteresse et aux lumières douillettes, de ce temple de la bourgeoisie si difficile à fuir. Sur la tour Eiffel, s'allumait le chevron des automobiles Citroën, suivi des chiffres « sept » et « onze », modèles des « Traction avant ». Victoire remarqua qu'elle n'était jamais montée dans une Traction. Un taxi de cette marque stationnait au Trocadéro. Elle se jeta sur la banquette arrière en velours gris. Sa robe était tachée de sang. Le chauffeur enfonça en biais le levier de vitesse chromé qui traversait le tableau de bord.

— Où c'est qu'on la conduit ? demanda-t-il avec un accent russe où roulaient les cailloux de la Volga.

Encore quelqu'un qui n'osait pas s'adresser directement à elle, comme Gabin, et qui, comme Alexis, peinait à parler le français !

— Wo denn ?

Allons bon ; de l'allemand, maintenant ! Où aller ? Qui, autour d'elle, avait assez souffert pour l'accueillir dans sa royauté nouvelle, « dans ma pourpre de paria », se dit-elle, pour ne pas se prendre au drame. Qui n'était pas à sa place ? Tante Lise, finalement ! Elle avait fait le saut, et elle payait le prix fort, ligotée dans son asile entre des alcooliques baveux du bocage... Elle, et sa rivale ! Cette « petite pute de Lily » attendait dans un studio de l'Ecole militaire les visites de l'oncle Henri, ses bijoux fantaisie, ses promesses d'improbable divorce...

— Ecole militaire, dit Victoire, attendrie

d'avance par la vision de Lily ouvrant la porte de son rez-de-chaussée en chemise de nuit saumon et mules assorties, lui faisant une place dans son nid d'amour.

Le moteur de la Traction poussa sa plainte. Le progrès, si c'était lui, ressemblait à un concassage méchant, à une souffrance affolée...

... Pendant ce temps, Gabin remontait le flot des militants de Luna-Park, pour rejoindre Raymond. Cette démarche flattait Soupier.

— Où est Victoire ? demanda Gabin.

— Rentrée. Elle s'est écorché le genou.

— Pas grave ?

Raymond se souvenait de la pâleur de Victoire. Tous les moyens étaient bons pour s'identifier à Gabin :

— Les quilles, ça a toujours plus mal que nous !

Gabin le prit par l'épaule. Sous sa casquette, Raymond rougit d'aise. Les militants interpellaient son héros, lui demandaient son opinion ; son « analyse », disaient certains. Gabin avait l'air sombre ; pas à cause de Victoire, pour autre chose que Raymond ne saisissait pas. Près de la sortie du parc, ils reconnurent les visages de Polo et d'Yvonne encadrés dans une toile de décor qui les changeait en aviateurs de bande dessinée. Comment Polo le vrai pilote tolérait cet affront ? Comment Yvonne le tolérait pour lui ? L'amour n'avait pas que des avantages, côté dignité.

— Blum a parlé de « mésintelligence » avec le peuple, ça veut dire quoi ? demanda Polo à Gabin, sans ôter la tête du trou.

— Je m'en fous ! dit Gabin. C'est foutu, voilà ce que ça veut dire !

Polo quitta sa posture ridicule.

— Qu'est-ce qui est râpé ? Tu ne vas pas tout critiquer sous prétexte que ces cons d'Espagnols font la corrida !

Polo énuméra les « grandes conquêtes ouvrières » depuis les élections de juin : « la semaine de quarante heures », la « scolarité à quatorze ans », la « dissolution des ligues fascistes », l' « office du blé », bientôt la « nationalisation des usines d'armement »... Yvonne lui remit sa casquette de sergent :

— Tu oublies les bains de mer, Polo, dit-elle en levant une épaule après l'autre.

— ... Et les congés payés, approuva Polo en bécotant Yvonne. Même que, sans eux, j'en connais qui se seraient jamais fait la bise...

— C'est pas une raison pour lâcher les camarades du Frente, maintint Gabin. Si on réagit pas au coup de Franco on va tous y passer !

Ils atteignaient la porte Maillot au son aigrelet des stands de tir, des pipes éclatées. Polo s'étonna :

— L'accord de non-intervention que Blum veut respecter tu devrais te souvenir, toi le communiste, que l'U.R.S.S. l'a signé.

— Elle l'a signé, mais elle le viole en douce. J'en demande pas plus !

— Tu peux pas demander un truc pareil à ce curé de Blum, dit Polo. A ce rabbin, si tu préfères... Allez, salut ! Nous on rentre au quartier. Le général Saint-Aubert ne plaisante pas avec les permissions de minuit. Au fait, tu sais pas la dernière ? Raconte, Yvonne...

Quelques jours plus tôt, Saint-Aubert a reçu chez lui le maréchal Pétain en personne. Yvonne a servi le thé avec du cake et des gressins pour le maréchal. Au passage, le vainqueur de Verdun lui a donné un petit coup de canne sur les mollets.

— Un vrai dégueulasse, le vieux ! commenta Polo. Et c'est pas tout. Raconte, Yvonne, l'histoire des crédits militaires...

— Des quoi ?

Ah oui : à un moment, Saint-Aubert a supplié Pétain de prendre la tête d'une campagne pour accroître le budget de l'armée, et le maréchal a répondu en bougonnant dans sa moustache, Yvonne était formelle : « Ce n'est pas la peine. Le vrai danger, c'est en France, la racaille judéo-maçonne et marxiste ! »...

— Qu'est-ce que tu dis de ça ? conclut Polo, en prenant congé.

Gabin ne répondit pas. Il marcha vers la porte des Ternes, où s'élevait un ballon de fonte, en souvenir du siège de 1870. Après un moment, il constata que Raymond le suivait.

— Souviens-toi de ce que je vais te dire, affirma Gabin : la Deuxième Guerre mondiale est commencée... Et nous la perdrons, parce que nous n'aurons pas montré notre force, comme les autres !... Où vas-tu, tout seul ?

« Tout seul » ! Etait-ce à dire que Gabin allait le planter là ? Il le suivrait au bout du monde. Gabin avait à faire derrière l'Opéra. Ça tombait bien :

Raymond avait laissé son triporteur dans les parages... Après, il verrait.

Un autobus virait autour du ballon.

Raymond leva le bras.

— Le « D », c'est bon pour nous, dit-il en soulignant le « nous ». Il va aux « Filles du Calvaire ».

Le conducteur faisait grincer les vitesses. Sur la plate-forme, Gabin expliqua à Raymond comment éviter pareils grincements par le double débrayage. Ils en oublièrent de sonner pour obtenir l'arrêt. A la demande de Raymond, le receveur tira deux fois la bobinette de la plate-forme. Le « D » les déposa entre deux stations. Ils marchèrent jusqu'à un carrefour près de Notre-Dame-de-Lorette. Gabin ne pensait plus à se séparer de Raymond, dont la voix cassée faisait oublier l'âge. Il le laissa entrer avec lui dans un immeuble moderne de la place Châteaudun. Des hommes de tous âges patientaient dans le hall, des valises rustiques ou des paquetages posés entre les jambes. Parfois s'échangeaient de brefs dialogues dans des langues inconnues. Au mur, s'étalait un calicot portant, en rouge, les initiales « P.S.O.P. Parti socialiste, ouvrier et paysan ». En dessous, on lisait : « P.O.U.M. Barcelone. Brigades internationales. Engagements. » Entendant Gabin parler français, un homme plus élégant que les autres s'approcha :

— No pasarán ! dit-il. Quelle feuille de route ? Argelès ? Collioure ! Barcelone, directement ?

L'inconnu se présenta. Un nom à particule. Il recommandait à Gabin l'aviation, l' « arme la plus efficace, la mieux payée, et la mieux fréquentée » ! Il glissa sa carte de visite. Là-bas, au camp de Montjuif, il ne faudrait pas « perdre de vue l'intérêt français ». Si Gabin voyait « des choses intéressantes, le Deuxième Bureau lui en saurait gré ». Gabin faisait le sourd. Raymond levait des yeux ronds. Il commençait à comprendre. Ces hommes rassemblés lui rappelaient une photo de mémé Soupier représentant la mobilisation de 14. Ils partaient sûrement à la guerre : on le voyait à un même air embarrassé de leurs vêtements civils, n'attendant qu'un ordre pour se fondre en troupe marchante, courante, tirante, mourante. Le prestige de Gabin grandissait à ses yeux. Celui de Polo baissait d'autant. Si l'Espagne manquait d'aviateurs, pourquoi le sergent ne s'engageait-il pas en premier ? A cause d'Yvonne ? Encore la faute aux « poules » ? Si oui, Raymond devrait réviser ses positions sur l'amour...

— Polo, les corridas le débectent, expliqua Gabin. Chacun fait ce qu'il veut.

Il allait ajouter : « C'est aussi pour ça qu'on se bat. » Mais il s'engageait pour passer aux actes, non pour ajouter des mots à d'autres mots. Ce qu'il reprochait à Blum, c'était d'embobiner les gens, de s'embobiner lui-même, dans de trop belles phrases. Et qu'est-ce que Raymond y comprendrait ? A propos : il était temps de renvoyer le gosse dans ses foyers. Il en avait trop vu. Gabin lui donna une forte bourrade.

— Et maintenant au pageot !

Assis derrière une table encombrée, un petit

homme trapu au visage lourd enregistrait les engagements. « C'est Tito, un combattant yougoslave », souffla l'inconnu à particule.

— Et que ça saute ! répéta Gabin en embrassant Raymond au sommet de la tête.

Raymond trouvait injuste que ce baiser n'aille pas à Victoire. Pauvre Victoire ! Elle ne s'était pas cramponnée au bras de Gabin, comme Yvonne à celui de Polo ! Elle s'était enfoncée dans la nuit. Elle perdait son sang, comme un soldat. Avant d'obéir, Raymond eut envie que l'amour de Victoire et de Gabin ressemble à celui des petits romans avec lesquels mémé Soupier trompait ses insomnies, et d'y jouer un rôle aimable, tout en bonté joufflue.

Sur le trottoir, il avait repéré une capsule de bière : en sortant, il saurait dans quoi shooter, pour la contenance. Il prit son souffle, des fois que sa voix se fêle sous l'émotion :

— Qu'est-ce que je lui dis à Victoire, si je la vois ?

C'était au tour de Gabin de signer. Le gros monsieur Tito le fit asseoir. Il y avait des papiers à remplir. Gabin revit, en un éclair, le ventre de Victoire, la lumière grise du cap Fréhel, la tempête secouant le camion. Une bouffée de désir l'envahit.

— Tu lui dis... de m'attendre si elle veut. Tu te rappelleras ?

— « De m'attendre si elle veut », récita Raymond.

Il prit son courage à deux mains :

— ... Et toi, tu le veux, que Victoire t'attende ?... Si elle me le demande, je dis quoi ?

Gabin ne trouva rien à répondre que la phrase toute faite avec laquelle son père l'envoyait aux pelotes, petit :

— Si on te le demande, tu diras que tu n'en sais rien !

La porte claqua. La capsule de bière sauva Raymond du sanglot qui lui fermait la gorge comme une angine à points blancs. C'était la « bière du Lion », celle qu'un énorme moustachu ingurgitait, la bouche pleine de mousse, sur les réclames des bus et des pissotières. Raymond dribbla, perdit l'objet sous une porte cochère de la rue de Provence, vit son shoot intercepté brillamment par une prostituée.

— Raté, rigola la femme.

Son rire se changea en une toux venue du bas des bronches, des cuisses, des mollets cambrés, de partout, une toux qui la secouait, la courbait en deux, lui faisait perdre sa cigarette, la redressait, toute une machinerie animée, comme dans les vitrines de Noël, un peu plus ses seins allaient déjanter du corsage de rayonne noire... Et pas un mot cochon, dans ces secousses, rien que du rire qui avait dégénéré... Raymond se rendit à l'évidence : il n'était pas un client sérieux, pas encore un homme.

Il récupéra le bouchon de bière, accéléra la marche pour retrouver son triporteur, boulevard des Italiens. Rue Taitbout, un deuxième goal bénévole intercepta son tir. C'était un homme, entouré de plusieurs autres, assis, en tabliers de cuir, devant l'imprimerie du journal *Le Temps*. Par la porte vitrée, on apercevait des rotatives couvertes de petites échelles, de rivets, de manettes en cuivre, comme la locomotive « Pacific » montrée aux actualités, et comme Raymond s'imaginait les soutes d'un bateau de guerre.

— T'es pas couché, bonhomme ? lança le goal.

— Je suis du métier, crâna Raymond. Je suis vendeur, à *Paris-Soir*.

— C'est pas un métier, ça ! Qu'est-ce que tu veux faire, plus tard ?

Des questions qu'on infligeait à tous les gosses, et que Raymond n'avait jamais entendu poser à son sujet. Mémé Soupier les éludait. « Je serai morte avant », prévoyait-elle en mordant son mouchoir. Elle ne croyait pas si bien dire.

— Essayeur chez Unic, dit Raymond, espérant en imposer.

Pour la peine, les typographes lui donnèrent un « flanc », un des cartons roses qui servaient à fondre les formes des rotatives, et dont les vendeurs enveloppaient leurs paquets de journaux. Raymond s'exerçait parfois à lire les flancs de *Paris-Soir*, quand les clients se faisaient rares. Celui du *Temps* était écrit plus fin. En marchant, il essaya de déchiffrer les articles de tête. Il négligea son bouchon de bière, tombé sous une grille d'arbre. Un texte s'indignait que Blum ait interrompu un conseil de cabinet pour recevoir des métallos (Gabin !) et qu'il parle à Luna-Park devant son parti, et non à Verdun, pour l'anniversaire de la

Marne... L'autre s'inquiétait de la « racaille marxiste qui fait bon marché de l'intérêt de la France en prolongeant des grèves illégales, en nous entraînant dans un conflit intérieur à l'Espagne, et en grossissant les rangs des brigades, égorgeuses de bonnes sœurs... » Raymond n'y comprenait rien, sauf que les mots « grèves » et « brigades », à cause de Gabin, d'emblée, il était pour.

L'important, c'était que son tri soit au rendez-vous. L'engin n'avait pas bougé, le nez collé au bec de gaz. Raymond se découvrit de l'affection pour ce compagnon fidèle, et une brusque fatigue. L'horloge de l'Opéra marquait deux heures. Il avait la flemme de pédaler jusqu'à Montparnasse. Personne ne guettait son retour à la boutique de jouets. S'il dormait là ? Il serait sur place le lendemain pour reprendre le travail. Il ouvrit le tri, se lova à l'intérieur. Avant de rabattre le couvercle, il observa les quatre coins de la place, déserte, sous une pluie fine. Décidément, les « grèves », les « brigades », c'était ce qu'il avait vu de plus chouette, dans la vie ; de plus maousse. Ce qu'il ferait plus tard ?

— Je serai... racaille marxiste, prononça-t-il tout bas.

En retombant et en plongeant le coffre dans une nuit pas si terrible, avec ses odeurs d'encre et de fourrage, le couvercle fit un bruit gai de grelot.

III

Alexis glissa une feuille de papier sous la main de Victoire pour en dessiner le contour. En passant entre les doigts joints, le stylo la chatouillait. Elle retira sa main, cacha le dessin.

— Tu le fais exprès... J'ai des mains hideuses, des battoirs. Jette ça !

Alexis baisa le papier, le plia dans sa poche :

— Tout ce que j'aime !

Une bonne sœur en bure blanche se retourna et leur dit : « chut ! » L'œil noir contrastait avec la lumière de volets clos, de sieste enfantine, dont la cornette inondait son visage. La religieuse étrennait un cahier à feuillets mobiles. Elle faisait jouer les anneaux articulés de la reliure, soulignait ses notes avec un stylomine à quatre couleurs. Elle avait transcrit la date, 3 novembre 1936, les moindres propos du professeur, les souhaits de bienvenue et de bon travail, la longue bibliographie. Victoire avait commencé à en faire autant. Alexis l'en avait empêchée. Ces cours de Sorbonne ne servaient à rien : bon pour les séminaristes et les poussifs ! Le « certificat d'études littéraires classiques » se révisait en mai, trois semaines avant l'examen...

— Pour les khâgneux peut-être, objecta Victoire : mais nous...

— L'avenir est au chiqué, à l'irrespect, dit Alexis en élevant la voix. A poil les besogneux !

La religieuse se fâcha :

— Si vous ne voulez pas travailler, n'en empêchez pas les autres ! Dehors, les fils à papa !

Elle ne tombait pas trop bien, avec Alexis. Victoire joua à l'approuver.

— C'est vrai, ça, reprocha-t-elle à Alexis. Pourquoi me donner rendez-vous à la Sorbonne, si c'est pour dénigrer la culture et déranger les étudiants méritants ?

— Rendez-vous d'amour, susurra Alexis dans la cornette.

La sœur blanche fit claquer sa reliure mobile et changea de place bruyamment.

— On la suit ? proposa Alexis.

Derrière eux, un étudiant en col dur et cravate club avait surpris leur manège. « Une épouse du Christ !... Vous n'en feriez sûrement pas autant à la synagogue ! », dit-il en lançant une pièce de monnaie entre les gradins. Le tintement déclencha des rires. Dans le silence revenu, l'étudiant à col dur chuchota les mots : « juif, juif, juif », repris aux quatre coins de l'amphithéâtre, sans que s'élève aucune protestation.

— Allons, allons, trancha le professeur en regardant sa montre, dont la chaîne pendait à la poche de son pantalon rayé, et en tapotant le tas de fiches posé devant lui. On se gardera, n'est-ce peû, de toute politique durant mes cours... J'entends que la chose, n'est-ce peû, soit bien claire entre nous... Le maintien des franchises de l'Université est, n'est-ce peû, à ce prix... Je disais donc que Tite-Live, avec quel panache...

Alexis tira Victoire dehors. Sans un mot sur ce qui venait de se passer, il l'entraîna à la bibliothèque. Toutes les places étaient prises. Entre les murs couverts de reliures, on ne voyait que des têtes penchées, sous les abat-jour d'opaline vert tilleul.

— As-tu vu comme la belle jeunesse française assimile l'héritage ? dit Alexis en descendant l'escalier de marbre. C'est son huile de foie de morue : une cuillerée pour papa, une pour maman... Pour mieux manger les faibles plus tard...

Ils s'assirent sur les marches de la cour d'honneur. Des pigeons blanchissaient de leur fiente les barbes songeuses de Victor Hugo et de Pasteur. La cloche de la chapelle ponctuait les quarts d'heure avec majesté. Après une hésitation, ils s'embrassèrent près des lèvres.

— Enfin ! soupirèrent-ils ensemble.

Il y avait près de deux mois qu'ils s'étaient quittés, début septembre, à la terrasse d'un café. Alexis avait l'air empêtré ! « Le temps arrange bien les choses ! » : cette phrase ne lui ressemblait pas. Victoire n'avait pas appelé « Archives 68-09 ». Elle risquait de tomber sur l'oncle Bouglione, qu'Alexis lui avait caché à Dinard. De son côté,

Alexis avait appris le meeting de Puteaux, Luna-Park, la fausse couche, l'engagement de Gabin, et, par Boulet-montreuil, l'installation chez Lily. Car Victoire était restée chez la maîtresse de son oncle. C'était de là qu'elle avait fini par téléphoner à Alexis, trois jours plus tôt. « C'est trop bête, les cours de la Sorbonne vont commencer. — Rendez-vous amphi Descartes, mardi 3 novembre, dix heures », avait répondu Alexis, sans doute empêché, par des témoins, d'en dire plus.

Victoire relata ces sept semaines. Le soir de Luna-Park, le taxi la déposa à l'Ecole militaire. Lily ouvrit en chemise de nuit saumon, comme prévu. Le studio occupait le rez-de-chaussée et l'entresol d'un immeuble neuf. Il imitait les ateliers d'artiste, avec loggia. Le téléphone était blanc, comme dans les films américains. Il y avait une grande bibliothèque. Sur la table du bas en chêne cérusé, l'oncle Henri avait laissé traîner des livres de Malraux et *Histoire de l'œil,* de Bataille. Lily ne dormait pas quand Victoire sonna, en sang. Elle « faisait ses racines », la teinture blonde imposée par son amant étant « hors de prix ». L'oncle Henri tenait à ce qu'elle ne travaille pas. Il appelait dans la journée, pour vérifier ses allées et venues. Il était jaloux, sans motif. Au lit, il exigeait certaines choses ; « des accoutrements », disait Lily sans préciser. Quand Lise fut enfermée à Pontorson, Lily espéra qu'Henri se montrerait plus assidu, qu'il dormirait là, qu'il renouvellerait ses promesses de mariage. C'est le contraire qui se produisit. Il espaça ses visites et ne toucha plus

Lily, comme si les reproches de son épouse lui manquaient. Il fut enchanté que Victoire s'installe sur le divan du bas. On aurait dit que l'arrangement le dispensait d'un devoir pesant. Lily était pauvre et attentionnée. Elle prenait en cachette des leçons de claquettes au « gymnase George », rue de Varenne. A la sortie, depuis peu, elle faisait un brin de causette avec un « ingénieur catholique » — ainsi s'était présenté un échalas ardent et couperosé, mais « chut, motus et bouche cousue » ! Quand Lily prononçait « bouche cousue », ses lèvres s'arrondissaient, ses narines frémissaient. Victoire trouvait cela charmant.

— Et toi ? demanda-t-elle à Alexis.

La version de Boulet-Montreuil sur la vie au studio différait. A l'en croire, Victoire avait séduit Lily. Il se passait entre elles des choses troubles sur lesquelles il se faisait un plaisir « louche » — c'étaient ses termes — de fermer les yeux. Qui croire ?

— La version qui t'amuse le plus, dit Victoire. Et sur toi, tu me donnes le choix entre quoi et quoi ?

— Moi, c'est différent. Ma famille, ce n'est pas du... vaudeville. C'est sacré, parce que...

— ... Parce que des salauds te lancent des pièces dans les amphis, c'est ça ?

Victoire avait tout compris. Sa remarque réveillait l'envie de séduire qui avait saisi Alexis au manoir, et dont il n'était plus certain depuis le retour à Paris. Elle méritait la vérité : Alexis croyait que Gabin avait gagné son cœur « parce que Français », et par son engagement héroïque. Il imaginait Victoire guettant les événements de Catalogne comme les petites fiancées de 1914 la bataille de la Marne. L'ambiance de la rue des Rosiers n'arrangeait rien. « Ton père n'aurait pas supporté que tu voies une fille pareille ! », pleurait sa mère. « Tu fais pleurer ta mère ! », s'indignait l'oncle Bouglione. Début octobre, on menaça d'envoyer Alexis à New York. Il obtint de retourner en Khâgne contre l'engagement de ne plus « se laisser relancer par cette fille de goy qui ne croit à rien »...

— Et quoi encore ?

... Il y avait la cousine Sarah. Elle surnommait Victoire « Minze Eisner », la jeune fille qui « se croyait amoureuse de Kafka pour se libérer de sa famille bourgeoise ». Le jour où Alexis lança à Victoire que « le temps arrange bien les choses », les Goldschmidt baignaient dans le drame. Les lames de rasoir de Bouglione disparaissaient. On se relayait au chevet de la cousine. Ses cheveux s'étalaient sur l'oreiller, ses yeux lui tombaient dans les joues. Elle fixait le plafond. Elle y voyait des signes terrifiants. Une écaille de plâtre annonçait l'Europe à feu et à sang ; la marque noire d'un bouchon de champagne lui rappelait la moustache d'Hitler. Alexis était partagé entre le respect de ce malheur et l'exaspération d'en subir le chantage. Il n'oubliait pas Victoire, mais il craignait qu'elle n'admette pas ses scrupules envers Sarah. En épousant sa réaction, tout à l'heure dans l'amphi, elle avait gagné plus que son estime.

— Allons arroser ça chez Capoulade, dit-il, en

retrouvant la gaieté qui avait conquis Victoire en Bretagne.

Bras dessus, bras dessous, ils s'engagèrent sous la voûte menant rue de la Sorbonne. Sur le trottoir, des crieurs de journaux rivalisaient de slogans politiques. Les vendeurs de *L'Action française* et de *Gringoire* ameutaient contre « la démocrassouille judéo-maçonne ». Les porteurs de *L'Humanité,* du *Populaire* et de *Vendredi* répliquaient par de vibrants « le fascisme ne passera pas ».

— Contre le juif Blum vendu aux banquiers de Londres! hurlait un militant d' « Action française ».

Victoire se figea, serra le coude d'Alexis. La voix lui disait quelque chose : le crieur posté sur le trottoir d'en face n'était autre que son frère Bernard. Elle ne le reconnut pas aussitôt. Elle le croyait engagé dans la Légion. Elle ne l'avait pas revu depuis la noyade de leur ami Alain. Il avait beaucoup changé, en deux mois. Les cheveux étaient plus courts, le visage alourdi de mauvaise graisse, la bouche déformée par la vocifération. Plus bas, Suzanne Mercier détaillait la vitrine d'un libraire. Elle portait l'imperméable de Bernard, comme une maman le manteau de son cher petit grimpé sur des chevaux de bois. Sous le tailleur demi-deuil, les seins « se tenaient », selon l'expression gamine de tonton Yves. Du bonheur flottait sur son visage maquillé. Victoire n'osait imaginer comment cette veuve vivait pour de bon, avec Bernard, l'inceste inavoué qui l'avait liée à son fils disparu. Etait-ce elle qui leur mettait des idées d'absolu dans le crâne ? Ou était-ce dans son destin de vivre avec de jeunes illuminés, de bichonner des guerriers sans guerre ? Par quelles dînettes maternelles les calmait-elle ? Avec quelles serviettes humides sur le front ?...

Victoire posa ostensiblement sa tête sur l'épaule de son compagnon. Bernard savait qui était Alexis et ne pouvait se méprendre sur le sens de ce geste. Il la dévisagea d'un œil vide. Seul un mot quelconque leur aurait permis de se reparler un jour. Ce mot, s'il existait, ne vint pas. Leurs vies ne pouvaient que se disjoindre. Dix-huit années de tendre connivence, avivée par la désinvolture de leur père, s'abolissaient, le temps d'un regard inhabité. Victoire en était moins accablée qu'ahurie : il arrivait donc qu'en une seconde muette, des êtres aux peaux et aux mémoires usées l'une contre l'autre deviennent des étrangers, des passagers du métro, des voisins de wagon-lit dont on redoute de frôler les doigts, de respirer l'haleine, dans la nuit bleue des veilleuses...

— Merci, dit Alexis, après qu'ils eurent tourné l'angle de la place. Tu n'étais pas obligée de...

D'un baiser sur la bouche, Victoire l'empêcha d'achever sa phrase.

A la terrasse du Capoulade, ils restèrent silencieux devant des sandwiches et deux doubles rhum.

— Ça chauffe, finit par remarquer Alexis, après une gorgée d'alcool, l'œil luisant.

— Ce n'est pas le rhum qui soûle, dit Victoire, c'est... la vérité !

— Devine mon vœu, à la seconde, dit Alexis. J'aimerais savoir l'effet que ça fait d'être... un paysan catholique sept fois blessé en 14, ayant sous ses pieds quinze générations de culs-terreux, neuf enfants élevés dans la foi de ses pères, et qui entre à la poste acheter des bons du Trésor...

A la table voisine, un autre couple d'étudiants riait sous cape, incertain d'en avoir le droit.

— Eh bien moi, dit Victoire, j'aimerais aller au Louvre, personne ne m'y a emmenée !

— Moi non plus, mais c'est comme si j'y étais né ! Je t'expliquerai tout. A une condition : promets-moi que ce n'est pas pour te cultiver !

Victoire l'embrassa sur le nez.

— Juré !

Ils sautèrent dans l' « A.E. », direction Opéra. Alexis tenait Victoire par la taille et se laissait tomber sur elle dans les virages. Ils négligèrent les salles d'antiquités égyptiennes. « Ce n'est pas au programme ! », déclara Alexis, pour se moquer des velléités de sérieux manifestées par Victoire au cours du matin. La seule attitude « acceptable », dans un musée, c'était de « se mettre à la place de l'artiste ». Est-ce que Praxitèle se doutait que des Gaulois emmitouflés se rinceraient l'œil devant ses athlètes et leurs zizis rabotés par vingt-cinq siècles de pourrissement dans l'argile attique ?

Alexis singea le sculpteur expliquant son œuvre, et le prof de grec traduisant ses propos :

— O Xénia, ô étrangère, sais-tu au moins si la beauté est to tôn anthropôn ergon, l'œuvre des hommes, ou to tôn theôn dôron, ou un cadeau des dieux ?

Des visiteurs s'attroupèrent. Un gardien les pria de circuler. Devant les Goya, Alexis troqua le parler docte contre l'emphase des critiques d'art et le bagou d'un cuistot.

— Toute la condition humaine dans un pansement souillé ! Saignante, la tranche de vie ? A point ?

Il voulait être sûr que le cœur de Victoire ne baguenaudait pas de l'autre côté des Pyrénées, avec les brigades de Gabin.

— J'y pense moins que tu ne le crains, assura Victoire.

Traversant les salles en diagonale, ils tombèrent ensemble en arrêt devant une frondaison des Fragonard et un angelot du Titien. Alexis cessa ses pitreries à l'instant où Victoire le souhaitait en silence. Sur la vie et l'art de chaque peintre, il connaissait une multitude de détails étonnants. En une heure, il apprit à Victoire plus de choses que la famille Saint-Aubert n'en avait assimilé en trois siècles. La sécurité tuait la curiosité ; l'insécurité la décuplait. Alexis possédait l'œil et l'esprit fulgurants de qui n'avait pas eu la durée pour lui, et ne l'aurait jamais. Il allait au plus pressé, d'instinct, par force. Victoire aurait juré qu'il y était aidé par des signes invisibles, de ces encoches que les gitans tracent dans les arbres, à l'entrée des villages, pour indiquer aux prochains errants, leurs frères, les lieux hostiles, les poulaillers accueillants ; de ces messages de survie fleurant bon la solidarité animale, la complicité des sexes, messages que Victoire aurait préférés à son éducation de codes morts, et auxquels elle n'aurait accès que par protection de plus faibles qu'elle...

— Assez goûté au génie plastique ! dit Alexis. J'ai une idée...

Coudes au corps, il emmena Victoire à la Bibliothèque nationale, où se tenait une exposition d'enluminures médiévales. Il courait d'un présentoir à l'autre, enlevait ses lunettes, collait ses yeux myopes aux vitrines, traduisait des bibles grecques en remuant les lèvres, tombait en arrêt devant des « antiphonaires » bolognais... Ces documents appartenaient à qui voulait s'en donner la peine. Ils étaient à chacun de nous, dans une proportion juste et incalculable. Mais non, ils n'étaient à personne. C'était la mémoire humaine en lambeaux. Comment dire la vénération d'héritier qui l'envahissait ?

— Le passé de l'humanité sent le chiffon troué, bafouilla-t-il avec une excitation que Victoire ne lui connaissait pas. Les hommes n'en finissent pas d'aller vers moins de maladresses et... moins de sens ! Non, ce n'est pas ça que je voulais dire...

Il posa sa main sur la nuque de Victoire :

— Il n'y a que ça qui ait du sens... meine Schloch !

Depuis le temps qu'il en crevait d'envie ! Il ne lui manquait qu'un père à qui présenter la femme de sa vie. Dommage qu'un prêtre n'officie pas, dans ce temple de l'écriture ! Il l'aurait prié de les marier sur-le-champ, devant n'importe quel manuscrit.

— Tu veux qu'on demande à voir l'administrateur? dit-il. C'est Julien Cain, un ami de mon oncle.

— Ne fais pas ton Proust qui connaît tout le monde! dit Victoire, contente de lui trouver un défaut qui l'humanisait.

Elle n'en pouvait plus. En quelques heures il s'était passé trop de choses. Elle ne soutiendrait pas ce rythme d'émotions. Elle embrassa Alexis :

— Si on allait dormir?

— A quatre heures de l'après-midi?

Elle avait oublié l'heure. Mais pourquoi pas? C'était le moment où Lily dansait à claquettes. Le studio était libre.

— Ce que tu peux être bourgeois! dit-elle en le prenant par le poignet. Suivez le guide. Chacun son tour.

Dans la rue de Richelieu, Alexis fit un bond. Soupier Raymond s'égosillait, assis sur son triporteur :

— Demandez *Paris-Soir,* un crime inouï...

— Je ne me ferai jamais à ces cris, dit Alexis en se bouchant les oreilles.

Le tri ne portait plus la marque des établissements Blotto, mais celle du Ducom, dont Raymond avait tant craint le ridicule. Victoire lui en fit l'observation, pour dire quelque chose. Le Blotto avait été volé. Raymond n'avait plus qu'à s'employer chez le concurrent. Il refusait d'en paraître humilié.

— Faut bien changer, dans la vie! dit-il en adressant à Alexis un salut distrait.

C'était façon de se dire choqué. Victoire avait tort de se promener au bras d'un « autre ». Il l'avait prévenue d' « attendre » : elle appartenait sans discussion possible à Gabin, surtout depuis qu'il risquait sa vie. Ce n'était pas mémé Soupier qui aurait trompé Gaston pendant la guerre, ni après. Il n'y avait plus de moralité ! Raymond prit Victoire à part.

— Gabin est drôlement plus baraqué, dit-il. Celui-là a l'air d'un sale youpin, comme dit Polo.

— D'un quoi ? dit Victoire.

— Au plaisir quand même ! dit Raymond en démarrant sec, debout sur les pédales, le mollet déjà noueux, comme un livreur chevronné.

IV

Le studio n'était pas vide. Victoire et Alexis tombèrent sur Lily et Boulet-Montreuil. L'oncle était vexé que sa nièce le voie pour la première fois avec sa maîtresse, et en larmes. Eux-mêmes souffraient qu'on les soupçonne de cacher au studio une liaison déjà grevée d'habitudes.

— Nous venons de la Bibliothèque nationale, dit Alexis. Avez-vous vu les enluminures ?

— Horreur des expositions ! dit Boulet-Montreuil. Ça n'a de sens qu'en Italie, si on est amoureux, entre deux étreintes, les jambes molles, des souvenirs intimes plein les yeux !

— Difficile devant des Psaumes grégoriens ! dit Alexis.

Lily attira Victoire dans la salle de bains. Tout en se recoiffant, pleurnichant, pouffant de rire, elle expliqua sa présence chez elle à l'heure des « claquettes ». Elle s'approchait de l'ingénieur catholique posté rue de Varenne quand l'Hotchkiss s'était immobilisée dans un hurlement de freins. Henri avait bondi sur le trottoir, la main droite dans la poche, serrant, selon Lily, une arme. « Elle est trop chère pour un petit con de ton acabit ! » avait-il crié en poussant violemment Lily dans la voiture, et en lui donnant une gifle. Il avait engagé un détective, dont l'enquête l'avait conduit rue de Varenne.

— Il ne souffrait pas, commenta Lily en tapotant la joue giflée avec une houppette de poudre. Il ne pensait qu'à son « droit ». « J'aime pas qu'on se foute de moi, répétait-il en martelant son volant, je suis dans mon droit, dans mon droit, dans mon droit »... Et toi, dis voir, c'est qu'il est minou, ton Alexis ! Pas mon type, mais minou... Il n'a pas remarqué, au moins, pour la gifle ?... Il m'a regardée, tu crois ?... Et mes racines qui se voient déjà, la barbe !

Victoire était touchée par le naturel tonique de Lily. Elle l'avait apprécié le soir de Luna-Park, où Lily l'avait soignée avec énergie. Elle lui était attachée comme à un petit animal qui frotte son nez aux coussins, qui couche l'oreille sous la caresse. Victoire se félicitait que le studio ne fût pas vide. Deux heures de lit à la sauvette en guettant les pas du hall, c'eût été indigne d'eux. L'impatience d'être seule avec Alexis faisait place à un goût pour lui plus diffus, que l'attente exaltait.

A travers la porte, la voix de l'oncle Henri devenait joyeuse.

— Faites-vous belles, mes belles ! Nous allons dîner tous les quatre ! Alexis est d'accord. D'ailleurs, c'est un ordre !

Il les invitait dans une guinguette, sur la Marne,

près des usines Boulet-Montreuil, où il passerait signer du courrier. Eblouir, obliger, jouer les grands seigneurs : c'était son remède aux coups de colère. Difficile de refuser. Lily passa un fourreau de satin crème, et prêta à Victoire une robe noire décolletée que son amie enfila à l'envers, exprès. Alexis boutonna le col de sa chemise, à défaut de cravate. Il monta devant avec Boulet-Montreuil. Il se souvenait de son ébahissement devant cette Hotchkiss, sur le bac de Dinard : les flacons de cristal, l'odeur de feutrine et de détachant. Le moteur reniflait, loin sous le capot. On se sentait à l'abri de tout. Les nouvelles semblaient s'arrêter derrière les vitres teintées. Alexis déchiffrait les gros titres de l'*Echo de Paris*, coincé dans la boîte à gants : « La bataille pour Madrid fait rage... » « Reconnu par Berlin et Rome, Franco dénonce le danger marxiste... » « Le cardinal Baudrillart fait de même à l'Institut catholique... » « Le député de Kérillis demande au gouvernement d'avaliser l'annexion de l'Ethiopie par le Duce... » Sous le journal, se devinait le canon d'un pistolet d'ordonnance. Alexis n'y fit pas plus attention qu'aux informations mondiales. Il avait glissé sa main vers la cheville de Victoire, qu'il caressait. Les deux jeunes femmes papotaient. Lily observait qu'Henri ramenait une mèche d'une oreille à l'autre dans l'espoir de masquer sa calvitie. De dos, l'inutilité de l'opération éclatait. « Mon ingénieur, c'est du crin, des épis partout ! », murmurait Lily.

L'Hotchkiss s'engouffra dans la cour des usines Boulet-Montreuil, à l'est de Paris. Un vigile salua.

Des hangars en briques s'alignaient, réunis par des passerelles, des ponts roulants, des tuyauteries savantes. Victoire eut une pensée pour l'atelier de Puteaux où Gabin avait pris la parole. C'était le même décor, sans les guirlandes et la gaieté de la grève sur le tas. Des ouvriers poussaient sans hâte des chariots de pièces détachées, ignorant la voiture directoriale et son chargement de jolies femmes. Henri montra le chemin : un escalier en fer, des secrétaires indifférentes, sauf une, qui s'extasiait sur la tenue de Lily « un mardi avant le dîner ! ». Le bureau du patron avait vue sur la chaîne de montage. Les meubles étaient en acajou. Sur la table vide, veillait une photographie d'Hubert brandissant le fanion de sa promesse scoute. Victoire se renfrogna dans un fauteuil. Elle s'en voulait d'avoir accepté cette soirée, ce piège. Alexis, debout près d'elle, partageait ses pensées. Il lui dit tout bas qu'ils avaient « la vie devant eux ». Lily contemplait un piston chromé, accroché au mur.

En signant son courrier, Boulet-Montreuil entreprit une tirade comme il les aimait. La situation politique et sociale était « préoccupante », depuis le printemps 1936 : la C.G.T. avait enregistré quatre millions d'adhésions — il insistait : « quatre millions, deux fois deux, la population entière de Paris ! » — ; la Fédération des Métaux était la plus « rouge », la seule à lancer des grèves « purement politiques » ; le communiste Thorez menaçait de rompre si Blum restait évasif sur l'Espagne ; la veille, à Stains, Duclos avait demandé que La

Rocque et Doriot rejoignent Maurras à la prison de la Santé pour « reconstitution de ligues dissoutes », et qu'on « fasse payer les riches »; dans les arsenaux, on chantait *L'Internationale,* on levait le poing, à la barbe des ministres et des amiraux; à Clichy, les accus Fulmen étaient occupés « sans raison claire » par une minorité de Nord-Africains — « parfaitement : des sidis ! » —; des tracts circulaient, aux Pompes B.-M., qui le comptaient parmi les « deux cents familles »... Mais Henri gardait son sang-froid. L'adversité l'excitait :

— J'aime les cocos. Ils comprennent la force. Ils ont la discipline des armées en guerre. On peut discuter. Un jour, ils deviendront réformistes et gestionnaires. Ce sont les seuls sérieux !

Victoire faillit modérer l'aplomb de son oncle en lui révélant comment, au bois de Boulogne, elle l'avait vu tourner bride devant les militants de Puteaux, et montrer son derrière aux ouvriers dont aujourd'hui, à l'abri de sa baie vitrée, il prétendait apprécier et dompter la force. Mais Henri n'attendait que cela pour fanfaronner. Mieux valait le laisser placer son couplet préféré sur la « troisième voie entre la jungle du capitalisme et l'uniformisation stérilisante du collectivisme ». Il vanta les mérites de son « ami Gaston Bergery », avec qui il espérait amener les révolutionnaires à un « compromis historique ». L' « obstacle », la « plaie », c'étaient les chrétiens : « chimériques », « changeants », « fuyant le combat clair classe contre classe ». Ainsi de cette « juive convertie », Simone Weil. Il concevait qu'une « agrégée au grand cœur » s'embauche, comme elle l'avait fait en 1935, au découpage chez Alsthom ; lui-même lui avait écrit, « entre agrégés », pour lui proposer un stage aux Pompes B.-M. ; mais il « se tapait le menton » quand elle s'indignait de l'aliénation aux chaînes. Lui, Boulet, avait visité Detroit et Moscou. Partout, les pays avancés postaient le travail, pire qu'en France. Il fallait savoir si on désirait tourner le dos à l'avenir et retomber au rang des Papous... Si on veut du progrès social, il faut du profit à répartir, donc un rendement et des techniques de pointe...

— En privé, mes gars les plus durs en conviennent, dit-il.

La sirène des changements d'équipes retentit. Quelques ouvriers sifflèrent dans leurs doigts en apercevant le fourreau de Lily, derrière la verrière du directeur. Elle leur répondit par un baiser de star à la passerelle d'un avion. Victoire souffrait pour elle. Henri s'en rendit compte.

— Elle peut le faire, dit-il à sa nièce ; son grand-père était mineur à Decazeville. Ce sont des choses que mes gaziers repèrent tout de suite...

— C'est égal, dit Lily en se retournant vers le bureau : ça doit pas être marrant tous les jours !

La scène tournait à l'odieux. Henri l'avait voulue ainsi. C'était son plaisir, de créer la gêne. Au manoir, Victoire s'en amusait, pas ici. Elle avait trop le sens du ridicule pour jouer les « bonnes âmes », là, en robe du soir ; mais elle avait lu en classe les articles de Simone Weil, et elle ne supportait pas qu'on les déforme. Elle imaginait

Gabin haranguant l'atelier du haut du pont roulant, les poings se levant, *L'Internationale* jaillissant, et l'oncle prenant la fuite dans l'Hotchkiss, la main sur son pistolet...

— Simone Weil dit juste que, révolution ou réforme, il n'y a pas de liberté possible avec ce travail-là !

— Bien sûr ! Mais ce n'est pas une raison pour changer la France en prison soviétique ! Il y a un moyen plus trapu...

— Ah bon ? Lequel ?

Le chef des usines B.-M. se planta devant sa verrière de commandement, comme un amiral aux hublots de sa timonerie.

— Je ne serai plus là pour le voir, mais avant cinquante ans des robots actionneront ces machines tout seuls... Il suffira de leur donner des ordres... Les bons... Et ta lutte des classes, ma choute, pfuitt ! un souvenir !

— Depuis le temps que les patrons disent ça ! chantonna Lily.

— Encore faudra-t-il, dit Henri, que les capitalistes réinvestissent leur argent, au lieu d'exiger le maximum tout de suite.

Il se pencha vers Victoire :

— Au fait, cette usine qui te fait horreur t'appartient pour un quart, avec tes actions Saint-Aubert... Ces esclaves travaillent pour tes beaux yeux, ma belle !... Et je te dois plein de dividendes !... Quand on naît favorisé, on le reste... Tous les milieux vous rattrapent tôt ou tard, demande aux truands... Et remercie le Front populaire ! Depuis qu'il est là, depuis la dévaluation de septembre, le fric, qui a la mauvaise manie d'aller au fric, coule à flots pour nous. Même que dénoncer les conneries de Blum, de notre part, ça devient héroïque, cornélien ! Crois-moi : vouloir aider les autres est une maladie !

Il se tourna vers Alexis :

— C'est de qui ? On ne vous entend plus...

— Pardon ?

Depuis un moment, Alexis n'écoutait pas. Boulet-Montreuil n'était plus le chahuteur érudit auquel il aimait se mesurer. D'exercer sa puissance sur Lily et sur les Pompes enlaidissait sa voix, ses traits. D'instinct, Alexis se sentait, comme Victoire, du côté des exploités : l'usine lui rappelait la prison de Munich où il s'était renseigné en vain sur le sort de son père ; les ouvriers portaient des treillis marqués dans le dos, comme les détenus ; rien ne le préservait, lui, de faire un jour la queue à la douche, des lettres au pochoir dans le dos, de la limaille sous les ongles... mais, français de cœur et de langue, il ne l'était pas par l'économie. Sur ce chapitre, Bouglione lui enseignait de s'estimer « innocent, enfin ! », et de se conduire en « pirate légal ». Son seul vœu : arracher Victoire à la contradiction coupable où son oncle l'enfonçait sournoisement. Il était urgent de changer de conversation, de cadre.

— Si on allait dîner aux frais du prolétariat ? proposa-t-il.

La guinguette était à un quart d'heure. Alexis

s'assit à l'arrière de l'Hotchkiss avec Victoire. Il l'embrassa à la saignée du bras.

— Pas de flirt dans ma voiture ! commanda Henri.

Alexis continua et promit : « A tout à l'heure ! »

Le restaurant occupait une ancienne serre, prolongée par des pilotis sur la Marne. Des orangers et des plantes d'intérieur masquaient le paysage hivernal d'alentour : pavillons décolorés, troncs d'un noir d'encre. Un phono à pavillon était posé en haut d'une colonne en bois peint. Un poêle ronflait, dont le tuyau traversait et tiédissait la salle. Un photographe offrait ses services à la dizaine de dîneurs. Le patron soignait Henri, qui conduisait là ses bonnes fortunes et les acheteurs de pompes. Au milieu du repas, Lily se leva pour mettre un disque. Elle choisit *Le plus beau de tous les tangos du monde*.

— L'air de la procession ! L'air qui a fait vaciller le Dieu de l'Occident ! dit Henri avec une joie que le vin rendait bruyante.

Lily croyait qu'ils se moquaient d'elle. Henri la rassura d'un mot à l'oreille.

— Tout est oublié pour la rue de Varenne... à condition que tu danses à claquettes !

Lily refusa. Elle débutait. Elle ne saurait s'exhiber avant des mois. L'expression « à condition » heurta Victoire, qui souffrait de voir Lily traitée en chien savant.

— Pas ça ! Pas devant moi !

— Nous sommes si petite, encore, si fragile,

minauda Henri en caressant le bras nu de Lily. Mais nous savons nous défendre, pas vrai ?

Alexis, que ce dressage offensait aussi, invita Lily à danser. Henri et sa nièce restaient face à face.

— Jalouse ? demanda l'oncle à la nièce.

— Moins que vous, oncle Henri ! Vous n'êtes même que ça !

— Détrompe-toi, depuis cet après-midi, je sais ce que c'est d'être amoureux !

— Allons donc ! on n'aime pas une femme à qui on coupe la parole de peur qu'elle ne dise des bêtises...

— C'est pour son bien, les gens sont si méchants ! Nous sommes si petite encore, hup ! si fragile...

Des hoquets d'alcool s'ajoutaient aux mufleries. Victoire n'avait qu'un moyen d'arrêter le carnage :

— ... Et comment va cette pauvre tante Lise ?

La question fit l'effet d'un verre d'eau dans la figure. Henri s'était rendu à Pontorson le week-end précédent. Sa femme ne l'avait pas reconnu. Elle était dans une chambre grillagée, en manteau et en chapeau, sa valise bouclée, comme si on venait la sortir de là. Elle se mordait les joues de l'intérieur. Elle avait forci. Ses cheveux blanchissaient. En deux mois, la folie — ou l'asile, comment savoir ? — l'avait changée en fermière gâteuse. Elle levait les yeux au ciel, guettant on ne sait quelle ondée, prête à ouvrir son parapluie. A l'approche d'Henri, elle poussa un cri d'oiseau. D'après les gardiens, elle ne parlait plus qu'en caquetages de perroquet, où revenait, « sauf votre respect », « pine au cul ». Au retour, près d'Alençon, Henri s'était arrêté dans un chemin creux. Le visage contre son volant, il avait sangloté sur tant de « gâchis », sur ses « torts » envers Lise, envers lui-même. Envers Dieu ? Pas même ! Une honte sans destinataire, un chagrin de gosse, interminable... Deux heures au compteur de l'Hotchkiss... Le souvenir de ce voyage assombrit son regard avec la netteté d'un nuage promenant une ombre plombée sur la mer verte. Victoire eut pitié :

— Le divorce est de droit, dans ces cas-là !

— On verra quand Hubert sera plus grand, hoqueta Henri. Il aurait trop de peine !

Rien de moins sûr. Au début de sa liaison, son fils l'avait épié, c'était lui qui avait renseigné Lise, Depuis la rentrée, le gosse avait mieux à faire.

— Peut-être quand ton grand-père sera mort, ajouta Henri... et Marguerite... Et les Léostic.

Le qu'en-dira-t-on des beaux-parents et des fermiers, à présent ! Tous les prétextes étaient bons pour reculer. Henri donnait le spectacle que Victoire redoutait pour elle-même : celui des révoltes incomplètes qui se soldent par un surcroît d'hypocrisie. En ne larguant qu'une amarre de la bourgeoisie, on restait emmêlé au quai, pour la vie.

Alexis et Lily achevaient leur danse. Henri posa une main sur celle de Victoire. Se souvenait-il de ses élans louches, près du séquoia ? Il montra Alexis :

— Il en vaut la peine ! Fonce ! Ne t'arrête pas en route ! Sois moins conne que ton pauvre oncle, je t'en supplie ! Ne loupez pas une chose pareille ! Il n'y a que ça dans la vie ! Tu m'entends ?

Victoire lui adressa un sourire où la promesse et la compassion se mêlaient. Elle céda sa place à Alexis avec un autre sourire, d'attente amoureuse. Elle invita Lily à danser de nouveau *Le plus beau de tous les tangos du monde.* Les dîneurs interrompirent leur repas pour admirer les deux femmes, enlacées dans leurs robes crème et noir. Le photographe se déchaînait.

— Mon oncle ne divorcera pas de sa timbrée, j'espère que tu le sais, dit Victoire à Lily, qui chaloupait en grande professionnelle.

— Encore heureux ! dit Lily.

Elle tira une frisette sur ses cheveux platine :

— Comme ça, je reprendrai ma couleur naturelle !

Elle était « toute chose », mais pas surprise. Elle savait que sa liaison « aurait une fin ». Elle le savait depuis le premier jour, voilà deux ans, où Henri, à cheval, l'avait abordée avenue du Bois. Elle poussait un landau gris, en voile gris. « Vous valez mieux que nurse de luxe... » Les compliments étaient énormes, mais gentils. Lily prit goût au confort qu'offrait Henri, et au désir qu'elle réveillait chez lui, qu'elle éveillait. Il avait des empressements d'adolescent, accrus par la sensation d'un retard à combler. Mais cette hâte tournerait à l'aigre. Une réticence de la première seconde l'avait prévenue.

— Aucun bonheur n'efface la première impression, qui est la bonne !

Henri alla aux toilettes. Les incontinences survenaient donc avant la soixantaine ? Il avait le vin triste.

— « Je remercie le ciel de m'avoir fait naître à une si belle époque ! » C'est de qui ? demanda-t-il à Alexis.

— ?

— Hitler, 1914 ! On devrait se méfier des aigris qui comptent sur les guerres pour se supporter... ou n'être pas seuls à se perdre !... Ainsi moi, plus ça va, plus j'aime notre époque... et plus je sais qu'elle va, hup, finir mal !

Les raisons de se détester défilaient : il s'était rêvé écrivain et il mourrait industriel ; il s'était engagé à gauche et il vieillissait à droite, « pour cause d'intelligence » ; il s'était résigné à la respectabilité, et sa femme poussait des cris de perroquet obscènes ; il aimait éperdument le petit derrière tout rond de Lily, et il ne pouvait s'empêcher de se dégoûter d'elle, de la dégoûter de lui, parce qu'il l'avait choisie exprès pour que cela arrive un jour. Et ce jour lui tombait dessus comme les bombes de 14, sans bruit annonciateur, on sautait avant de les entendre, si vos tympans ne claquaient pas c'est que vous étiez déjà mort...

— Je n'aurai pas su aimer une femme avec qui... (sa voix se brisait) visiter le Louvre !

Ce regret expliquait la fougue de sa sortie, au studio, contre les expositions visitées en amoureux.

« Je n'aurai pas su » : le futur antérieur, ce « nevermore » français, navrait Alexis. Il réveillait sa pitié russe, sa vénération pour Dostoïevski. Sur le phono, une valse viennoise succédait au tango.

— Mais non, dit-il à Henri. Rien n'est joué, jamais... Au fait : puisque tonton Yves est toujours en voyage, c'est à vous que je dois demander la main de Victoire ?

Sans attendre la réponse, Alexis courut sur la piste de danse, arracha Victoire des bras de Lily, et la fit tourner à la volée. Le photographe prit plusieurs clichés au magnésium.

— Ich liebe dich, ich bin nach dir verrückt, ich bin in dich verschossen ! (Je t'aime, je suis fou de toi, je suis fou amoureux.)

Manquant de tomber en arrière, Victoire se raccrocha au cou d'Alexis et s'y blottit, les yeux clos, la bouche tendue, entre l'offrande et le recueillement.

Lily commanda un taxi et disparut. Le moment lui paraissait venu de devancer le grondement de la bombe, les explications inutiles. Victoire préviendrait Henri, et déposerait ses affaires chez l' « ingénieur catholique ». Henri était trop ivre pour remarquer le départ de Lily, et pour conduire. Après avoir réglé l'addition, Alexis coucha Boulet-Montreuil à l'arrière de l'Hotchkiss, et prit le volant.

Devant le studio, Henri se réveilla, sortit seul de la voiture, passa devant, enfila ses gants beurre frais. Alexis et Victoire ouvraient la porte cochère comme si, toute leur vie, ils n'avaient fait que cela, rentrer ensemble pour s'aimer, s'aimer.

Henri se sentait amoureux de cet amour, à défaut de celui qu'il ne connaîtrait plus lui-même.

— Vous êtes chez vous ! dit-il en leur jetant sa clef, et en embrayant très vite.

Il se lança dans des pointes à cent trente sur le premier bout d'autoroute qui venait d'ouvrir à Saint-Cloud.

— La vitesse est la providence des ratés, dit-il, content de la formule.

Si content, qu'il ajouta :

— La vitesse... et les mots !

V

Le bonheur se raconte mal. Victoire et Alexis étaient heureux. Heureux à s'ennuyer l'un de l'autre si plus d'un mètre les séparait, à pousser des cris de Sioux; « à manger mes gants », disait Alexis. Les tracas des autres, les grincements de la planète, ne les atteignaient plus. S'occuper de l'histoire est affaire d'ambitieux ou d'esseulés. A quoi bon épier des événements sur lesquels on ne peut rien? La passion délivre des curiosités inutiles. Les choses prennent leur vraie place, les minutes pèsent leur juste poids. Le bonheur ne se raconte pas; de l'intérieur, encore moins. La pudeur s'en mêle, la peur de trahir.

En quelques heures de béatitude, Victoire et Alexis effacèrent du studio les traces de l'adultère piètre qui venait d'y prendre fin. Alexis découvrit par hasard derrière les Péguy de la bibliothèque un revolver 6,35 et les déshabillés achetés par Henri après la faillite d'un bordel de luxe; sans doute, obligeait-il Lily à les endosser certains soirs! Comme on jette, en se détournant, les objets intimes d'un mort, Alexis cacha la lingerie dans la poubelle de l'immeuble, et n'eut de cesse que les éboueurs l'aient emportée sous un tas d'épluchures. Il trouva des brouillons de lettres dans un agenda-réclame des magasins du Louvre, où Lily tenait ses comptes. « Ne croie pas que je vienne te relancer... », ne put-il éviter de lire, raturé à dix reprises, avec des hésitations sur l'orthographe de « voie » et de « vienne », plus poignantes que la missive même. Victoire mit sa marque sur le studio en étalant des châles des Indes, des affiches de théâtre — Ludmilla Pitoëff dans *La Mouette* —, en traçant des citations de Rilke au rouge à lèvres sur les miroirs de la salle de bains, trop vastes, trop roses.

Dans la journée, Alexis allait en khâgne à Louis-le-Grand, Victoire à la Sorbonne. Ils se donnaient rendez-vous aux cours de Levaillant sur Chateaubriand, de Bréhier sur Plotin. La religieuse au stylomine quatre couleurs les prit en amitié, et leur prêta ses notes. Bernard ne vendait plus de journaux dans la rue. Ils se lièrent avec le professeur Gustave Cohen, qui s'apprêtait à monter *Les Juives*, de Garnier, dans la cour d'honneur. Victoire fut retenue pour un rôle. Elle se sentait une vocation de comédienne. Ils dressèrent la liste des pièces qu'ils iraient voir : *Hedda Gabler*, au Français, *Fric-Frac* à la Michodière, avec Arletty, Victor Boucher, Michel Simon. Ils achetaient des disques de jazz aux Champs-Elysées, et s'attardaient à la brasserie Hungaria, pour écouter les violons tziganes. Ils traînaient dans les rues, entraient dans les cours, écoutaient les chanteurs forains, s'arrêtaient au milieu des ponts pour comparer les teintes du ciel parisien. Leur idéal : se ménager une vie libre et curieuse, sans emploi fixe ni lien conjugal, une bohème tempérée, à la façon de quelques agrégés des années trente comme, disait-on rue d'Ulm, un certain Sartre et une grande bourgeoise nommée Beauvoir.

A ce rythme, l'argent manqua. Victoire refusa les largesses qu'offrit son oncle Henri, avant de s'embarquer pour un « voyage d'affaires » en Afrique du Nord. Elle demanderait son « émancipation » dès ses dix-huit ans tout proches, et réclamerait son dû, à l'exception des parts de « Pompes » qui, disait-elle, lui « brûleraient les doigts ». Alexis se fit avancer quelques milliers de francs par Bouglione. En classe, il vendait des dissertations aux élèves en panne, avec pari sur la note qu'elles obtiendraient. Il remboursait en cas de mauvais pronostic, et empochait un banco s'il tombait juste. Ces devoirs supplémentaires lui laissaient le temps d'entreprendre ce qu'il appelait, sans ironie, l' « œuvre du siècle ». La nuit, Alexis redescendait s'asseoir à la table du bas, masquait la lampe avec un képi de spahi extrait d'une cantine, et écrivait frénétiquement.

« La vie est agglomérat, le bonheur va au bonheur, comme l'argent va à l'argent », disait-il pour expliquer cette rage d'écriture et ses insomnies. Dans son livre, il y aurait « tout », le quotidien et l'éternel, le réel et l'imaginaire, la langue de tout le monde et un langage jamais entendu...

— Ce sera le livre auquel aucun écrivain ne pourra ajouter un mot ! Une terre brûlée, un désert, une croûte lunaire : voilà ce que je laisserai derrière moi. Tu en doutes ?

— Arrête de te vendre ! Viens plutôt me répéter ça dans l'oreille, disait Victoire.

Et ils roulaient dans les draps, oubliant le plateau de petit déjeuner. Plusieurs tasses avaient fait les frais de leurs débats sur le peu d'avenir de la littérature « après Alexis ».

Cinq jours après leur installation, le 8 novembre, Alexis commit un mensonge. Ce fut le monde extérieur qui l'y incita, ce monde qu'ils avaient ignoré et qui se vengeait. La concierge avait glissé deux enveloppes sous la porte d'entrée. L'une contenait les photos de la guinguette ; on les voyait valsant, flous, fous. Dans l'autre était plié un tract anonyme, en lettres de journal découpées : « La France aux Français ! Etrangers, frères de Blum l'homme sans racines ! Nous n'allons pas chez vous. Restez-y ! Laissez-nous notre pain, nos filles, nos compagnes ! Ceci est un conseil d'ami ! » Qui avait pu ? Qui connaissait son nom, son adresse ? En remontant à la loggia, Alexis passa en revue les coupables possibles, les jaloux que leur amour dérangeait : le frère de Victoire, son oncle Henri, sa tante Lise, Sarah — non, pas Sarah, pas elle ! —, la voisine du dessus, une veuve de colonel en astrakan, qui se plaignait à la concierge du « lupanar de ce satyre de Boulet-Montreuil ». Il eut beau tendre à Victoire une photo de la guinguette, son esprit était visiblement ailleurs. Le tract avait atteint son but.

— Qu'est-ce que tu as ?

— Mais rien !

Ses mains fébriles le trahissaient. Le téléphone, décroché par Victoire, ruina ses démentis. Une voix travestie répétait les termes du tract.

— C'est sûrement Bernard !..., dit Victoire. Il faut prévenir le commissariat.

— Surtout pas !

— Pourquoi : « surtout pas » ?

Alexis ne savait pas pourquoi. S'il avouait sa défiance envers la police française, Victoire se vexerait-elle ? Comprendrait-elle, s'il lâchait le flot de sensations qui montait en lui ? A Munich, son père avait reçu les mêmes « conseils d'ami », jusqu'à ce qu'un camion de S.S. l'emporte... Alexis s'allongea sur le lit sans saisir Victoire à bras-le-corps, comme d'habitude.

— Ça commence comme ça ! dit-il en fixant les fausses poutres.

— Qu'est-ce qui commence comme ça ?

Pour Victoire, Alexis évoquait une brouille possible entre eux. Qu'elle ne songe pas aux méthodes des racistes paraissait inimaginable à Alexis. Comment enrayer le malentendu ? Alexis aurait dû remonter si loin ! Raconter les bulbes vert-de-gris de la Barerstrasse, les plaines verglacées, les départs brusques, les retrouvailles autour de pâtisseries immangeables ! Raconter tout cela en russe, en allemand, en silence, pendant des siècles !...

Victoire était exclue des drames d'Alexis, des fêtes d'Alexis... Toujours l'ignorance de la famille Saint-Aubert, dont l'univers s'arrêtait au pré Noiraude, aux « Jacques »... Au-delà, rôdait le nomade qu'on ne devait pas visiter, ni recevoir, ni épouser — « les mariages entre étrangers, entre religions différentes, ma chérie, ça ne marche jamais ! » — ; au-delà, à part une poignée d'amusants cosmopolites croisés dans les palaces, ce n'étaient que « marchands subtils aux mains huileuses, habiles à noyauter le grand commerce, l'art, l'information »... Et dire qu'on trouvait des grâces à ces préjugés du manoir ! Dire qu'Alexis lui-même...

— Parle-moi des chariots de Wiesbaden, dit Victoire en enfouissant son nez sous l'oreille d'Alexis, là où flottait l' « odeur de manteau ».

Victoire avait tout compris ! Alexis bondit de joie, de délivrance. Le plateau du petit déjeuner valsa. Une soucoupe roula et tomba du haut de la loggia. Ni le tract ni les folies haineuses du dehors n'ébranleraient leur amour. Le plaisir qu'ils partagèrent s'entourait d'une gravité nouvelle, et les jeta dans un sommeil profond. L'après-midi était entamé quand Alexis ouvrit un œil. Victoire fumait dans son bain. Il se jeta à l'eau. Une flaque courut jusqu'à l'entrée.

— J'ai une idée, dit-il, partons en voyage !

— Où ?

— Chez moi.

— Chez toi ?

— Tu verras...

Alexis lui cacha leur destination : un appartement bourgeois de la rive droite, avec enfilades de portes vitrées et de couloirs. On se serait cru chez un médecin. Plusieurs familles attendaient dans le vestibule. Les pères parlaient entre eux, les mères calmaient les enfants, qui couraient entre les meubles. Une petite femme aux yeux pétillants allait de visiteur en visiteur, examinait leur cas, les dirigeait vers les bureaux. Tout le monde parlait allemand. Alexis s'y mit avec joie, comme on rejoint des baigneurs. Victoire se cramponnait au spectacle de cette joie, son seul lien avec l'instant, outre la main d'Alexis enserrant la sienne, brûlante. Entre deux conversations, il traduisait l'essentiel de ce qui était dit. Ces familles arrivaient d'Allemagne. Elles fuyaient les persécutions nazies. Il en passait des dizaines par jour. Les trajets différaient, mais le scénario était le même : fonctionnaires et professeurs chassés des emplois publics, médecins et avocats interdits, boutiques fermées, réquisitionnées, saccagées, départs en catastrophe, attentes aux frontières... On échangeait des renseignements sur les postes de douane, les papiers délivrés, les permis de séjour et de travail, les passeports provisoires, les délais de naturalisation, les faux certificats de baptême, les écoles, les synagogues, les prix des lits pliants, des malles armoires, la police des étrangers, les arrêtés d'expulsion, les tarifs de bateau pour l'Amérique, les ports d'embarquement, les recettes de cuisine... Alexis était si heureux de se retrouver en pays et langue connus qu'il transmettait à Victoire ces nouvelles d'exode avec enthousiasme, comme autant de records sportifs.

Comble d'excitation : la petite dame qui officiait s'appelait Goldschmidt, comme Alexis. « Une cousine, forcément ! » Clara, c'était son prénom, avait épousé André Malraux. Elle l'avait accompagné en Indochine. Elle revenait de Barcelone. Elle donna des informations fraîches sur la guerre d'Espagne. Alexis s'assombrit lorsqu'elle évoqua les « gars des brigades qui tombent comme des mouches ». Victoire lui prit la main : non, elle ne pensait pas, elle ne pensait plus, à Gabin, la page était tournée. Clara fit l'éloge d'un pilote, un certain Corniglion, « autrement culotté qu'André, qu'il doit empêcher de toucher aux manettes ». Elle appuyait ses propos d'un regard et d'un rire malicieux de fillette qui vient de faire une bonne niche.

Alexis et les réfugiés se récitaient les derniers discours politiques empreints de racisme, triomphant ou torve. Ils semblaient en rire, à la surprise de Victoire. Un Bavarois cita Hitler, qui venait de fêter, à la brasserie Bürgerbrau de Munich, son putsch manqué de 1923 : « Je considère le peuple juif comme le plus bête de la terre ; c'est pourquoi il ne faut voir dans le judéo-bolchevisme que du médiocre et du risible. » Un Polonais montra une coupure de presse. Au Parlement de Varsovie, le député Budzynski venait de déclarer : « Il y a trop de juifs dans l'administration, la diplomatie, la presse, les speakers de la radio ; il importe que ces postes soient réservés à d'authentiques représentants de la race polonaise, sans que s'interpose un élément non national connaissant mal les traditions du véritable peuple polonais... »

On joua aux devinettes. Qui a dit : « Le maintien de la culture européenne passe par l'élimination de l'infection judéo-marxiste ? » Hitler ? Franco ? Un prélat français ? « Les trois ! », révéla un professeur d'histoire, qui préférait « en rire qu'en pleurer ». Qui traitait de « grosse juive » la secrétaire d'Etat à L'Education nationale, Mme Brunschwicg ? « Brasillach », dit Alexis, qui rappelait les allusions quotidiennes de la presse française aux origines de Blum, les excuses gaffeuses de ce dernier — « je suis français, malgré ma race » —, et... le tract reçu par lui, le matin même.

Sur la table de l'entrée, un journal reproduisait un discours de Doriot, le communiste dissident : « Il faut chasser les agents de Staline ! Ouvrier, c'est à la France que tu dois de ne pas être un moujik ! » Un avocat hongrois interrompit les rires : ce Doriot n'avait pas tort, juifs et marxistes n'étaient unis que dans les discours d'Hitler ; « fragile alliance »... En Russie, les pogroms continuaient, s'aggravaient... Un jour, l'U.R.S.S. deviendrait la principale ennemie !

Dans la rue, Victoire bombarda Alexis de questions. Elle s'était imaginé que les partis ouvriers, pour subir les mêmes oppressions et les mêmes opprobres, ne trahiraient jamais les juifs. Il venait donc un moment où la persécution vous laissait seul, réduit à ce qu'elle avait fait de vous ? Comment les Français ignoraient-ils tout cela ? Les chrétiens, les gens de bonne foi ?

Alexis voulait parler d'autre chose. Au conservatoire de musique, près de la place Malesherbes, Django Reinhardt donnait un concert avec le Hot Club de France. Ils prirent les dernières places, en haut de l'amphithéâtre. L'acoustique donnait l'impression de se trouver à l'intérieur des guitares, environné de cordes, de doigts crissants. Des petits grognements ponctuaient les solos. Alexis et Victoire reconnaissaient leurs morceaux préférés avec, en plus, le risque excitant de la fausse note, la présence des musiciens s'amusant de leurs prouesses, accentuant les syncopes, s'abandonnant au bonheur d'improviser.

— Les tziganes et les gitans aussi, Hitler veut les supprimer, annonça Alexis à l'entracte.

Quand donc le manoir, et la France autour, accepteraient-ils de SAVOIR ce que Victoire avait appris depuis deux heures et qui était théoriquement CONNU ? Il faudrait quoi pour les réveiller ? Voir de leurs yeux toutes les victimes en rang, dans une mine à ciel ouvert, des pyjamas gris battant leurs chevilles minuscules, les orbites comme des trous de nuit ?

— Même pas ! dit Alexis.

VI

— Tout O.K... Cinq couchettes sur *Bremen,* c'est plus sûr, bateau allemand !... Départ 17 décembre Rotterdam... Arrivée New York « Christmas »... Elie et Sam sur le quai... Tu ne me crois pas ? Tu veux voir tickets ?

Bouglione était assis à la table du studio. Il cherchait les billets de bateau dans sa poche, y trouvait une pochette bariolée, l'agitait comme sur une passerelle, déjà. Il mélangeait l'allemand et le français.

— J'oubliais : demain soir, c'est O.K., anniversaire surprise, Sarah prépare gâteaux... Elle est très bien, cette Victoire, pas de santé, mais très bien...

Alexis n'en revenait pas. Le coup de sonnette avait été péremptoire. Victoire avait ouvert, presque nue. Bouglione l'avait embrassée sur les deux joues. « Je suis l'oncle, avait-il dit. J'espère que c'est location, le studio, car construction moderne : saloperie. » Victoire avait prétexté des courses pour laisser Alexis en famille. Elle était sortie en vieil imperméable.

Dans le hall, elle fut interpellée par la voisine colonelle, qui « avait à se plaindre », sans savoir de quoi.

— Venez voir, répétait-elle, entraînant Victoire par le coude à la librairie du coin de la rue.

La vitrine avait été vidée de ses livres, en majorité d'inspiration religieuse et militaire. Des peintres lessivaient le plafond.

— Devinez ce qu' « ils » vont mettre à la place ?

Victoire avait son temps. Sans cette folle, elle aurait erré. Elle entra dans le jeu.

— Du vêtement ! reprit la colonelle. Même pas du neuf, de la réparation... « Répar' vit' », à ce qu'on raconte... Vous n'êtes pas au courant ? Ça m'étonnerait... Et devinez qui a signé le bail, à l'insu des propriétaires ou à peu près ?... Mais des Dreyfus, parbleu ! Dès qu'il s'agit de chiffons !... Dreyfus, ça ne vous dit rien ? Des vêtements Dreyfus à la place de livres religieux, et à deux pas de l'Ecole de guerre !... Enfin, vous, la petite-fille du général Saint-Aubert, qui a eu mon mari sous ses ordres...

Le manchon d'astrakan de la colonelle s'agitait dans le vent aigre de novembre. Quelques semaines plus tôt, Victoire n'aurait pas compris cette indignation brouillonne. Ce soir, elle y voyait sinistrement clair. La veuve avait appris le nom d'Alexis et le rendait « collectivement » responsable d'un changement de commerce au bout de la rue ! Elle englobait tout ce qui ne sonnait pas « français de souche » !

— Je croyais M. Blum défenseur des livres... continuait la colonelle. Seulement voilà : pour favoriser un cousin, que ne ferait-on pas ?

Victoire s'énerva. La folle ne devait s'en prendre qu'à elle-même et à ses pareilles, si la librairie du coin perdait de l'argent. C'était à cause d'elles que la fripe remplaçait la lecture. Le commerce s'adaptait à leur abêtissement. Ainsi le voulait leur principe sacré de la libre entreprise. Que n'aurait-on pas entendu si le gouvernement avait maintenu de force la librairie à coups de subventions, ou s'il avait ouvert un club « Léo Lagrange » de loisirs populaires ! La veuve était de ces grands bourgeois qui, pour maintenir le peuple en place, comptaient sur une culture et une religion qu'ils ne pratiquaient plus eux-mêmes. Quant à la mention du général Saint-Aubert pour faire honte à Victoire de ses relations, c'était trop ! Simone Weil avait épousé la condition ouvrière « pour voir » : Victoire se ferait « juive à l'essai ». N'y avait-elle pas des titres ? Lorraine, la femme du grand-père s'appelait Kretz, ou quelque chose comme ça...

— Je vous prie de mesurer vos paroles, dit-elle, l'épouse du général Saint-Aubert était une Lévy...

Elle resservit la bourde, qui l'enchantait, d'un évêque français du siècle passé :

— Lévy, comme la Sainte Vierge... Car Jésus n'était pas seulement fils de Dieu, comme vous savez : il descendait d'une très bonne famille..., par sa mère !

La veuve mordillait son manchon, de rage. Victoire ouvrit son imperméable, montra ses seins, esquissa des gestes obscènes et pointa deux doigts vers les yeux de la colonelle.

— ... De plus, nous sommes sorcières de mère en fille... Abracadabra, que Satan accueille en son Enfer toutes les ennemies du vêtement en gros et en détail, Amen !

L'astrakan courut se mettre sous la protection d'une chapelle du quartier. Victoire rentra, hilare. Ce qu'elle ignorait, c'est que, son ascendance hypothétique, Alexis en avait eu l'idée de son côté, la veille, rue des Rosiers. Sarah, qui allait mieux, faisait des courses avec sa tante. Bouglione posa des questions sur Victoire, « de la part de ta pauvre maman, qui n'osera jamais, et qui aurait tant aimé que ses petits-enfants prient le même Dieu qu'elle »... « J'aime Victoire, un point c'est tout », trancha Alexis ; et d'ailleurs... une de ses aïeules s'appelait Kretz.

Tandis que Victoire jetait des sorts à la colonelle, Bouglione énumérait ses « décisions ». Le lendemain 11 Novembre, « si la tradition française ne s'opposait pas à une fête familiale un soir d'armistice », il y aurait un dîner-surprise rue des Rosiers pour les dix-huit ans de Victoire. Alexis lui offrirait le soir même le diamant de la grand-mère Goldschmidt. Sarah avait encadré une photo d'Alexis en chariot de Wiesbaden, à six ans... Et le 17 décembre, départ « tous les cinq » pour New York, mariage en famille, là-bas...

« Tous les cinq ? » Alexis s'y refusait. La France

était le pays de Victoire, le sien. C'était en français qu'il désirait écrire.

— Pas question de partir encore un coup. C'est ici que je dois... faire mon œuvre !

Bouglione se tapa le front :

— On écrit n'importe où, puisque c'est tout là-dedans ! En Amérique, plus facile carrière internationale.

— Nous verrons...

— Venez, sinon Sarah ne voudra pas partir.

— Elle embarquerait avec Victoire ?

— Tu n'y comprends rien. Pour un écrivain...

D'après Bouglione, Sarah n'était pas amoureuse d'Alexis. « Les garçons s'imaginent toujours des choses ! » Elle s'était seulement mis en tête de « protéger » son cousin quoi qu'il devienne. Le ciel l'avait créée pour veiller sur son destin.

— C'est sa mission sur terre, dit Bouglione, imperturbable. Elle te conduira là où est ton bien. Et ton bien est de l'autre côté de l'océan. Ici, ça y est, ils commencent à nous regarder entre le nez et l'oreille...

Alexis pensa que Bouglione exagérait. A son avis, les Français n'avaient pas les préjugés raciaux des Allemands. L'affaire Dreyfus les avait guéris. Victoire et lui venaient de rencontrer des réfugiés fuyant le Reich : elle était « avec nous », « comme nous ».

— Elle, O.K. ! dit Bouglione, puisque vous vous aimez. Mais la masse des Français, je sais que non. Un jour, ils nous traiteront comme les nazis.

Et ce jour approchait. Ce ne serait pas manque

de bonne foi ou de bonne volonté. Les chiffres parleraient. En Russie, les juifs étaient 3 millions sur 170 millions d'habitants; en Allemagne, 350 000 pour 79 millions; en France, ils allaient dépasser 300 000 pour 41 millions. Le seuil était atteint où la xénophobie se pare de légitime défense, de patriotisme. Bouglione, aussi, recevait des « conseils d'amis » anonymes. Le dernier tract glissé sous sa porte le traitait d'agent de la Cinquième Colonne allemande et de l'Intelligence Service britannique. La bêtise ne rassure pas, dans ces affaires; c'est un risque de plus.

— « Ils » chercheront à nous rendre fous, comme « ils » font avec Sarah, que les tracts font rêver d'arrestations. Comme « ils » font avec le ministre de l'Intérieur Salengro.

Tout à son amour, Alexis n'avait pas suivi l'actualité. Bouglione résuma : depuis que les ligues d'extrême droite étaient dissoutes, leurs publications insinuaient que le ministre Salengro avait déserté devant l'ennemi, en 1915... alors que, selon un conseil de guerre, il était tombé aux mains des Allemands en se portant vers un ami tué...

— N'oublie pas : 17 décembre, départ Rotterdam! dit Bouglione.

Dans l'entrée, il croisa Victoire. Il l'embrassa, avant de s'enfuir :

— Demain soir, anniversaire chez nous... Et le 17 décembre, tous sur *Bremen!* Vous verrez, à bord orchestres bavarois, comme à Munich...

Victoire se jeta dans les bras d'Alexis qui la poussa sur le divan. Elle essaya de lui raconter la colonelle antisémite. Dès qu'elle ouvrit la bouche, Alexis lui coupa la parole, d'un baiser. L'après-midi se passa au lit, à rire, à échanger enfances et vocabulaires, à explorer le corps et la mémoire de l'autre avec une patience avide, à s'aimer.

De la salle de bains, Victoire questionna :

— Tu vas décider quoi, pour le *Bremen?* Tu veux embarquer, non ?

— On fera ce que tu voudras !

Victoire ne tenait plus à sa famille ; son père, elle le verrait plus souvent à New York qu'à Paris. Puisqu'elle rêvait de s'arracher aux Saint-Aubert, c'était le moment... Mais elle n'avait pas les mêmes raisons vitales de fuir l'Europe. Cette différence durerait-elle dans l'exil ? L'idée de vivre définitivement à six jours de mer de Paris creusait un vide dans sa tête, sous ses pieds. Et Sarah la hantait.

— Moi, euh !... C'est de ta cousine que j'ai peur ! Elle me rappelle Alain ! Les saints me font horreur !

— Une fois qu'elle me saura à l'abri, elle nous laissera en paix.

— On n'est jamais à l'abri : elle trouvera à veiller sur toi en Amérique !

Pour Victoire, cette vocation de berger était l'alibi évident d'un amour qui ne lâcherait pas prise de sitôt.

— On les laissera partir, conclut Alexis. On les rejoindra plus tard si... Tu es prête ?

Il était convenu qu'en attendant le dîner familial, Alexis fêterait ce soir 10 novembre les dix-huit ans de Victoire. Au programme : *Khowantchina,* de

Moussorgski, par l'Opéra russe de Paris, à la salle Pleyel. L'œuvre n'avait pas été reprise depuis la création par Diaghilev, en 1913. Victoire préféra les Danses polovtsiennes du *Prince Igor,* mais elle n'en était pas sûre. Parfois, Alexis serrait plus fort sa main. L'émotion musicale ? Victoire souffrait de son insensibilité artistique. Encore une tare du manoir, où on laissait les émotions voyantes aux « petites gens ».

— J'ai peur de ne rien comprendre, dit-elle en écoutant Borodine. Je vois des steppes, des paysans bigarrés qui dansent accroupis. Je me sens idiote...

Elle s'énervait :

— Tu es russe ou allemand, à la fin ?

— Je t'expliquerai. Filons !

Ils sortirent avant la fin du concert. Alexis avait retenu une table à l'Ermitage moscovite, rue Caumartin. De toutes les boîtes russes ouvertes depuis la guerre et la Révolution d'octobre, c'était la plus authentique, la plus animée, la plus courue. Le jazzman américain Mezz Mezrow y jouait souvent. Le chef d'orchestre, Mischa Levandowski, était fils de général russe, le maître d'hôtel un ancien amiral. Les dames pipi, aux noms princiers, tendaient les serviettes avec des airs du grand monde. Vrai ou faux : personnel et clients avaient intérêt à entretenir ces légendes. Au bar, se bousculaient des gigolos à chemises foncées et cravates blanches, des vieilles Américaines aux bouches arrondies par les flûtes de champagne, des espionnes allemandes aux yeux creux, aux mains agitant de lourds briquets.

— Tu tombes bien, confia à Alexis un des directeurs, Aronson, ami de Bouglione. Ce soir, c'est le grand jeu !

Sur scène allaient se succéder un quatuor de yodeleurs boyards, l'orchestre gitan du grand Volodarsky, des balalaïkas, les chanteuses Massalkaïa, Poliakova, et les violonistes roumains du célèbre Nitza Coldoban, avec Goulesco, le soliste préféré de la Cour impériale...

Victoire commanda des pirojki et des chachlicks caucasiens, arrosés de Mumm 1926. En quelques instants, elle se sentit ivre, de musique et d'alcool. Les sanglots ténébreux des violons lui vidaient la tête ; les rythmes, partis très lentement et qui s'accéléraient pour s'achever en bravos fous, lui sciaient les jambes. « Et celui-là, qui est-ce ? », demandait-elle en tendant sa coupe de biais et en renversant du champagne sur les genoux d'Alexis. Dans la salle, les célébrités se côtoyaient, s'interpellaient. On reconnaissait Alphonse XIII et son fils, le boiteux ; la belle Greta, réputée à la solde du Reich ; l'illustre Youssoupof, le grand reporter Joseph Kessel régalant une tablée d'amis...

Au milieu d'un morceau endiablé, le jeune pianiste Constantinoff abandonna le piano et alla supplier deux clients, derrière un pilier drapé de velours : le compositeur Rachmaninov et le chanteur Chaliapine. Ivres morts, ils entonnèrent le *Va Pensiero* de *Nabuchodonosor*. L'assistance commença par les huer, croyant reconnaître les premières mesures de *L'Internationale,* dont les notes et le rythme ressemblent à l'opéra de Verdi. Une ovation suivit, et toute la salle reprit le chœur, que les artistes scandaient en valse. Alexis força Victoire à danser. Il devait la porter. « Je t'aime », lui disait-il chaque fois qu'il rattrapait ses faux pas. Des solistes entouraient le couple, les archets scintillaient sous les lustres ; les joues des solistes tremblaient sur le vernis roux des violons. A minuit, comme Alexis l'avait demandé en cachette de Victoire, l'orchestre attaqua *Happy birthday to you* sur un rythme tzigane, chanté par Chaliapine de sa voix caverneuse. Plusieurs verres de vodka furent jetés au sol. On porta Victoire à sa table, sous les ovations. L'épaulette de sa robe était arrachée. Le plafond du cabaret tournait sur lui-même. Elle se pendit au cou d'Alexis.

Alexis lui passa au doigt le diamant de la tante Goldschmidt, lui baisa longuement les poignets.

— Bon anniversaire, dit-il. Bonne fête, ma femme !...

— Je n'ai rien à me mettre pour le dîner de demain, pleura Victoire, complètement ivre. J'ai peur de Sarah...

A la table voisine, un reporter ami de Kessel annonçait le naufrage du trois-mâts *Pourquoi-Pas ?* du commandant Charcot, heurté par un iceberg au large de l'Islande.

— Encore un coup des juifs ! blagua-t-il.

— ?

— « Iceberg », ce n'est pas un nom français, ça !

Victoire n'entendait plus qu'à travers un brouillard rougeâtre et des crissements de violons.

— Même les naufrages, en France, ressemblent à des opérettes d'Offenbach !

— Ça vaut mieux que les vaisseaux de Wagner, dit Alexis en l'embrassant à pleine bouche.

Un violoniste ne jouait que pour eux, un air lent, lancinant, écrasé de nostalgie.

— Tu es allemand ou russe ? répéta Victoire, avec l'obstination de l'ivresse.

— Hélas ! bafouilla Alexis. Ma famille vient d'Allemagne. Pour un quart, de Pologne. Pour un quart seulement !

La Russie, c'était le même rêve impossible que, pour Victoire, n'importe quelle origine autre que française. Il aurait aimé venir de plus loin. On est toujours l'enraciné de quelqu'un. Idéalement, il se serait vu neveu des Pitoëff, cette tribu de comédiens qu'il avait applaudis dans Tchekhov, qu'il imaginait entassés dans un atelier glacial autour d'un samovar, parlant de leurs datchas perdues, de leurs troïkas dételées, de leurs oncles fous à yeux gris, de leurs amoureuses diaphanes aux voix perchées, de leurs suicidés, de leurs cerisiers en fleur ; une vieille fille aurait caressé le piano en regardant les premières neiges, un moujik aurait écouté sur le pas de la porte sans se faire voir, songeant à une autre Sonia plus belle encore et qu'on avait trouvée dans l'étang, sa robe blanche comme un nénuphar... Alexis, aussi, avait bu !

— Si j'ai inventé le nom de Scherbatoff, en arrivant au manoir, ce n'était pas pour vous épater... C'était pour me plaire à moi, rien qu'à moi !

Victoire serra la main d'Alexis entre ses genoux, jusqu'à trembler.

— Pourquoi la folie fait-elle envie ? dit-elle. Comme les morts grandioses...

Les violons penchés au-dessus d'eux empêchaient la conversation. Ils n'entendaient plus que le raclement des archets, le larmoiement des vibratos. La colophane volait en nuage dans les projecteurs.

Victoire contempla le diamant à son doigt. Elle laissa rouler sa tête sur la poitrine d'Alexis :

— Je rêvais d'être Mme Récamier, Lou Andreas-Salomé, Louise Michel, Simone Weil... Je veux être... votre femme !

— Je ne serai jamais un Pitoëff, et toi tu deviendras une Goldschmidt par alliance. Nous voilà à égalité !

Les balalaïkas prenaient le relais des violons, Victoire était au bord de l'évanouissement.

— Tu as toujours le mot juste, comment fais-tu ? Quand cesseras-tu de m'étonner ?

Alexis lui embrassa l'épaule :

— Le jour où tu ne m'aimeras plus !

L'orchestre et les clients décidèrent une « tcharotchka », un toast, en l'honneur des amoureux. Il fallut boire cul sec un verre de vodka, et le jeter à terre. Victoire ne voyait plus clair. Du fond de la salle montaient des hordes de chevaux, des villages de bois, des trains fumants... Des femmes emmitouflées se dandinaient au bord de routes beiges, usées par les trop longs gels, des ancêtres pleuraient en chantant, l'un d'eux disait, en russe, mais

Victoire comprenait le russe, que les hommes étaient frères, et que si l'aube ne valait pas que l'on sanglote ensemble, qu'est-ce qui le méritait?...

Entre deux rideaux cramoisis, le jour se levait, couleur de yatagan sous la lune.

VII

— « Une pluie fine, de circonstance en cet anniversaire de tant de sacrifices, tombe sur la place de l'Etoile... Dix-huit ans déjà qu'a été signé l'armistice du 11 Novembre 1918, et comme le souvenir reste gravé dans nos cœurs !... Devant la dalle sacrée ont pris place, c'est bien eux, je les reconnais, Edouard Herriot, président de la Chambre des députés, Jules Jeanneney, président du Sénat, le général Gamelin, chef d'état-major des Armées... à ses côtés, mais oui, raide dans sa capote où brillent sept étoiles, le maréchal Pétain... non loin de là, l'amiral Darlan, chef de cabinet du ministre de la Marine, le gouverneur militaire de Paris, le général Gouraud, reconnaissable à son bras manquant... Et voici que résonne la sonnerie « aux champs »... dans une Vivastella décapotée apparaissent le président Albert Lebrun et Léon Blum... Les 24e et 46e régiments d'infanterie rendent les honneurs... Le président de la république s'incline sur la tombe du Soldat inconnu et dépose une gerbe de fleurs. Un roulement de tambour, ô combien émouvant, marque la minute de silence... Les pigeons de l'Arc de Triomphe interrompent leur ronde sous les voûtes aux noms illustres. On songe aux centaines de milliers de héros qui... »

— Tu vas arrêter ce zinzin ? cria Victoire du fond de son lit.

Alexis se rasait en écoutant la T.S.F.

— C'est ta fête, cria-t-il. Dix-huit ans déjà ! Ils l'ont dit. Même qu'il pleut des cordes !

Alexis oublia de s'essuyer la barbe, versa le café de Victoire, grimpa à la loggia.

— Devine à quoi j'ai rêvé ? dit Victoire, entièrement nue sur le lit.

En bas, la T.S.F. poursuivait son reportage sur le défilé « au cordeau » des polytechniciens et des saint-cyriens.

— Tu entends ? dit Alexis. Tes centaines de fiancés qui marquent le pas, qui piaffent d'impatience, parce qu'ils n'auront jamais la petite Saint-Aubert dans leur lit...

— J'ai rêvé que tu m'enlevais sur un cheval...

— Bai ?

— Bai... C'était aux limites, que dis-je ? aux confins du Caucase et de l'Arménie. Tu avais des manches ballon en soie verte, des broderies partout, et tu criais à tes propres exploits, comme les acrobates de cirque qu'on n'acclame pas suffisamment...

Le plateau roula par terre, comme d'habitude.

— Ma femme ! chuchota Alexis en embrassant Victoire au bord de l'œil et de la tempe. « Aux confins », dit-il.

Victoire faisait jouer les feux de son diamant. A la T.S.F., le ministre des Affaires étrangères Yvon Delbos se plaignait que « les droits des faibles ne soient pas respectés ».

— Vive les faibles ! cria Alexis. Et ce soir, la fête continue !

La sonnette du téléphone interrompit leurs ébats. Victoire fit signe qu'elle était trop bien pour répondre. D'un coup de pied, Alexis décrocha pour mettre fin à la sonnerie. On percevait une voix de femme à l'accent américain. « Allô Diana calling, from Ritz Hotel... » Victoire tendit le bras, suppliant Alexis de rester sur elle, en elle.

— Do you speak english ? demandait la voix.

— Not fluently, speak french, please, cafouilla Victoire.

— I'm Diana, l'amie de votre père. Il faut venir. You must. Your daddy is dangerously ill... Quick !

Victoire fixait le plafond. C'était la « fiancée » que son père avait cachée au Yacht Club de Dinard, la belle Serbe à flanelle blanche.

— La même poule depuis six mois : le daddy vieillit ! plaisanta Victoire, avant de sauter du lit.

— Il se marie ce matin ? Il se souvient de ton anniversaire ? Il repart en voyage ? ironisa Alexis.

— Une croisière au long cours, dit Victoire, secouée d'un rire nerveux.

Elle noua sa robe à la diable, ramassa un pullover.

— Je crois que je l'aime follement, dit-elle en larmes. C'est grâce à ce qu'il est que j'ai pu aimer ce que tu es !

Diana appelait du Ritz. Tonton Yves venait d'avoir un malaise cardiaque dans ses bras. Un médecin de l'hôtel parlait de transport urgent à l'hôpital. Bernard était introuvable. Il fallait prendre des décisions. Diana envoyait son chauffeur dans les dix minutes... Que Victoire guette devant le studio...

— Je t'accompagne, proposa Alexis, furieux d'avoir pris l'appel à la blague.

Victoire refusa. Cela compliquerait tout. Elle appellerait de là-bas. Qu'il ne bouge surtout pas. Elle se colla, de dos, contre lui.

— La nuque, embrasse-moi la nuque, oui, là, sous les cheveux ! Encore !

Moins de dix minutes après l'appel téléphonique, la sonnette de l'entrée retentit. Le chauffeur de Diana s'encadra. Victoire le suivit dans le hall. Elle eut la vision de son père étendu en travers d'un couvre-lit de satin, le papillon de smoking dénoué, les oreilles violacées, là où elle n'avait jamais osé l'embrasser. « Ma mort gênera comme un bas qui file », avait-il prédit...

— C'est fini, n'est-ce pas ?

— Je ne sais pas, dit l'homme en précédant Victoire sur le trottoir.

Alexis avait passé un peignoir et accompagné Victoire dans la rue.

— Je t'appelle dès que je sais quelque chose, dit-elle.

Une Traction avant était stationnée, une « onze légère » noire, et non la Packard attendue. Un second inconnu fit face à Victoire :

— Mademoiselle de Saint-Aubert ?

— Saint-Aubert tout court.

Elle n'eut pas le temps d'achever. Les deux individus la poussèrent dans la Traction, qui démarra en trombe. Alexis appela « au secours » en courant vainement derrière la voiture. Il prit à témoin plusieurs passants, qui se détournèrent de cet homme en peignoir, surexcité.

— Enfin, vous avez vu ! cria-t-il à un badaud, qui pressa le pas.

Seul indice qu'Alexis eut la présence d'esprit de noter : le numéro de la Traction, « 614 RJ-7 ». Il s'adossa à la porte de l'immeuble, la tête vide ; « l'air drogué », dirait plus tard la colonelle, qui avait suivi la scène de son balcon mais ne se souviendrait que d'Alexis « hagard ».

Sitôt rentré dans le studio, il nota le numéro de la Traction sur la feuille de papier où était décalquée la main de Victoire. Le cœur battant jusque dans la gorge, il s'assit devant la photo de la guinguette punaisée au mur. Victoire pendant dans ses bras avec un sourire au-delà de la tendresse, illuminée de confiance en eux, d'abandon à l'avenir... Avait-elle dit : « embrasse ma nuque » tout à l'heure, dans le hall, ou « embrasse-moi la nuque » ? Les dernières paroles de Victoire importaient à Alexis plus que tout : comme si le souvenir allait être son seul lien à la vie, sa bouée.

Il fit les démarches qu'imposait la logique ; mais avec la lenteur de qui, au fond de soi, en redoutait l'échec. A l'hôtel Ritz, personne n'était inscrit sous le nom d'Yves Saint-Aubert, ni sous celui de

Diana. Personne n'avait eu de malaise. Personne n'avait appelé de médecin, ni le numéro du studio. « Désolé », répétait la réception, agacée.

— Son frère !... Bernard !... Ça ne peut être que lui ! dit Alexis tout haut.

Que faire ? Appeler Suzanne Mercier ? Ce serait renseigner l' « ennemi » ! Alerter le vieux général ? La solidarité du manoir jouerait contre lui. La police ? Ne risquait-elle pas de le renvoyer au service des Etrangers, où pourrissait son dossier de naturalisation ? Alexis était paralysé. Il s'empêchait d'appeler qui que ce soit, de peur que Victoire ne trouvât la ligne occupée. De s'entendre parler tout seul ajoutait à son angoisse. Il lui fallait d'urgence un conseil, un témoin. Boulet-Montreuil ? Son usine répondait que « le président rentrerait d'Afrique du Nord le 20 novembre ». Il ne restait plus que la rue des Rosiers. C'est Sarah qui décrocha. Elle était seule à la maison. Elle confectionnait des gâteaux pour le dîner d'anniversaire de Victoire.

— La fête est annulée, hurla Alexis. Victoire... enlevée !

— Envolée ou enlevée ?

La voix d'Alexis s'étranglait :

— Enlevée, entführt !

— J'arrive, dit Sarah.

Alexis s'étendit par terre, la main sur le téléphone pour répondre plus vite. Ne pas céder à la panique — cette « spécialité familiale », disait Sarah ! Tonton Yves n'avait rien : c'était déjà ça. Victoire devait être soulagée, elle que la fausse nouvelle du malaise avait tant émue ! Seul Bernard était assez fou pour songer à les séparer de force, illégalement. Et il n'était pas assez fou pour menacer la vie de celle qu'il prétendait protéger... Les hommes de la Traction avaient le visage plombé, la mâchoire tendue et l'haleine caoutchoutée des casseurs nazis de Munich, qui rôdaient encore dans les cauchemars d'Alexis, pelages froids, frôleurs... Mais Paris n'était pas l'Allemagne d'Hitler. Le droit y régnait. Le gouvernement était présidé par un humaniste, un juif. Bouglione y avait des amis. Il ne serait pas dit que, sur les bords de la Seine, on kidnappait et on séquestrait impunément ! Avec le numéro de la Traction, la police trouverait vite les coupables. La vérité triompherait, la justice, l'amour...

Dans son affolement, Alexis avait laissé la porte du studio ouverte. Pendant qu'il rassemblait ses raisons d'espérer, Sarah était entrée sur la pointe des pieds. Elle portait une robe élégante, en vue du dîner, où elle souhaitait « faire honneur » et démentir tout soupçon de jalousie. Sa dévotion inexplicable l'éclairait de l'intérieur. Alexis reprit le récit de l'enlèvement, ses craintes, ses espoirs.

— Comme je te comprends ! Elle est encore plus belle que je ne pensais, dit Sarah en contemplant la photo de la guinguette. C'est quoi, la police ? Le 17 ?

Alexis était rassuré par le calme de Sarah et troublé par ses propos sur la beauté de Victoire. Tandis que sa cousine empoignait le téléphone, la question revenait : dans le hall, en se plaquant de dos contre lui, Victoire avait-elle dit « embrasse ma nuque » ou « embrasse-moi la nuque » ? Il aurait dû se le rappeler. Chaque nuit, Victoire prononçait cette phrase avant de s'assoupir. Il en éprouvait une certaine tristesse. Alors qu'ils venaient de s'aimer, qu'ils dormaient presque, emboîtés en chien de fusil, les reins tièdes de Victoire moulés à son ventre, leurs cuisses collées, Alexis prenait cet appel pour un signe d'insatisfaction, la quête d'un plaisir solitaire et incertain. Il souffrait de la voir froncer les paupières sous la caresse, enfoncer ses poings dans le drap, comme des cailloux...

En revenant à sa mémoire, ce souvenir cessait d'être pénible. Il réveillait son désir ; si brutalement qu'Alexis dut se retourner sur le ventre, pour ne pas être vu de sa cousine.

— Ça sonne, dit Sarah... Quand tout sera arrangé, raison de plus, après cette histoire, pour que Victoire et toi embarquiez avec nous sur le *Bremen !*... Allô, la police ?

Alexis ne put se retenir de soupirer, la bouche contre le sol :

— J'aime la France.

Troisième partie

I

« Cette puanteur de cierge soufflé qu'on appelle l'absence »...

La phrase n'était de personne. Elle était d'Alexis. Il la griffonnait machinalement, pendant que Sarah appelait la police.

— Un 11 Novembre, nous manquons d'effectifs pour traiter sur place les recherches dans l'intérêt des familles, répondit le standard de la préfecture.

— Mais ce n'est pas une fugue, protesta Sarah. Notre amie a été enlevée ! Entführt !

— Vous pas française ?

— Ce n'est pas la question : il s'agit d'un rapt.

— C'est toujours ce que disent les parents, expliqua le préposé. Voyez le commissaire de votre quartier.

Sarah resta devant le téléphone du studio, pour le cas où Victoire appellerait. Alexis courut au poste le plus proche, rue de Bourgogne. La Chambre des députés, était en état de siège. Des anciens combattants risquaient de manifester après la ranimation de la flamme. Février 1934 n'était pas loin. Des casques noirs à cimier chromé luisaient sous les becs de gaz. Des cavaliers gardaient le pont de la Concorde. Au mur du poste de police pendaient des pèlerines courtes d'écolier, et des bâtons blancs. Pâté, mégot, chaussette : l'endroit sentait la nuit en train.

— Tombez mal, dit le planton.

— Un enlèvement ! annonça Alexis, hors de souffle.

— Un instant !

L'homme disparut dix minutes, revint, fit signe de le suivre. Alexis fut invité à s'asseoir dans un bureau étroit, entouré d'armoires métalliques. Sur l'une d'elles : la photographie d'Albert Lebrun et un plan du métro. Le commissaire avait la peau du crâne mobile. Ses cheveux en brosse montaient et descendaient selon le degré de ses étonnements. Il curait une bouffarde sur le foyer de laquelle était incrusté un skieur. Les fonctionnaires de passage lui donnaient du « monsieur le divisionnaire », ou « dites voir, Dupuis ».

— Un enlèvement, vous êtes sûr ? dit le policier en grattouillant son « brûle-gueule ».

Alexis relata les faux appels du Ritz, la Traction. « Dites-voir-Dupuis » s'intéressait à la date de naissance de Victoire :

— Le jour de son anniversaire ? Scorpion, par conséquent... Figurez-vous que je m'y connais en zodiaque. On ne doit rien négliger dans nos métiers. Mademoiselle est tortueuse, fatalement... On aime le mystère, je me trompe ?... On l'aime tant, ce mystère, que pour le plaisir...

Il était de ces gens qui savourent leurs plaisanteries avant de les faire. Il rit si fort qu'il lâcha sa bouffarde. Des déchets charbonneux tombèrent sur son gilet.

— ... Que pour le plaisir on s'enlèverait soi-même !

Le regard d'Alexis dut être terrible.

— Je plaisante, enchaîna « dites-voir-Dupuis ». Vous avez une idée de qui aurait pu ?... Un rival amoureux. Parce qu'enfin on ne doit rien négliger, dans nos métiers...

Des idées, Alexis n'en manquait pas. En courant au commissariat, il allongeait à chaque pas sa liste de suspects. Bernard, toujours en tête (pour que cesse l'outrage d'une Française et d'une chrétienne salie par l'étranger), le général (pour l'honneur du clan et du drapeau), Lise (par folie pure), Boulet-Montreuil (par double jeu cynique), Hubert (par esprit scout), Gabin (par jalousie, aidé de sbires des brigades), la voisine colonelle (pour nettoyer le ghetto de l'Ecole militaire), sa propre mère (« ce ne sont pas des gens pour nous »), Lily (par passion trouble), Sarah (par possessivité mystique)... Victoire éveillait tant de vocation à l'aimer, à la protéger, à la garder pour soi !...

Alexis faillit dire : « des suspects, j'en ai des dizaines », mais n'était-ce pas cela qu'on appelait le délire de persécution, et la délation ? Les preuves d'abord : il se leva et tendit victorieusement au policier le numéro de la Traction.

« Dites-voir-Dupuis » alluma sa pipe, sortit. Albert Lebrun ouvrait des petits yeux apeurés ;

Alexis avait beau vénérer la République française, cette photo sapait son moral. Pourvu qu'Hitler ne la connaisse pas : c'était une invite à enfoncer la ligne Maginot dans la demi-heure, à rallier Brest dans la semaine !

Le divisionnaire revint soucieux. Sa brosse de cheveux se rapprochait des sourcils. La bouffarde crachait des escarbilles de haut fourneau.

— Alors, à qui est la Traction ? demanda Alexis.

« Dites-voir-Dupuis » tapota le passeport d'Alexis. Il le fixa là où Bouglione l'avait prévenu qu'on le regarderait un jour (« et ce jour-là, file, mon garçon, il est déjà bien tard ! ») : entre l'oreille et l'aile du nez.

— Des noms pas catholiques comme le tien, il en est arrivé une trentaine depuis octobre, rien que dans l'arrondissement, dit Dupuis sur le ton du gentil conseil. Cela finira par indisposer... Je ne suis pas comme d'autres... Mais à ta place, j'éviterais de me faire remarquer !

— A qui est la Traction ? répéta Alexis, suffocant. On ne doit rien négliger dans vos métiers, comme vous dites ! Pourquoi me cacher l'essentiel ? J'ai le droit de savoir...

Le divisionnaire se leva, ouvrit la porte. Puisque Alexis le prenait ainsi, il pouvait disposer. La police gardait son passeport et le transmettait au service des Etrangers, où il serait disponible sous huitaine...

— Et estimez-vous heureux que...

— Que quoi ?

Un agent reconduisit Alexis en le tenant fermement par le coude. Les cordons de gardes mobiles s'étaient renforcés. Ils renvoyèrent Alexis d'un barrage à l'autre, jusqu'à l'esplanade des Invalides. Des rumeurs de manifestations montaient des quais de la Seine. On criait le nom de Chiappe, le préfet de police de 1934 récemment invalidé par la Chambre.

Au studio, personne n'avait téléphoné. A l'appel de Sarah, Bouglione était venu, avec les gâteaux du dîner décommandé. Alexis raconta le commissariat, « Dites-voir-Dupuis », son refus de dévoiler le propriétaire de la Traction.

— Il m'a regardé là où tu dis, précisa Alexis à Bouglione.

— Raison de plus embarquer *Bremen,* quand tout O.K. Veux-tu que j'appelle Hulde ?

Hulde était un ami d'enfance de Bouglione, inscrit au barreau de Paris depuis vingt ans. Veuf, toujours malade, il rouspétait sans cesse contre les « ténors qui se font mousser » et contre « les jeunes loups qui se poussent ». Dans la famille, on l'appelait « ce pauvre Hulde ». Ce serait mieux que rien, pensait Sarah. Alexis tournait en rond, remuant papiers, photos, vêtements de Victoire. Bouglione obtint Hulde chez lui. Il était couché avec une sale bronchite. Un jeune loup lui avait soufflé une affaire, au profit d'un ténor. Quels droits avait-on comme témoin d'un enlèvement ? Contre le refus de dévoiler le propriétaire d'une voiture ? Pouvait-on porter plainte ? Où ?

— Ça, mon chou (ainsi Hulde appelait-il Bouglione et tous ses proches), il faut voir le dossier. Ce n'est pas par téléphone, du fond de mon lit, que...

Rendez-vous fut pris avec lui, le lendemain matin, au Palais de justice.

Sarah resta coucher sur le divan du bas. Alexis se laissait prendre en charge. Il écouta plusieurs fois le disque préféré de Victoire : *J'attendrai.* A l'usure, il pleuvait sur les paroles, une pluie chuintante de cinéma.

— Victoire reviendra ; c'est une question d'heures ! certifia Sarah en obligeant Alexis à avaler un somnifère dans une camomille.

— Tu me jures que tu ne sais rien de plus ? dit Alexis.

— ... Victoire veut peut-être réfléchir, juste !

Alexis s'indigna :

— Réfléchir à quoi ? C'est tout réfléchi. Elle a été raptée de force.

— Dors à présent !

« Cette puanteur de cierge soufflé qu'on appelle l'absence », répéta Alexis en se couchant tout habillé, en chien de fusil, frigorifié, sans le poids de Victoire contre ses cuisses. Il rêva que des moines soldats portant en jupe des maquettes de Traction avant comme des chevaux poupées gardaient Victoire prisonnière dans le manoir des Saint-Aubert. A la porte, Sarah expliquait que les visites étaient interdites aux juifs, sauf si leur père avait été tué en 1914, et s'ils possédaient au moins trois hectares de terre granitique. Elle se reprenait : le père devait être mort en 1870 et non en 1914 !

Le lendemain 12 novembre, Alexis confia le

studio à Sarah et se rendit au Palais de justice, devant le vestiaire des avocats. Maître Hulde avait enfilé sa robe sans la boutonner. Il crachotait, saluait les confrères d'un hochement de tête, les nommait à mi-voix pour Alexis : « Marcel Héraud, un ancien ministre, quel charme ! De la graine de bâtonnier ! — Tu crois qu'il pourrait nous aider ? — Trop à droite ! », tranchait ce pauvre Hulde. On se trouvait au « petit parquet ». L'avocat avait ses « entrées » chez un substitut. Alexis attendit dehors. L'entretien dura vingt minutes. A la sortie, ce pauvre Hulde toussa à perdre haleine, son rabat tressautait, ses yeux s'injectaient.

— Alors ?

L'avocat prit un air grondeur :

— Devant ton oncle, je comprends que tu caches des choses, mais moi, mon chou, si tu veux que je t'aide, il fallait dire...

— Dire quoi ?

— Mme Lefranc Marguerite, tout ça...

Alexis répétait le nom, sidéré.

— C'est qui ?

— Eh bien elle, elle te connaît ! Lefranc Marguerite, alias « Elia », pour cause d'homonymie avec sa patronne Marguerite Saint-Aubert...

La cuisinière du manoir : Alexis y était. Et alors ? Ce pauvre Hulde parlait en retenant une quinte : « Homosexuelle notoire », Elia venait d'être coffrée pour avortement, même pas crapuleux ; « par idéal », aurait-elle dit. Elle risquait vingt ans et plus. Sur son carnet de cuisine, on avait trouvé le nom et l'adresse de Victoire. Pour se défendre, elle avait décidé de « mouiller un maximum de beau linge ». Elle avait parlé toute la nuit. Elle avait raconté la vie des Saint-Aubert, une histoire de noyé suspect, de prince russe...

— Et Victoire, là-dedans ? Je suis sûre qu'elle n'a pas eu recours à Elia. Où est-elle ?

La toux de Hulde explosa au détour d'un couloir. Il fallut attendre l'accalmie.

— Est-il exact que tu aies fait usage d'un faux nom ? dit l'avocat d'un même souffle, par crainte de récidive.

Alexis éleva la voix pour deux :

— Mais c'est une histoire de fous ! Je jouais au prince russe pour rire ! Moi, prince ! Nous n'avons rien à voir avec tout ça !

— Tu connais la loi, mon chou ?

— Oui, non, enfin, la loi ne peut pas aboutir à ce que...

Ce pauvre Hulde sourit :

— Les jeunes d'aujourd'hui sont merveilleux ! Ils ignorent la loi, et en même temps ils se déclarent innocents ! C'est logique, ça ?

Alexis secoua l'avocat par la manche. Ce raisonnement lui rappelait quelque chose. *Le Procès* de Kafka ! C'était ce qu'un juge objectait à K. pour le faire taire.

— Tu lis trop de romans, mon chou, et pas assez le Code !

Alexis exigeait de retourner au parquet, d'avoir accès aux déclarations d'Elia, de porter plainte contre les ravisseurs de Victoire.

— Tu m'excuses ? toussota Hulde.

Un cher confrère l'avait harponné. Il lui parlait dans la figure de l'« affaire Salengro ». Une interpellation était prévue le surlendemain à la Chambre. Le ministre avait-il déserté en 1915, oui ou non ? L'absolution du conseil de guerre empêchait-elle une enquête parlementaire, un jury d'honneur ? « Un sale coup pour la gauche, de toute façon, non ?... Pas de fumée sans feu, hi, hi, hi ! » Alexis bouillait. Pour l'heure, la victime de toutes les injustices du monde, ce n'était pas Salengro, c'était lui.

— Impossible de porter plainte, mon chou, ou de te porter partie civile s'il y a poursuite et instruction. Tu n'es que concubin, aux yeux de la loi... Et même pas notoire ! Seule la famille...

« Concubin même pas notoire » : c'était un comble ! S'il fallait des certificats, Alexis en trouverait. Les Saint-Aubert ne porteraient jamais plainte, puisque c'était l'un d'eux qui...

— Je suis témoin, après tout, j'ai des choses à dire pour éclairer la justice ! Le frère est sûrement dans le coup...

Ce pauvre Hulde l'approuva, enfin.

— Tu penses bien que j'ai suggéré ton audition. Seulement voilà : le parquet n'est pas pressé de poursuivre, aucune instruction n'est ouverte. On va vers un classement.

Il tapota l'épaule d'Alexis :

— Et c'est peut-être mieux pour tout le monde ! Nous avons intérêt à filer doux, ces temps-ci ! Si tu ne veux pas prendre le *Bremen*...

Alexis tremblait. Vingt siècles de lois semblaient s'être échafaudés pour acculer à l'impuissance un certain Goldschmidt, le 12 novembre 1936, dans la patrie des libertés ! Quelque chose clochait. Les textes ne pouvaient pas permettre que... Sa voix résonna dans la salle des pas perdus :

— Mais enfin, la Traction, à qui est-elle ? Ils ont cherché le nom aux cartes grises ?

Hulde avait une remise à solliciter en correctionnelle : il ne pouvait prolonger l'entretien.

— Tu sauras tenir ta langue ? Ce n'est pas moi qui te l'ai dit...

Alexis jura.

— ... Mon substitut est le premier embêté. Pourquoi crois-tu qu'ils montent en épingle l'histoire de l'avorteuse ? Pour gagner du temps ! y voir plus clair...

— Alors ?

— Du côté du grand-père général, peut-être, on saurait quelque chose, en jouant serré...

— Je jure de me taire, insista Alexis.

— La Traction appartient... au Deuxième Bureau !

— A quoi ?

— A la Sécurité militaire, si tu préfères ; et l'opération risque d'être couverte par le secret de Défense nationale.

— L'opération ?

Hulde avait disparu. Alexis crut que les colonnes des pas perdus s'affaissaient. C'est à peine s'il pensait à Victoire. Une angoisse plus vaste et diffuse l'enveloppait. Lui qui chérissait la France du droit, qui voulait en faire sa patrie, qui comptait la célébrer dans un essai intitulé *Vive la République à bedaine*... Une illusion chère à son esprit et à son cœur s'écroulait. En plein Paris du Front populaire, des militaires en service commandé pouvaient donc enlever une femme sans que rien ne se passe, sans qu'un uniforme ni une toge ne bouge ?... Le temps des coups sournois et des baudriers sous les imperméables approchait-il, ici aussi ? Sur les quais, le ciel pommelé et les monuments continuaient à raconter la douce sagesse française. Rien d'apparent où accrocher de la rancœur. C'était toute une histoire, de détester un pays ! Il y fallait une énergie prise sur le meilleur de soi, qui ne servait qu'à cela, et qui ne valait pas d'un deuil à l'autre. Alexis n'avait pas fini de haïr l'Allemagne que déjà... Tant qu'il aimerait Victoire, il ne saurait rompre avec la France. Les faits avaient tort. Il allait se réveiller d'un cauchemar. Les hommes de la Traction finiraient dans un box. Il serait à la barre, avec Victoire. Ils leur pardonneraient... Dehors, un soleil français écraserait la place Dauphine, les tables seraient mises sur le trottoir, des nappes à carreaux se soulèveraient, des mouches danseraient dans les verres...

Au studio, où le téléphone restait muet, Alexis tint parole et ne dit rien à Sarah des révélations du substitut. Moins confiant dans la justice, Bouglione avait eu la bonne idée d'obtenir, pour le soir même, une audience à l'hôtel Matignon, par l'entremise d'un polytechnicien ami de Jules Moch. Alexis se rendit rue de Varenne. Un collaborateur direct de Blum le reçut aussitôt. Alexis désirait mettre le gouvernement sur la voie, sans trahir la parole donnée à Hulde : sa fiancée avait été enlevée par une voiture appartenant, semble-t-il, à l'administration... La justice hésitait à poursuivre... On parlait de secret militaire...

Son interlocuteur rivalisait de prudence :

— Il y a au moins une chose qu'on ne pourra pas nous reprocher, dit-il dans le style du « patron », c'est de suspecter les serviteurs de l'Etat... Mais Pivert n'a pas tort de réclamer une épuration de la haute administration... Nous le dirons à la Chambre demain aux infâmes détracteurs de ce pauvre Salengro : les hommes publics sont désarmés devant le mensonge !

— Et les hommes privés, donc ! ne put s'empêcher d'ajouter Alexis.

L'homme de Matignon lui obtiendrait un rendez-vous avec le ministre de l'Intérieur avant huit jours. En attendant, il conseillait à Alexis de voir sa « belle-famille » *(sic)* en l'occurrence son « chef ». Le général Saint-Aubert ne figurait dans aucun état-major des ligues dissoutes. On pouvait le présumer républicain. Ou il était au courant, ou il serait en droit de porter plainte.

Sitôt rentré, Alexis téléphona chez le général. Il tomba sur la petite Yvonne Léostic.

— De qui la part ? demanda-t-elle.

Allait-il répondre : Scherbatoff ou Goldschmidt ?

— Alexis, dit-il.

La bonne renifla. Polo l'avait plaquée la veille. Il la trouvait « vraiment trop gamine pour Paris ». Comme si les écarts d'âge avaient moins d'importance, l'été !... Le sergent rôdait de nouveau à la blanchisserie des Binelles. Mademoiselle Marguerite consultait un vingtième laryngologiste pour « son arête » ; « mon général » bridgeait dehors ; c'était pourquoi ? Alexis improvisa :

— Avez-vous entendu parler de Victoire ?

— Non, pourquoi ? C'est fini aussi, vous deux ?

Il se jeta à l'eau : il passerait avant le dîner voir le vieux avec des boutons militaires pour son livre. Elle préviendrait.

Bouglione et Sarah fournirent dans les deux heures un lot de boutons d'uniforme stupéfiant. Les aigles des armées de Napoléon avaient changé d'ailes, paraît-il, entre Iéna et Austerlitz. Toutes les variantes étaient là. Une des pièces portait la trace d'une balle. L'impact avait-il sauvé le porteur de l'uniforme, comme cela se racontait chez les anciens combattants du monde entier ? Etrange manie de reconstituer l'histoire des guerres à travers celle de ces petits ronds rutilants, dessinés pour la parade, pour les valses d'adieux, les déshabillages hâtifs de permissionnaires, et qui finissaient fracassés, arrachés, brûlés, tachés de boues étrangères, de sang familier...

Yvonne sauta au cou d'Alexis. Marguerite ne parut pas : elle se trouvait « trop mal coiffée ». Saint-Aubert fit bon accueil. Dès qu'il comprit que le lot de boutons était offert en cadeau, et non à négocier, il devint suave. Il en oublia la véritable identité d'Alexis. Il lui donna du « prince » gros comme le bras. Il montra une photo dédicacée de Foch, enfermée dans une bibliothèque à grillage. Il s'avoua faible sur les uniformes tsaristes. Ce serait pour « une autre vie », rit-il bien fort. A l'évidence, il ignorait tout de Victoire, y compris qu'elle avait vécu plusieurs semaines avec son visiteur.

— Saviez-vous, mon général, que votre petite-fille a été enlevée hier soir par des voyous ?

Il frotta un bouton sur sa manche :

— Que voulez-vous que j'y fasse ?... Mon médecin m'interdit de me soucier des enfants d'Yves, aussi maboules l'un que l'autre... C'est bien le genre de Bernard !... Même pas fichu d'entrer à Flotte, celui-là !... Engagé volontaire ! Un petit-fils Saint-Aubert dans le rang, vous vous rendez compte ?... Que fera-t-il ? Saint-Maixent ? Pour finir quatre galons à l'ancienneté ? Seulement jamais vu en tenue ! Et ça se dit défenseur de l'Occident chrétien, missionnaire, croisé, est-ce que je sais ! Alors, comme ça, il aurait enlevé sa sœur ? Ça vaut mieux, notez, que de recruter ses ministres chez les déserteurs ! Vous avez vu leur Salengro ?

Alexis n'en tirerait rien. L'homme était dans sa ligne, pas mauvais bougre, visiblement étranger à l'affaire, décidé à le rester. A retenir : Bernard serait dans le coup que ça n'étonnerait pas son grand-père, et il n'avait jamais osé paraître devant lui en seconde classe. A moins qu'il ne porte pas l'uniforme, qu'il joue à l'espion dans les services de renseignements...

Il fallait en avoir le cœur net. A peine sorti de chez Saint-Aubert, Alexis courut au Trocadéro, chez Suzanne Mercier. Il ne l'avait vue que de loin, le jour où elle attendait Bernard devant la Sorbonne. Il reconnut le visage éprouvé mais lisse, invinciblement disposé à un bonheur protecteur. Aucune trace d'homme dans l'entrée ni dans le salon-salle à manger : pas même une photo de son fils disparu. Des boîtes en écaille, des sulfures, une danseuse nue 1900 et une panthère en bronze verdi, un service de verres fumés sur un plateau en miroir teinté rose : entre l'aisance qui se dissimule et la gêne qui ne s'avoue pas. Les « seins » tenaient, sous la blouse verte à col large. Elle tombait des nues, pour Victoire. Elle ne lui en voulait pas d'avoir repoussé son fils, de l'avoir peut-être désespéré.

— C'est la faute des curés, dit-elle avec une véhémence inattendue, en offrant à Alexis un « doigt de porto ».

Victoire la disait bigote : elle se révélait farouchement anticléricale. Les jésuites pervertissaient les jeunes en leur communiquant leur folie du renoncement et leur ambition de pouvoirs occultes. Chaque dimanche de l'année passée, son « pauvre Alain » lui revenait de pension un peu plus « illuminé » : « l'Europe coulait », seul l'ascétisme grandiose de quelques-uns, s'il plaisait à Dieu, sauverait ce *Titanic* à la proue déjà dressée vers le ciel... Bernard tenait le même discours délirant. Il avait disparu depuis six jours, le lendemain de leur rencontre devant la Sorbonne. Motif, tracé sur l'ardoise de la cuisine : « La république marxiste active la décadence pour livrer la patrie à la barbarie soviétique : nous l'empêcherons. » Avait-il signé un engagement dans l'armée ? Elle ne le jurerait pas. A l'en croire, Bernard fréquentait des colonels en civil et une femme de l'Intelligence Service. Il s'entraînait au tir dans un château d'Ile-de-France. Une mission « Survie de l'Occident » était déclenchée avec « les appuis spirituels les plus élevés ». Des opérations ponctuelles ne tarderaient pas à être connues. Un aviateur dominicain « foutral » s'offrait à absoudre d'avance les volontaires. Il avait « chiquement » accepté de devenir « le directeur de conscience » de Bernard. Un « fou de Dieu » dont la foi ne s'embarrassait pas d'usages : il confessait hors des églises, chez Lipp, au Ritz.

— Au Ritz, dites-vous ?

L'hôtel où le père de Victoire était censé mourir du cœur !

Bernard ne s'était pas douté que son manque d'imagination le trahirait. Et si la voix affolée de « Diana » était celle de l'espionne britannique ? Alexis reprenait espoir, et goût à l'investigation. Cela devait se voir : Suzanne sortit un mouchoir du poignet de sa blouse, quitte à paraître son âge :

— Je ne vous ai rien dit, vous me promettez ? C'est la faute des curés, je vous répète. Sans crise, ces messieurs s'ennuient comme les marins par mer plate. Ils créent des vagues pour le plaisir d'apaiser la tempête. Ils me les ont pris tous les deux... Ne lui faites pas de mal... Vous, vous êtes fort, cela se voit... Bernard est si faible !

Le pauvre chéri ! Elles sont formidables, les mères et les femmes qui en tiennent lieu ! Les explications de Suzanne rappelaient à Alexis le petit Helmut, en classe, à Munich. Sans raison, ce blondinet aux joues d'ange avait bondi de son pupitre et lui avait cassé deux dents. La mère était passée le soir à la maison. « Faut lui pardonner, mon petit Alexis, toi qui es raisonnable, Helmut est si timide ! » « Faible », Bernard ? Si faible que, pour contraindre sa sœur, il invoquait la défense de l'Occident et engageait trois sbires de la Défense nationale !

— Bernard était remonté contre Victoire ? Contre moi ? Contre nous ?

Suzanne rougit. Bernard ne parlait pas d'Alexis nommément. Il disait que la chrétienté était le seul obstacle au marxisme et que, pour vaincre, elle devait rester pure de...

— de ?

— de tout métissage.

Etait-elle prête à témoigner de ces propos en justice, au moins de cela ?

Elle fondit en larmes :

— C'étaient des paroles en l'air ! Bernard était un gosse, si vous saviez !

Alexis avait son compte de mauvaises excuses. Il rentra au studio. Toujours rien. Sarah avait préparé un dîner. Alexis n'y toucha pas. Il raconta le général et Suzanne. La responsabilité de Bernard ne faisait plus de doute. Restait à remonter jusqu'à lui sans l'aide de la justice et sans mettre Victoire en danger. Comment ? Leur enquête marqua le pas quatre jours et quatre nuits. Sarah demanda chez Lipp et au Ritz s'ils connaissaient un prêtre en civil — ou en militaire — qui donnait publiquement l'absolution. On crut qu'elle était folle ou qu'elle avait fait un pari avec une copine. Ce pauvre Hulde était couché avec un point de congestion pulmonaire et ne savait rien de plus. Seule lueur : Salengro, le ministre de l'Intérieur, recevrait Alexis le 20.

L'avant-veille du rendez-vous, Alexis était seul au studio, Sarah ayant accompagné Bouglione à un mariage. Il écrivait sa lettre quotidienne à Victoire. Six textes, déjà, attendaient dans un tiroir le retour de leur destinataire. Selon l'humeur, c'étaient des cris d'amour et des réflexions sur l'enquête. Ce soir, le ton était à l'analyse. « Parfois, écrivait Alexis, j'ai l'impression que je ne t'ai jamais connue, et ce n'est pas triste. Parce qu'il reste l'évidence du contraire. L'amour tient dans cette évidence. Quand on se souvient de détails, on n'est pas loin du chipotage conjugual ! J'y pense : nous serons un jour de vieux époux, tu crois ?..., qui se disent " tu l'as déjà dit " en tapotant le drap d'un doigt noueux, et à qui ce reproche tient lieu de caresse ?... » Il voulut vérifier si la phrase de ce pauvre Hulde sur l'innocent qui ignore les lois était bien dans *Le Procès* de Kafka.

Derrière le rayonnage, il découvrit enveloppé dans un déshabillé de l'infortunée Lily, un revolver 6,35 flambant neuf, avec plusieurs boîtes de balles.

De sa vie, il n'avait touché une arme. Il était surpris des rapports entre le volume et le poids de l'objet, entre les couleurs de la crosse et du canon. Le brun clair du bois évoquait les troncs d'arbre, les fourrures des tableaux de chasse; le bleu sombre du métal suggérait le fond des mers et leur pression terrible. Alexis engagea un chargeur, visa le plafond, retourna l'arme vers lui, fixa l'œil noir d'où sortait le feu. L'engin tenait bien en main, il s'équilibrait autour du doigt. Il ne pesait plus. Il oscillait agréablement. C'était de la liberté en conserve, de l'acte en boîte. Alexis comprit qu'on puisse se sentir différent avec, dans la poche, un engin de cette bizarre densité, grand comme un portefeuille et lourd comme un dictionnaire. Il fixa tour à tour la photo de la guinguette et la détente du 6,35. S'il n'avait pas retrouvé Victoire avant huit jours, un mois, Noël, mettons : la fin de l'année, il se tuerait, là, devant cette glace, au son de *J'attendrai*. Il n'y avait pas de suicide sans un petit goût du spectacle...

Le ridicule de la scène lui redonna du moral, presque de l'entrain. Il lança l'arme sur le divan. Sous le choc, la détente joua. La balle traversa deux coussins et se ficha dans une poutre de la loggia. Alexis eut un rire nerveux, qu'interrompit un coup de sonnette. Le concierge venait aux nouvelles, bientôt rejoint par la colonelle en bigoudis. Que la police s'en mêle : Alexis ne souhaitait que cela. On verrait bien jusqu'où s'étendrait le secret militaire.

— Ce n'est rien, dit Alexis en prenant l'accent

russe. C'est pistolet Armée rouge : beaucoup de bruit, pas bobo ! Ha, ha, ha...

Alexis regarda de près les blessures des coussins. A moitié brûlé et éventré, le premier perdait ses plumes à flots : mort sur le coup. Le second était noirci de part en part, intransportable. Quant à la poutre, elle promènerait un séton à vie, elle claudiquerait aux revues, médailles en bataille... Alexis s'endormit avec ses deux victimes entre les bras. Il rêva de bêtes abattues, d'oiseaux durs comme des pierres et dont le vent retroussait les plumes poissées de sang, un sang de la couleur, exactement, du porto de Suzanne...

Sarah le réveilla à midi avec *Paris-Soir*. Un titre noir barrait la page : Salengro, le ministre de l'Intérieur avec qui Alexis avait rendez-vous le lendemain, s'était suicidé dans sa cuisine, à Lille. A droite, on expliquait son geste par la mort de sa femme, quelques mois plus tôt. A gauche, on rappelait dix-huit mois de calomnies. « S'ils n'ont pas réussi à me déshonorer, du moins ils porteront la responsabilité de ma mort », avait écrit le ministre avant d'ouvrir le gaz. Les communistes appelaient à l'action contre la « presse meurtrière aux ordres d'Hitler », et le syndicat du Livre empêchait la parution de *Gringoire,* lequel criait à la « dictature de la C.G.T. »...

— Qu'est-ce que ça veut dire ? cria Sarah en apercevant les coussins éventrés et les plumes jonchant le sol. Tu vois bien que je ne dois pas te quitter d'une semelle !

— Rien, dit Alexis, un accident de chasse.

Elle avait pris le parti de ne s'étonner de rien, pour mieux apaiser son cousin. Elle enchaîna sur les nouvelles :

— Quand on pense que ce Salengro devait te recevoir demain...

— Il m'est plus utile là où il est !

— ?

C'était le cri du cœur. Alexis ne savait comment dire mieux l'effet que lui faisait la mort du ministre. Il ne voulait pas inquiéter Sarah avec ses idées noires de la veille. Il ne saurait rien sur Victoire par Salengro, mais grâce à Salengro, il savait qu'il ne se suiciderait pas. Ce serait conforter ses adversaires. La honte ne touchait que les faibles, elle n'était donc pas une arme politique. Il n'y avait que la vie qui avait raison. Il fallait durer, durer, enterrer tout le monde.

— Mort, où est ta victoire ! cria-t-il, franchement gai. Monte la garde : je vais faire un tour au lycée.

Alexis empocha discrètement le revolver et se rendit à Louis-le-Grand. Le professeur expliquait du Lucrèce. « Suave mari magno turbentibus aequora ventis... » « L'épreuve d'autrui, comme il fait bon la regarder de la terre, quand les vents torturent les flots !... » On ne pouvait mieux dire : aucun élève ne s'était soucié de l'absence d'Alexis depuis les vacances du 11 Novembre. Chacun pour soi et le « concal » d'abord : telle était la devise.

— Tu n'intégreras jamais, murmura son voisin en évaluant le paquet de notes prises en une semaine de cours.

Alexis aurait pu crever, on aurait pu l'enlever avec Victoire, ç'aurait été le même prix. A l'école de Munich, c'était pareil : la disparition du père Goldschmidt avait moins dérangé ce petit ange d'Helmut qu'un bout de buvard dans son encrier. Que se passerait-il à Paris si, par malheur... ?

— J'ai mieux que tes notes à la con, dit Alexis à son voisin.

Sous la table, il montra le revolver de Boulet-Montreuil. Il actionna la culasse, le cliquetis alerta plusieurs élèves alentour. Le regard du voisin passait de l'effarement à l'admiration.

— Pour quoi faire ?

— Venger Salengro !

— Le déserteur ?

Allons bon : lui aussi croyait la presse « infâme » ! Alexis faussa compagnie à Lucrèce. Avant de rentrer, il passa par la Sorbonne, pour voir. Il croisa la sœur blanche à stylomine. Bréhier avait « fini Plotin ».

— Déjà ?

Alexis exhiba le bout de son 6,35 avec des mines de satyre.

— Vous, un juif, porter une arme ? s'étonna la religieuse.

Ce préjugé de non-violence l'avait souvent étonné, parfois flatté. Voilà qu'il le blessait.

— Il y a bien des prêtres qui complotent et qui confessent dans les bars...

— Vous le connaissez ?

— Qui ça ?

— Le Père Berger, ce fou ?

La religieuse appuya la question d'une vrille de l'index sur sa tempe gainée d'amidon.

— Berger, mais c'est un nom juif, plaisanta Alexis.

Elle invoqua le carillon de la Sorbonne pour reprendre en courant le chemin des amphis.

Berger ? Alexis nota le nom. La clef du mystère était là. Il retrouverait la trace du prêtre. Par Martinière, le vicaire jociste du pré Noiraude. Il allait rentrer et téléphoner au presbytère de Sèvres, quand il crut reconnaître Bernard, marchant avec un vendeur de *L'Action française.* Il tourna autour de la statue d'Auguste Comte, au milieu de la place de la Sorbonne, pour voir sans être vu. L'étudiant qui ressemblait au frère de Victoire n'était visible que de trois quarts. Alexis devait-il sortir de sa cachette, le braquer ? Il serra le revolver dans son poing. Il songeait au juif suisse qui avait abattu un agitateur nazi, Gustloff, et qui venait d'être condamné à dix-huit ans de prison. Dix-huit ans : l'âge de Victoire ! Un temps inimaginable, tant qu'il ne se marque pas sur un visage aimé, tant qu'il s'inscrit en graffiti sur des murs de cellule. « Un jury français aurait acquitté Gustloff », a déclaré un certain Monnerville, un Noir. Alexis serait-il acquitté, si... ? Il faudrait prouver que Bernard était un nazi. Il aurait fallu que cet étudiant bavard qui s'éloignait vers le boulevard Saint-Michel soit bien Bernard !

... Or ce n'était pas lui. Alexis s'en rendit compte quand l'inconnu revint sur ses pas. C'était un joufflu hilare, le genre à glisser des épingles dans les morceaux de craie, le gibier idéal pour balles perdues et bavures de l'histoire.

Alexi aimait les signes du destin. Cette méprise valait d'être saluée d'un geste inconsidéré. La bonne sœur avait raison, provisoirement : un juif et la violence, ça faisait deux. Une bouche d'égout s'ouvrait aux pieds d'Auguste Comte. En y tombant, le revolver de Boulet-Montreuil rebondit plusieurs fois. Alexis compta les secondes, comme entre l'éclair et le tonnerre, une habitude d'enfance lorsqu'à Munich, pour conjurer la peur de l'orage, il mesurait son éloignement. Le plouf vint longtemps après. Comme si l'objet avait eu des regrets à sa place.

II

— L'avenir est au Sahara !

Henri Boulet-Montreuil était méconnaissable : bronzé un 20 novembre, cheveu plus court et clair, pantalon de toile kaki, chemise ouverte, chèche de méhariste, main porte-bonheur pendant à une chaîne de cou. Assis sur la table du studio, il parlait à Sarah, recroquevillée dans le divan, un chiffon à meuble sur la tête, un pansement au pouce. Blessée comment ? En réparant les coussins ? Ce fut la première chose qu'Alexis remarqua en revenant de la Sorbonne : les plaies par balle du divan étaient cicatrisées. Cela éviterait des explications gênantes.

Henri n'avait pas l'humeur à embarrasser, mais l'air de qui a trouvé sa voie, fût-ce pour une nuit. L'homme effondré de la guinguette avait retrouvé l'allant de qui vient de nouer une liaison selon son désir. Il parlait de l' « Afrique du Nord » comme de l'être qui lui aurait redonné ce goût de vivre. Il lui prêtait toutes les séductions. « Elle » recelait certainement du pétrole. La France lui devrait richesse et indépendance. Les Pompes Boulet-Montreuil irrigueraient le désert. Il était capital d'aimer le progrès et l'aventure, sinon on regardait ses mains se plisser et on mourait de dépit. Sur sa lancée, et au nom de la « merveilleuse simplicité » arabe, qui n'exclut pas un « respect seigneurial de l'autre », Henri tutoya Alexis :

— Tu connais les spectacles de karagheuzs ? Oh... tu ne sais pas la meilleure ? Sur qui je tombe à Tam, enfin : Tamanrasset...

Même lui, si futé, n'évitait pas le piège des touristes snobs qui ramènent en priorité de leurs voyages des signes voyants de familiarité avec le pays : prénoms, tenues, adresses rares, abréviations. C'était la meilleure preuve de son bien-être nouveau : guetter le ridicule chez les autres et chez soi est un passe-temps de malheureux.

— Qui ?

— Mon beau-frère, l'aîné des Saint-Aubert, le Père blanc. Pas vu depuis mon mariage ! Je ne sais qui a converti qui, mais lui et ses bonnes sœurs ont l'air aux anges parmi leurs Touaregs. Il faut dire que les hommes bleus sont d'une beauté ! d'une noblesse !

Et si Victoire avait été expédiée au fond du désert avec la complicité de l'oncle moine ? Victoire en novice, le visage plein d'été comme la bûcheuse de la Sorbonne ! Auquel cas, pourquoi l'oncle Henri ne serait-il pas dans le coup ? Alexis se méfiait de tout le monde, et de lui-même, soupçonnant n'importe qui. C'était la faute du malheur, toujours lui !

— Sarah vous a dit pour Victoire ?

Elle avait tout raconté. Tout ce qu'elle avait le droit de dire. Au même moment, revenant de la Sorbonne, Alexis était passé voir le commissaire Dupuis et le prévenir qu'il connaissait l'origine de la Traction. Pourquoi cacher à Henri cette clef de tout ?

— Vous n'êtes pas allé au Sahara pour convoyer Victoire dans un couvent, par hasard ? Avec la bénédiction de l'armée française ? Car ce sont des militaires qui ont fait le coup !

La colère lui mettait les larmes aux yeux :

— Le Deuxième Bureau a prêté main forte... Et la police couvre ! La police de Salengro ! La justice couvre ! La justice de Blum !

Henri posa une main affectueuse sur le cou d'Alexis.

— La justice française ne dépend pas du gouvernement, mon coco ! Pas encore !

— L'armée, si !

— En principe, concéda Henri. A l'état-major on ne doit pas déborder de loyalisme républicain ! Ce petit con de Bernard fricotait depuis un moment avec des cagoulards... N'empêche : la bêtise les perdra... Les manuels ne parlent que des grands stratèges et de leurs réussites : il y aurait une histoire des coups foireux à écrire, une histoire de la connerie... Tu verras que l'opération de Bernard en sera une des pages majeures. Qu'est-ce que tu paries ? Une nuit russe que Victoire sera là pour Noël !

Alexis laissa tomber sa tête, de joie, sur l'épaule

d'Henri. Ce pronostic lui rendait la vie. Sa vue s'embuait. Il ne sut retenir un sanglot d'enfant :

— C'est si loin Noël !

La connerie ne l'inquiétait pas, mais la trouille. Si Bernard et sa bande se mettaient à mesurer les conséquences de leur acte, s'ils perdaient leur sang-froid ? Il fallait les prendre de court... Il fallait agir... Alexis n'en pouvait plus d'attendre dans l'impuissance. La piste « Berger » se précisait. Il avait joint Martinière au presbytère de Sèvres : le vicaire jociste n'excluait pas une opération de persuasion réussie. Alexis tournait autour du téléphone : « Victoire déteste vos histoires à dormir debout ! Elle ne voit dans la sainteté que l'alibi écœurant d'une inaptitude à vivre ! » Le prêtre le savait : elle lui avait confessé tout cela le soir de la noyade. Mais elle lui avait aussi demandé à brûle-pourpoint, sur la plage de Chausey : « Comment devient-on sœur blanche ? — C'est impossible », criait Alexis. La beauté de Victoire sous une housse, comme la religieuse de la Sorbonne : cette image devenait un cauchemar. « On ne peut jurer de rien avec des êtres aussi orgueilleux, maintenait l'abbé : où n'iraient-ils pas, pour la fierté d'y aller jusqu'au bout ? — Elle m'aime ! hurlait Alexis dans l'appareil, elle m'aimera jusqu'au bout... D'ailleurs, l'amour, qu'est-ce que vous en connaissez ? Vous ne savez que ce que vous en disent les vieilles filles en confession ! » Le prêtre avait laissé tomber : « Si vous me dites que Berger est dans le circuit... il en a converti de plus coriaces que

Victoire... pendant la guerre du Rif! C'est un diable, à sa façon ! »

— Vous connaissez un certain Berger? dit Alexis à Henri, qui vantait à nouveau les sortilèges du Sud. Un ancien du Rif, justement...

— Cette tête brûlée ?

Le clergé avait ses vedettes, apparemment.

— Vous pourriez savoir où il habite, où on peut le surprendre ?

— Ça doit être tout de même moins calé que de pomper le pétrole du Sahara !

— Je vous offre une autre nuit russe, si vous me dégotez le personnage.

Marché conclu. Henri se renseignerait au plus vite. En attendant, Alexis devrait travailler. Paternellement, Henri lui reprocha de « sécher » le lycée. « Tu seras collé, dit-il. Je l'ai été deux fois ; il faut être bon en tout ! » Alexis haussa les épaules. Victoire d'abord, la rue d'Ulm ensuite ; peut-être jamais. Henri traça les lignes en l'air avec son stylo, manière de demander à Alexis où en étaient ses travaux littéraires, et de ménager sa propre pudeur d'écrivain manqué. Alexis montra la liasse de lettres quotidiennes à Victoire.

— Et le Livre avec une majuscule, celui qui doit mettre un point final à la littérature ?

— Abandonné.

— Tu as raison. Je n'osais pas te décourager, mais c'est l'idée qui vient à tout le monde. On vise trop haut, pour ne pas s'avouer qu'on ne sait même pas tirer bas.

Alexis trouvait une distraction réconfortante

dans ces propos de khâgneux, qui rappelaient les vacances.

— Ton essai..., risqua Sarah.

Son cousin la fixa si durement qu'elle s'enfuit à la cuisine. Jusque-là, Sarah avait évité l'indiscrétion maladroite à quoi expose le dévouement. La fatigue, sans doute. Alexis avoua son projet d'essai, un hymne aux « Républiques bedonnantes », dans l'esprit de sa tirade du manoir contre les dictatures. Le début lui plaisait : « Je suis né en octobre 1917. Mourrai-je aussi à pic ? On ne commande pas ces choses... » Mais ce qu'il avait aperçu de la démocratie française depuis l'enlèvement avait modéré sa francophilie.

— Pourquoi tu n'écris pas un roman ?

— Rien à raconter.

— Tu plaisantes ?

Henri avait raison. C'était le trop-plein d'événements, publics et privés, depuis six mois, depuis trois ans, depuis Munich. Alexis en était conscient avant de rencontrer Victoire. Dès la procession, l'envie de la séduire était soudée à l'idée d'écrire sur elle, sur les siens. Henri l'avait senti en soufflant à Alexis les secrets de famille. Les Saint-Aubert n'étaient pas les Guermantes, mais un assez bon échantillon des mentalités qui dominaient la France. Alexis avait pris des notes, ébauché des portraits, dont un de Victoire (« la langueur des filles promises au couvent... »), un portrait d'Henri où il s'étonnait, à propos de sa vocation rentrée, que tant de vies soient bâties « sur un renoncement inexpliqué... ». Il n'y avait plus qu'à laisser courir la plume. En quelques semaines, le tour serait joué. La perspective l'alléchait :

— Si c'était écrit à la première personne, moi parlant à Victoire comme dans mes lettres? Ou alors tantôt la première, tantôt la troisième...

— Surtout pas, malheureux! Méfie-toi, vous autres, israélites, vous êtes trop intelligents; je l'ai constaté à Normale, ça vous porte à compliquer.

Au mot « israélite », Alexis avait appris à reconnaître les antisémites de luxe alertés sur les risques de lapsus, et croyant bien faire. C'était le « vous autres » qui était de trop. Mais Alexis avait renoncé depuis longtemps à l'expliquer, surtout aux gens intelligents. Allons; l'oncle Boulet y mettait les formes, comparé au reste de la famille; et de la bonne volonté!

— Ecris tout simple, tout bête, enchaînait Henri : la troisième personne du passé simple, sans te gêner pour sonder les reins et les cœurs! Quand on écrit, on est le chef, oui ou merde? On connaît son monde. On est le bon Dieu... Les Français adorent les histoires de manoir avec des méchants, des gentils, des guerres, tout ça. Périodiquement, ils foutent le feu au château; le reste du temps, ils collent leur nez aux carreaux, pour voir...

En veine de recettes, Henri conseillait de truffer le récit de maximes bien désespérées.

— Ça fait chic, le noir, ça sonne bien! Ça console les humbles d'êtres restés en bas de l'échelle, et ça les dissuade de grimper!

Henri recommandait l'ironie sèche. Exemple de

début : « Ce jour-là, le Dieu de l'Occident roula dans la luzerne sur un air de tango... » Alexis retint l'idée. Il aviserait. Il habitait la langue de la France, non sa société. Il en parlait du dehors, par ouï dire. Le Dieu de l'Occident, ce n'était pas son affaire, ni le désespoir destiné à décourager les pauvres. Côté pauvres, il aurait des soucis. Il manquait un Proust pour renseigner à fond sur eux. Zola, Vallès, les populistes ça ne suffisait pas. Le jeune Céline, dont se régalaient les bourgeois, ne décrivait pas la misère, mais l'effet qu'elle lui faisait. Quant aux maximes, modèle La Rochefoucauld, ou mêlées de sensations fraîches à la Giraudoux, Alexis s'en méfiait. Elles s'ouvrent généralement sur le mot « tout » : tout homme est ceci, tout amour est cela... Rien que le mot « tout » le chiffonnait :

— Dans tout, il y a totalitaire.

— Commence par : « Nul n'est prophète en son pays... » ou bien : « Il n'y a pas de vacances sans amours idiotes... ».

Alexis ne voyait pas la différence. Henri jouait sur les mots. Il était tiraillé entre le regret de ne pas se lancer lui-même, et un mépris de l'entreprise. Il lui tarda soudain de passer voir son fils Hubert, confié aux « Jacques » depuis la « maladie » de sa femme. « C'est commode, les vraies familles unies, dans ces cas-là », commenta-t-il avec le faux cynisme qui préservait, chez lui, les chances du vrai.

— Allez, au boulot ! Le temps passera mieux

pour toi. Je te ferai éditer et vendre. Comme ça, Victoire aura de tes nouvelles...

Il salua Sarah dans la cuisine, s'excusa du mauvais fourneau, « vous êtes ici chez vous, Sarah, un si beau prénom... » Sur le pas de la porte, il se reprit :

— A la fin du livre, n'hésite pas, raconte tes recherches, donne le numéro de la Traction, mouille ces cons de militaires et de curés ! Il y aura un scandale !... Excellent, les scandales ! Je mettrai le comité antifasciste de Malraux sur le coup. En France, la littérature sert à ça. On la craint comme les douairières, comme Marguerite et son arête. Excuse la maxime, mais : ce que Matignon n'obtient pas, un livre l'obtiendra.

Il sortit en titubant, comme enivré de sa faconde. Il revint sur ses pas, se dirigea vers la bibliothèque, fouilla du côté des Péguy et de Kafka. Alexis devina qu'il était venu récupérer déshabillés coquins et 6,35. Pour les détruire ? Sans doute avait-il redouté, durant son voyage africain, qu'Alexis ne tombât sur les vestiges d'une vie dissolue, révolue.

— Ne cherchez pas, dit Alexis. J'ai tout jeté.

— Tout ?

— Tout.

Rougissant, Henri embrassa Alexis sur les deux joues en le secouant rudement par la nuque.

— Silamen, mon frère !

Le soir même, Alexis se piqua au jeu. Après sa lettre à Victoire, pleine de projets et annonçant le livre, il mit de l'ordre dans les notes accumulées depuis La Landriais. Il décida que le roman s'ouvrirait sur la procession, où l'irruption des pauvres dans la bonne conscience de la bourgeoisie catholique avait pris un tour si théâtral. Il en profiterait pour présenter les personnages réunis en cortège. Tant pis si le public s'y perdait un peu. Un lecteur de roman était là pour se perdre ! Les répliques stupides ou odieuses du manoir seraient à reproduire telles quelles : elles ne « s'inventaient pas ». Il ne faudrait pas oublier la guerre de 14, partout présente, la nuque de Victoire dans son béret rouge. Se souvenir de la tapisserie. Remplacer la scène de bergerie par un perroquet ou autre motif criard. Ne pas préciser que le général brodait aussi, comme Cambronne ; on trouverait qu'Alexis en rajoutait et diffamait ses hôtes ; montrer qu'il les aimait, au contraire. Se présenter dans le livre comme sur le bac de Dinard, sous le nom de Scherbatoff. Se démasquer au fil des pages, comme ce fut le cas au fil des jours. Gommer la vie sordide des domestiques, pour éviter tout misérabilisme, Rendre poétique, si possible, l'illumination du petit Raymond par la mer, la liberté, l'avenir. Reconstituer les propos du noyé à travers le récit de Victoire. Ne pas montrer sa jalousie devant la beauté et la force de Gabin, ni sa joie du fiasco sur le canot. Sortir de ses gonds quand la situation l'impose : éloge de la République, aveu de son vrai nom sur la plage... A Paris, ne pas ridiculiser Boulet-Montreuil, victime, si lucide soit-il, de son milieu. Renoncer à raconter le bonheur avec Victoire. Le bonheur ne se raconte pas... Que les événements politiques de cet été et de cet automne soient présents, sans plus, à la place où les gens les ont perçus dans leur train-train. Ne pas lasser avec la montée de l'antisémitisme, qui n'intéressait personne. Limiter les maximes recommandées par Henri, et les morceaux de bravoure où on se fait plaisir ; écarter, par exemple, les vingtaines de pages déjà écrites sur l'apparition de Victoire, sur la valse de la guinguette, sur la nuit russe... Rien que des choses faites et dites, des « il monta quatre à quatre », des « rétorqua-t-il »... Les effets de l'art viendraient ensuite. D'abord faire libérer Victoire par un brûlot de vérité !

Avant de s'endormir, Alexis rédigea un début dont il ne fut pas content. Il avait fait trop attention aux propos des gens, pas assez au cadre. Comment la littérature pouvait-elle encore « décrire », en 1936, ce que le cinéma « montrait » ? Le manoir avait-il un ou deux pignons ? Le pré Noiraude était-il visible du salon ? Le massif du perron était-il planté d'hortensias ou de bégonias ?... Ces détails étaient-ils essentiels ? Oui, se répondait-il : toutes les grandes œuvres s'étaient construites dans la minutie ! Il fit le rêve, une fois de plus, que Victoire était détenue à La Landriais... Au réveil, le cauchemar devint soupçon. Que le téléphone du manoir ne réponde pas ne prouvait rien ; au contraire. Bernard pouvait très bien avoir bouclé sa sœur là-bas, sans que personne ne le dénonce. Bouglione prêterait sa Ford. Alexis ferait l'aller-retour dans la journée, sans prévenir personne. Sarah monterait la garde au studio...

— Je fais un saut en Bretagne, annonça-t-il à Sarah dès l'aube.

Sarah avait son idée sur ce voyage. Sans les suggestions littéraires de Boulet-Montreuil, qu'elle entendait vaguement de la cuisine, Alexis n'aurait pas eu son rêve prémonitoire, ni envie de le vérifier. C'était l'écrivain, non l'amant détective, qui brûlait de se rendre en Bretagne. Elle se garderait de mettre Alexis sur la voie de ses mobiles réels : ils apportaient une diversion bénéfique. Pendant ce temps-là, Alexis penserait à autre chose ; et elle aussi.

La route fut sans histoire. Chaque fois qu'Alexis prenait un volant, il croyait qu'il aimait conduire. Et après quelques quarts d'heure, il s'exaspérait de la songerie moite, de la pensée effilochée, que lui inspiraient les vibrations, les courbes, les agacements contre d'innocentes charrettes, les fiertés niaises des dépassements, les odeurs de graisse chaude. Il se surprit à klaxonner un troupeau de vaches, et il en ressentit une bouffée de honte. Ces trajets automobiles, s'ils devaient se répandre dans l'avenir, causeraient une régression navrante de l'esprit humain.

Alexis alla directement à la ferme. Le père Léostic était à la chasse. Malgré l'heure tardive, trois heures passées, Marie Léostic improvisa une omelette au lard. Alexis évita d'évoquer le sort de Victoire et le but de son voyage. Il passait par là. On échangea des nouvelles. Chez le général, Alexis avait trouvé Yvonne en bonne forme. « Cette paresseuse » n'écrivait pas. Ce n'était pas comme la « blanchisserie » : eux envoyaient des lettres une fois par semaine. Ce que la fermière ne précisait pas, c'est qu'elle ne savait pas les lire. Quand elle parlait des campeurs, elle riait de toutes ses dents gâtées. Pas un mot sur l'effroi de ses patrons devant les campeurs du pré : mais au souvenir du « tintouin que ça a fait, ça par exemple ! », elle se tenait les côtes. En allant au poulailler chercher des œufs frais pour « mademoiselle Victoire, si, si », ils aperçurent la petite Friquette. Elle était couchée. « On nous fait une mauvaise grippe ! », expliqua la fermière. Sur son lit, l' « enfant » avait ajouté en couverture la tapisserie du salon, saccagée par Lise le jour de l'internement. Elle continuait patiemment le saccage en arrachant une à une les laines rouges qui restaient sur le dos du perroquet égorgé. Le relais de l'absurde était pris. Alexis se détourna. Par acquit de conscience, il demanda à voir le manoir. L'état des lieux démentait ses présages. Personne ne se cachait là, personne n'était venu depuis le départ « des Jacques » en septembre. La Rance semblait plus proche, sans feuilles aux arbres pour la dissimuler. La pelouse paraissait moins doucement penchée, le séquoia plus court sur patte. Un volet du pignon battait. On monta le raccrocher. Les murs suintaient comme les parois d'une caverne. Des cadavres de mouches encombraient le bas des fenêtres. L'odeur de broc rouillé et de housse trempée s'était avivée. On n'était pas loin de la puanteur de cierge soufflé à laquelle Alexis se promettait de comparer l'absence de Victoire. Mais il ne se donnerait pas le ridicule de partir à la recherche de sensations perdues.

Sur le chemin du retour, Alexis passa devant l'asile de Pontorson. Quelqu'un en lui — le bon jeune homme ou l'odieux littérateur, il ne voulait pas le savoir — eut le souci de prendre des nouvelles de Lise, en prétextant pour lui-même qu'après tout Victoire avait pu être enfermée là, elle aussi. « Ces maladies n'évoluent pas vraiment », dit un infirmier qui offrit à Alexis d'apercevoir la malade, par la cour. Derrière un grillage renforcé, Lise patientait, en manteau, chapeau, et son parapluie ouvert, comme elle aurait attendu un autocar de campagne. Friquette et Lise réunies à distance par leurs bouts de laine fanée : deux accidents de la nature, mais aussi deux preuves, pensa Alexis en reprenant la route, que les familles ne gagnaient pas à suspendre le temps, à le confisquer au fond de leurs boîtes à bijoux, que le temps se vengeait en figeant les prunelles de leurs plus faibles rejetons, comme des agates.

Alexis fut de retour au studio peu après minuit. Pantalon de velours, pull-over de skieur à losanges, Henri était en grande conversation avec Sarah. Il vantait « les splendeurs des Petits Chanteurs à la croix de bois ». Sarah écoutait distraitement. Le souci commun qu'ils avaient d'Alexis maintenait leurs rapports dans le registre confortable des affabilités partagées. Alexis donna des nouvelles succinctes du manoir. Sarah prépara quatre des œufs frais de la mère Léostic. Alexis ne souffla mot de son étape à Pontorson, qui n'avait eu d'autre intérêt que de lui fournir des images, s'il avait le courage de placer dans son livre la visite d'Henri, racontée le soir de la guinguette.

Appelé au téléphone, Maître Hulde crachota. Il ne savait rien de plus. Le parquet, « sur pression de la Sécurité militaire », ne poursuivait toujours pas. Henri, en revanche, avait du nouveau sur le nommé Berger, par un membre de la chambre patronale de la métallurgie, inquiété naguère pour ses attaches avec la « Cagoule ». Berger ne s'appelait pas Berger. Il était absent jusqu'au 9 décembre. On ne savait presque rien de lui, pas même s'il était dominicain ou jésuite. Après la guerre du Rif, où on le vit tantôt aumônier, tantôt lieutenant de tirailleurs, sa trace se perdait pendant cinq ans. D'origine alsacienne, il parlait l'allemand comme le français. Le « cagoulard » était convaincu qu'il travaillait pour le « Deuxième Bureau » : il avait voulu le « contacter depuis l'arrivée des marxistes au pouvoir » : il avait échoué n'ayant pu « loger » ce « personnage de roman » dans aucun domicile fixe, ni unité militaire ni établissement religieux. Seule chance mince de le retrouver : appartenant au personnel navigant, il avait droit de piloter pour son plaisir à Villacoublay. La dernière fois qu'il avait été vu, c'était à la descente d'un Morane-Caudron de reconnaissance avec lequel il s'était éclipsé trois jours sans autorisation.

Non seulement le clergé catholique avait ses

vedettes, mais, apparemment, ses Fantômas, ses Vidocq !

— L'avion a servi à emmener Victoire, droguée, dans un couvent d'Afrique ! dit Alexis, sur le ton tranquillement triomphant des détectives de cinéma.

— La vocation de romancier est en train de rentrer, à ce que je vois ! s'amusa Henri. Tu ne trouves pas que Sarah gagnerait à se couper les cheveux court, comme un garçon ?

III

Le lendemain, Alexis joignit Polo, toujours affecté à Villacoublay. Rendez-vous fut pris au café du Petit-Clamart. Le sergent ne connaissait personne du nom de Berger, mais à la « popote des ailes », le barman servait régulièrement un commandant en civil, accompagné d'un jeune passager, jamais le même. Les mécanos l'appelaient « le Père ». Polo avait obtenu du barman qu'il le prévienne à la prochaine escale du moine pilote.

L'aviateur trotskiste « avait dans l'idée » que Victoire se cachait volontairement. Ce qui lui faisait dire cela ? L'expérience : sa première « poule », à quinze ans. Quand ils jouaient à cache-cache en bande, elle restait planquée des heures, exprès, pour qu'on s'inquiète. Lorsque Polo la « fréquenta », elle posait des « lapins », elle s'arrangeait pour qu'il y ait des trous dans son emploi du temps. C'était son plaisir, qu'on s'affole, qu'on imagine le pire. Il y avait des gens comme ça ; « surtout les gonzesses ». « Au pif », Victoire était « le genre à ça ». Alexis renonça à discuter l'hypothèse, qui offensait, à ses yeux, Victoire et la psychologie.

— Ce n'est pas comme Odette. Celle-là, quelle crème ! dit Polo.

Au « ce n'est pas comme... », Alexis reconnut l'envie de parler de soi. Après avoir rompu avec Yvonne « trop gamine pour Paris » — Alexis était au courant —, Polo consolait la fille de la blanchisserie Mousseau, Odette, la sage tricoteuse arrivée au pré Noiraude en fiancée officielle de Gabin. De ce dernier, personne ne se préoccupait plus. Le petit Raymond conservait dans sa poche une carte postale de Barcelone, doublement usée par les tribulations de l'expéditeur et la sueur du destinataire sur son triporteur... Les Binelles envisageaient un réveillon dans la lingerie pour le Jour de l'An. Jésus avait perdu Cachin et abattu Thorez, paralysé des pattes arrière. Son goût des bêtes s'était reporté sur des chats à moitié sauvages, une trentaine, dont le grouillement effrayait les passants plus que les chiens ; et c'était effrayer qu'il aimait.

On se quitta sur la promesse que Polo téléphonerait à la première apparition du pilote ecclésiastique.

— Tu pourras pas dire que je bouffe du juif ! dit-il en guise d'adieu.

Pour le juif, Alexis verrait plus tard. Les jours suivants, il se jeta à corps perdu dans son roman. Après les appels du matin à Maître Hulde et au commissaire Dupuis, il noircissait des cahiers d'écolier aux armes de Bayard, « chevalier sans peur, chrétien sans reproche ». Lorsque Henri passait avant le dîner — une habitude du temps de Lily —, Alexis lui faisait préciser les détails sur les Saint-Aubert : l'arête de Marguerite, l'orthographe de séquoia, le mécanisme des marées, la liturgie catholique, l'odeur d'andrinople dans les placards. Miracle de l'écriture ! Cette famille si éloignée de la sienne, il l'habitait peu à peu comme la souris sa roue de gruyère. Il en parlait du dedans. « Et l'oncle Philippe, pourquoi est-il entré chez les Pères blancs ? Chagrin d'amour ? C'était vrai, le soupirant de Marguerite coulé aux Dardanelles ? Comment on atteignait à la sérénité immobile des Jacques ? Comment on la conservait ? » Henri s'y trompait. « Salut, mon neveu ! », claironnait-il en arrivant. « Voilà l'oncle Henri », chantonnait Sarah, qui s'était fait couper les cheveux en brosse pour lui obéir, au risque de paraître plus creuse et plus tragique que nature. En deux semaines, les chapitres de l'été au manoir étaient achevés.

— A nous deux, Paris ! déclara Alexis, un beau matin.

C'était le 11 décembre. En principe, Berger était de retour. L'embarquement de Bouglione sur le *Bremen* approchait : le 17. Sarah serait-elle du voyage ? Le sujet occupait les esprits, sans être abordé. Les achats en vue du départ étaient repoussés distraitement. Sarah prétextait ses travaux d'archiviste aux côtés d'Alexis. Ne venait-elle pas de rechercher le texte intégral du discours de

Blum à Luna-Park en septembre, les plans de la bataille de Madrid ? Pour Alexis, il était admis qu'il rejoindrait New York « quand les choses seraient réglées » (par superstition, on ne parlait plus du « retour de Victoire »). Bouglione lui réserva un passage sur le *Queen Mary* du 4 janvier 1937. « Service moins gorgieux, prévint-il, mais smart, fox-trot, Players A, and so on... »

Côté peuple, les livres font défaut, réfléchit Alexis, il me manquera un oncle Henri dans la place. Il faudrait qu'il retrouve le petit Raymond et qu'il se fasse inviter au réveillon des Binelles. Par Polo ?

Le téléphone sonna. C'était le sergent. Il appelait de la « popote des ailes ».

— Alors ?

— Le Morane est retenu pour notre ami, dit-il. Les pleins ont été demandés pour midi G.M.T.

Alexis sauta dans la Ford que Bouglione lui avait laissée depuis l'aller-retour en Bretagne. Sur le chemin de Villacoublay, il s'avisa qu'il n'avait pas de prétexte pour aborder Berger. La mort de Sir Basil Zaharoff, la semaine précédente à Monte-Carlo, lui fournit la base d'un scénario. Cet aventurier plusieurs fois ruiné, mêlé à toutes les fêtes comme à tous les scandales des années folles, et qui avait épousé une princesse de Bourbon, nourrissait son rêve d'origines slaves. Pour jouer les Russes, Alexis disposait d'un talent à la mesure de ses regrets de ne pas en être. Selon sa formule, il était doué pour les « emprunts russes ». En Bretagne, son prince Scherbatoff avait fait impression plusieurs semaines. Il tiendrait bien quelques heures avec le personnage dont le contour se précisa entre le pont de Sèvres et le Petit-Clamart, où traînait, très couleur locale, un brouillard de toundra.

... Il serait Alexis Zaharoff, fils inavoué de Sir Basil. Il prendrait des leçons de pilotage et pratiquerait ardemment la religion orthodoxe. Un pope priait pour lui en permanence au mont Athos. Idée fixe du personnage : la seule chance de la planète face à la barbarie rouge était une chrétienté ressoudée. L'archimandrite d'Antioche et le prince Ghika de Roumanie l'avaient mandaté, lui Alexis, pour préparer en secret la réunification des enfants du Christ « stupidement déchirés ». Seul un être de l'envergure de Berger pouvait mener à bien cette mission historique...

Comment faire passer tant de messages en quelques phrases ? Alexis comptait sur le ciel ; celui des aviateurs qui, croyait-il savoir, ne ménage pas les attentes au sol pour cause de carburateur givré ou de plafond bas. La brume de beau temps tardait à se dissiper.

A la « popote des ailes », Polo buvait un Vermouth, caché derrière *L'Humanité*. En espion guettant un autre espion, il montrait un zèle de figurant amateur, à se faire repérer dans la seconde. Sans se concerter, ils parlèrent de tout et de rien. Les sujets ne manquaient pas : le pilote Mermoz était porté disparu dans l'Atlantique à bord de sa *Croix-du-Sud ;* Edouard VIII abdiquait par amour ; le dramaturge Pirandello était mort ; l'écrivain Aragon obtenait le prix Renaudot pour *Les Beaux Quartiers*. « Tiens, un titre qui m'aurait convenu ; penser à un titre », se dit Alexis, en parfait homme de lettres. Le barman et Polo ne pensaient qu'à Mermoz. Les humains voulaient aller trop vite, trop loin ; l'intrépidité avait ses limites ; la mécanique et la nature se vengeaient...

Une Primaquatre sport se gara n'importe comment derrière la Ford d'Alexis. L'homme qui en descendit et fonça droit vers le bar portait une combinaison de cuir, un serre-tête et un appareil-photo à la main. Exceptionnellement, il était seul. Le cheveu était lissé en arrière, argent, le regard bleu drapeau, la bouche pincée, tirée vers les joues creuses comme par le vent d'une hélice.

— Salut, fils ! dit-il au barman.

— Bonjour, le Père !

— Le taxi ?

— Bichonné.

— Plafond ?

Le barman se pencha à la fenêtre du bar :

— Hum ! mauvais, comme chaque fois qu'il fait beau !

Le barman avait dit : « Bonjour le Père ! » C'était bien Berger. Chaque seconde comptait. Alexis n'y alla pas de main morte : il s'approcha de l'homme à la combinaison, planta son regard dans les yeux drapeau :

— Vous avez vu, pour Mermoz ?

— Pas journaliste, au moins ?

— Alexis Zaharoff, je m'apprête à passer mon premier degré.

— Malgré vos lunettes ?

— Malgré, répliqua Alexis crânement.

— J'aime mieux ça, dit l'homme sans lèvres en tapant le bout filtre d'une Craven sur son porte-cigarettes plaqué or. La presse galvaude les choses les plus nobles. Depuis qu'ils ont sacré Mermoz « archange », c'est fini, le mot ne veut plus rien dire !

Alexis haïrait cet homme plus tard, quand il aurait retrouvé Victoire. Pour l'instant, il s'agissait de ferrer le poisson. Il avait commencé dans l'énorme : il n'était plus temps de revenir à de la dentelle.

— Ce Mermoz, quel exemple ! s'exclama Alexis.

— Et quelle belle mort, nom de Dieu ! dit l'homme. La plus belle, avec... l'échafaud !

L'échafaud, une belle mort ? Puisqu'on était dans l'esthétique, pourquoi ne pas jouer sur l'émulation présumée entre aviateurs et marins ?

— Tellement plus belle que le naufrage de Charcot, le mois dernier !

— Affirmatif, dit l'homme en écartant la comparaison du dos de la main, qu'il avait étonnamment rondelette, par rapport au visage.

D'un côté, l'archange volatilisé en plein azur ; de l'autre, un vieux commandant barbichu marinant dans le varech glacé : la question ne se posait même pas !

Le ciel était avec Alexis : la brume bouchait les pistes. Berger avait du temps à perdre. Il parcourut les titres de *L'Humanité*.

— C'est vous qui lisez ce torchon ?

Le bon Dieu avait bien des gracieusetés, ce 11 décembre 1936 ! Alexis se récria : lire les communistes, alors que leurs amis soviets persécutaient les opposants, ses frères orthodoxes, les juifs ?

— Notez qu'ils n'ont pas tort, observa Berger. On se défend en attaquant. Tant que l'Occident n'aura pas compris ça !

Alexis n'avait jamais été à la pêche de sa vie, mais il imaginait à cette seconde la jouissance procurée par un bouchon qui s'enfonce, par le mordillement invisible et amical que la ligne transmet au creux de l'index. La survie de l'Occident, c'était sa question de cours préférée. Il agita l'hameçon : le Zentrum, le vieux parti catholique allemand, avait vu juste en assurant l'élection de Hitler en 33. Il fallait espérer que le clergé d'outre-Rhin et le Vatican auraient la sagesse de ne pas se formaliser pour les persécutions raciales et autres péchés véniels du chancelier. La sauvegarde d'une civilisation passe par l'évaluation de l'essentiel et le sacrifice de prétendus principes dont l'ennemi, qui se garde de les observer, se sert pour tétaniser nos réflexes de défense...

Alexis avait-il lancé le bouchon trop loin ? Berger ne broncha pas. Il scrutait le ciel. La brume se levait. L'autorisation de vol était imminente. Le commandant moine passa à son cou une étole de soie blanche, moins ecclésiastique que réservée aux noces des casse-cou de luxe avec le risque. Mermoz avait sûrement la même.

— Vous préparez votre premier degré, dites-vous ? Combien d'heures de vol ?

Au bout du comptoir, à l'abri de son journal, Polo fit signe à Alexis avec les doigts : deux fois cinq.

— Dix et des poussières, improvisa Alexis.

Berger allait prendre des photos de la cathédrale de Chartres. Il n'avait personne pour tenir le manche.

— Je vous embarque.

— Malgré mes lunettes ? s'affola Alexis.

— Malgré !

Polo renversa son verre de Vermouth. Le barman passa l'éponge avec un haussement d'épaule. Aux cadeaux, le ciel faisait succéder les farces : à Spengler, *Adémaï aviateur,* le premier film vu par Alexis à son arrivée à Paris en 1934. Qu'à cela ne tienne ! Aider la chance, c'était y consentir sans résistance, faire la planche au gré du courant. Alexis croisa les doigts dans son dos. Que de choses à raconter à Victoire, le jour où... ! Que de parties de rire en perspective ! Victoire ! Patience ! L'étau se refermait, la fin du cauchemar était au bout de la piste.

Alexis n'avait jamais pris l'avion. Le Morane-Caudron qu'on sortait du hangar avait l'air d'un jouet, avec son fuselage bleu et ses ailes surbaissées. L'euphorie d'Alexis se brisa net quand il comprit qu'il lui faudrait prendre le baptême de l'air en plein vent. Berger lui fit prêter une combinaison de vol par un mécano, et l'installa dans le cockpit de devant. « Le plus près du moteur », s'inquiéta Alexis, ignorant que le pilote confirmé s'adjugeait la place arrière. Au-dessus des dizaines de cadrans mystérieux, un rétroviseur lui permettait d'apercevoir Berger, réduit à des lunettes de moto et à sa bouche tendue, pour de bon, par le vent de l'hélice. Un mécano se pendit à une pale. Le moteur cala en lâchant un nuage de fumée grasse, qui colla aux verres d'Alexis, plongé dans l'obscurité. Un tuyau acoustique en cuivre, plus usagé que les autres appareils de bord, assurait la liaison entre les deux pilotes. Le manche et le palonnier, couplés avec ceux de Berger, s'agitaient entre les jambes d'Alexis. Le moteur rugit. Alexis leva le pouce dans son rétroviseur. Un autre pouce lui répondit. Ce langage d'empereurs romains et de trompe-la-mort n'était pas le sien, mais il avait le mérite de s'apprendre vite.

Dès que les labours du plateau de Saclay eurent le mauvais goût de s'enfoncer sous les ailes, le cœur d'Alexis chavira. Le Vermouth inonda la carlingue, sans épargner les compteurs, dont le tournis ajoutait à l'instabilité générale. Un virage sur l'aile pencha les labours comme l'eau d'une cuvette. Le pouce de Berger se dressa sur fond d'écharpe frémissante. Alexis rendit le salut, un bout de croissant mâchonné en équilibre sur son gant à crispin. « Victoire ! Où es-tu ? Vois ce que je fais pour nous ! » Alexis s'aperçut qu'on disait : « Crier victoire ». Le seul prénom français qui appelle le cri ? Son esprit s'accrochait à des riens, comme à des épaves. Une somnolence pâteuse le gagnait. Il songeait à la tête de Polo, en bas, noyant son effroi dans des alcools raides.

— Vous me tenez le deux cent trente compas. A vous !

— Deux cent trente compas, répéta Alexis, en souvenir de films d'aventure, dont ces dialogues de perroquet gageaient la virilité.

Il ignorait où se trouvait le compas, et pris soin de n'effleurer aucune commande. Il fallait croire que l'avion suivait son cap tout seul, car Berger ne protestait pas.

— Vous la voyez ? grésilla le tuyau. Au deux cent quarante ! A vous !

Voir qui ? Où ? A vous, quoi ? La voix de ferraille se fit rire :

— Si Péguy nous voyait ! Ha, ha, ha ! Je déteste Péguy. Pas vous ? A vous...

Déjà Chartres ? Alexis essuya la fumée de ses verres. En cherchant bien, une maquette de cathédrale était posée en plein champ.

— Vu. A vous, dit-il.

La maquette se mit à danser sur l'horizon. Berger virait et piquait pour prendre ses photos. On allait rebrousser chemin. La durée subissait l'écrasement des distances. Il était temps de ferrer la bête. Sitôt l'avion redressé, Alexis s'abandonna à l'inspiration.

— Je suis un vieil ami de Bernard Saint-Aubert, cria-t-il dans le tuyau. A vous !

L'écharpe de soie caressait le menton du commandant.

— Que ne le disiez-vous plus tôt ?

Cette tournure désuète de salon, au milieu de ce tintamarre, de ces rivets grondants ! Une turbulence brutale fit battre les bouts d'ailes et le cœur d'Alexis.

— Chic type, résuma le « directeur de conscience ». En a bavé : père pédéraste, ami tué en montagne, mère de l'ami chantage au suicide, sa sœur... Ça fait beaucoup !

Berger n'ajouta pas : « à vous ». Alexis aurait été en peine de répliquer. Cette accumulation de mensonges lui brouillait le cœur plus fortement que les trous d'air. Les mythomanes étaient-ils dangereux ? Bernard avait raconté n'importe quoi à son confesseur, pour se faire plaindre et arriver à ses fins. Quelles fins ?

— Sa sœur, surtout, cria Alexis, pour appâter.

— Affirmatif. Terminé pour moi.

Raté ! Une nausée et de nouvelles glissades de l'avion mirent fin à l'entretien. Le tuyau se prêtait aux consignes chiffrées, peu aux nuances morales. Mais la conversation au fond était amorcée. Alexis aviserait au sol.

L'occasion ne tarda pas. Le Morane se posa à Villacoublay en douceur. Alexis s'était habitué à l'altitude. Plus tard, il prendrait un deuxième baptême de l'air avec Victoire. Supposé qu'on ne l'ait pas déjà contrainte à voler... Tandis que Berger parlait pression d'huile au mécano, Alexis mit les bouchées doubles.

— Sa sœur surtout... Les unions entre étrangers ne sont pas souhaitables, commença-t-il.

— Les étrangers, passe encore ! dit Berger en

dénouant son écharpe. Mais là... Notez qu'un amour brisé n'a jamais fait de mal dans la vie... L'important est de rebondir !

Le vol l'avait déridé. En marchant vers la « popote des ailes », le religieux y alla de sa conception du bonheur et de la littérature :

— Voyez *Bérénice,* que je relis chaque année : est-ce qu'il y a quelque chose de plus beau que ces adieux forcés ?

Lui-même était entré dans les ordres à la suite d'un chagrin sentimental. Il ne regrettait rien. Il plaignait les popes orthodoxes de ne pas connaître les contraintes splendides de la chasteté. La jeune « Louise » non plus ne s'en trouverait pas mal, même si, au terme de sa retraite fermée, elle ne se consacrait pas à Dieu.

Hein, quoi ? Victoire s'appelait « Louise », à présent ? « Retraite fermée » : le mot était lâché. Alexis faillit exploser. Encore quelques minutes de sang-froid, pour en savoir plus ; après, ce serait l'esclandre à volonté !

Berger se sentait en confiance :

— Vous, les Eglises orientales, vous n'avez pas ce problème. Mais nous, avec nos Empires... Nous perdons si nous nous montrons trop accueillants à ce qui affaiblit notre fibre, notre substance...

C'était décidé : dès qu'il connaîtrait l'adresse du couvent, Alexis cognerait. Il ameuterait la base. Le coup de poing était virtuellement parti.

Berger enlevait son serre-tête.

— Notez, je n'ai rien contre ces gens-là. Je les aime et ils me le rendent. En 14, ils ont payé le prix du sang. Mais il y allait de l'honneur de l'Eglise... Louise avait prononcé ses premiers vœux...

— Premiers vœ... ?

Le poing d'Alexis sortit de sa poche. La suite brisa son élan :

— C'est le Christ lui-même que narguait cet homme en enlevant une chrétienne promise au voile, en se pavanant à son bras. Tôt ou tard, il l'aurait obligée à égorger des moutons dans la baignoire... Il l'aurait prostituée... Les Arabes sont ainsi !

« Les Arabes ? »

C'était donc cela : Bernard avait jugé qu'un beau-frère juif ne faisait pas assez horreur. Il fallait un de ces musulmans que des spahis bleu ciel envoyaient au casse-pipe, tenaient en lisière, mais dont le pullulement angoissait, toujours en train de procréer, de mener la guerre sainte, frisés, gris mat comme des sacs de ciment, fourbes de naissance et par fanatisme anti-européen... Bernard ne s'était pas arrêté en si bon chemin, dans ses phobies : il avait pris le maquis, car ce « Mohamed était armé, il rôdait, il allait se venger ».

Ils arrivaient devant la « popote des ailes », qui était fermée. Polo attendait dans la Ford.

— Merci pour le pilotage, dit Berger. Ajoutez nos deux heures dix de vol sur votre carnet, et souvenez-vous de ceci : il y a des cas où, même en régime marxiste, Eglise et armée trouvent en elles de quoi sauver ensemble ce qui doit l'être. C'est un exemple pour l'avenir.

Dans un ultime effort sur lui, Alexis demanda, très technique :

— Louise est en lieu sûr, au moins ?

Le moine espion eut un sourire ravi :

— Je ne sais même pas où elle est... Le cloisonnement, mon cher, le cloisonnement !

Le coup de poing partit.

— Je me présente, Mohamed.

Un ouragan effila les lèvres du religieux.

— C'est faux ! Vous n'avez pas le type... Pas tout à fait !

— Mohamed... Goldschmidt, pour vous servir. Où est Victoire ?

Berger porta à sa bouche l'écharpe de soie, qui se teinta de sang. L'œil bleu drapeau exprimait moins de colère qu'une béatitude indicible, théâtrale :

— Mort, où est ta victoire, voulez-vous dire ?... Dois-je tendre l'autre joue, monseigneur ?

— Inutile. Me suivre au commissariat suffira.

Berger assomma Alexis avec son appareil-photo, sauta au volant de sa Primaquatre sport, et fonça vers la sortie de la base. Alexis s'ébroua, bondit dans sa Ford, mais avec deux minutes de retard. Une poursuite folle s'engagea. Polo se cachait, de peur, derrière son journal. Au Petit-Clamart, la Primaquatre fit plusieurs fois le tour du carrefour. Elle obliqua par surprise vers la route de Meudon, barrée à sa suite par un autobus.

— Ça va pas ? s'affola Polo.

La Primaquatre n'était plus en vue.

— Pour ce que ça a servi, les numéros de bagnoles ! Laisse-moi là !

Alexis pleurait de rage, de haine. Il se détestait de sentir monter en lui l'envie, le besoin, de tuer. « Deux cent trente compas », « Si Péguy nous voyait ! », « L'autre joue, monseigneur ?... » Mais quelle était cette religion qui changeait ses prêtres en monstres politiques, en traîtres de répertoire, en bouffons, en Mata-Hari ?

— Je ne le lâcherai plus, cria Alexis. Je l'aurai, tu entends ? Où je voudrai. Quand je voudrai.

Polo haussa les épaules :

— Ta force contre celle d'un officier supérieur ? Ta parole contre celle d'un curé ? Dis donc, Goldschmidt, tu veux rire ou quoi ?

IV

A qui se fier ? En un éclair, Alexis revit la photo d'Albert Lebrun, au commissariat de la Chambre des députés. Qui aurait cru qu'il se raccrocherait un jour à ces petits yeux, dont la faiblesse l'avait épouvanté la première fois ? « Dites voir Dupuis », lui au moins, ne vénérait pas des profils de médaille, Mussolini ou Mermoz. Il servait la République. Il ne se plaçait pas au-dessus des lois, ni en dessous. Ses cheveux bougeaient comme ceux des bébés, marque d'innocence.

Alexis traversa le bois de Meudon à cent à l'heure, déboula la côte de Sèvres, crut croiser une rue des « Binelles », eut une pensée attendrie pour la blanchisserie et ses candeurs, longea la Seine, la tour Eiffel, stoppa devant le poste de police, non sans cogner un car garé à la porte. « Eh là, pas si vite ! vous avez vos papiers ? », ronchonna le planton. Alexis courut directement au bureau du divisionnaire. Albert Lebrun était à sa place ; moins anxieux, plus débonnaire, engageant. La brosse de Dupuis, fraîchement rectifiée, s'agita :

— Ça tombe bien, dit le policier, j'avais à te causer. Tu as ton passeport ?

Alexis avait oublié de passer le prendre, comme souhaité, au service des Etrangers.

— C'est-à-dire que...

— Manque de chance, dit Dupuis avec la jubilation que les policiers mettent à saluer la déveine dans ces cas-là ; moi, je suis obligé de te garder jusqu'à ce que les choses soient en ordre...

Alexis, aussi, avait à causer. Il était accouru pour cela. Il raconta son baptême de l'air, attesté par des traces de vomi sur sa veste, et de fumée sur ses lunettes : « La preuve, criait-il, la preuve ! » Il parlait d'un moine officier sans nom ni domicile fixes, d'une Mme Mercier qui « savait sûrement tout », de Péguy, de *Bérénice*, de « retraite fermée », de la France mère des lois... Dupuis flairait un cas psychiatrique.

Alexis, debout, poursuivit dans un jargon pseudo-juridique qui aggravait le soupçon du divisionnaire :

— Vérifiez si un Morane bleu ciel n'a pas survolé la cathédrale de Chartres à treize heures douze GMT, et qui pilotait !... J'ai le triste honneur de porter plainte contre le nommé Berger, commandant et prêtre catholique, pour complicité de séquestration arbitraire sur la personne de ma concubine notoire Saint-Aubert Victoire, sise à Paris... Vous refusez d'enregistrer ma plainte ? Vous laissez au coupable le temps de se soustraire ? Vous non-assistez à personne en danger de mort ?... Vous serez responsable de ce crime devant la justice, devant l'histoire !

— Eh, oh, doucement les basses !

Dupuis n'admettait ni le « fond » ni le « ton ». Le client commençait à lui chauffer les oreilles : occupant sans titre d'un studio mal famé, renseignements de voisinage désastreux, coups de revolver la nuit, famille en partance pour les Etats-Unis... Les raisons ne manquaient pas de sévir. Les supérieurs couvriraient. « Pour la peine », Alexis passerait la nuit au poste, le temps qu'on lui rapporte son passeport et qu'il se calme, « en voilà des histoires ! ».

— Gardes, assurez-vous de la personne de M. Goldschmidt Alexis, de nationalité allemande.

— Je désire prendre contact avec mon avocat, dit Alexis d'une voix qui se cassait. C'est mon droit le plus strict.

On composa le numéro pour lui. Ce pauvre Hulde était aphone. Une infirmière lui posait des ventouses.

— Pas d'esclandre, mon chou, supplia-t-il. Aïe... Pas le moment ! Une affaire de faux passeports est sur le point d'éclater, aïe... Un certain Rosenfeld, si tu vois ce que je veux dire... Pas bon pour nous, mon chou... Aïe... Les arrêtés d'expulsion vont pleuvoir !

Alexis faillit hurler qu'il venait de survoler la Beauce avec le ravisseur de Victoire. Mais il s'aperçut qu'un second récit confirmerait Dupuis dans son impression d'avoir affaire à un dément. Kafka avait raison : on pouvait devenir pour de bon ce qu'on paraissait aux autres, fou, coupable, les deux. L'avocat conseilla d'obtempérer, promit de prévenir Sarah, et de s'occuper de lui dès le lendemain. Alexis raccrocha, sans force, pris de toux nerveuse. La prudence de « ce pauvre Hulde » l'avait gagné par contagion, ainsi que sa bronchite. Il ne retrouverait de liberté qu'en pliant de bon gré à la contrainte.

— J'ai confiance dans la justice de mon pays, dit-il.

— Dans ton pays, ça ne se passerait pas comme ça, dit Dupuis, dont la brosse avait regagné tranquillement le haut du crâne.

— Je voulais parler de la France, déclama Alexis, convaincu que les fonctionnaires français ne détestaient pas un peu d'emphase dans l'amour de leur patrie.

Il s'entendit ajouter :

— ... mon chou !

L'expression favorite de Hulde lui avait échappé. Les sourcils du divisionnaire montèrent à la rencontre des cheveux, dans un plissement de surprise. Tout devenait clair, pour le policier : ce Goldschmidt était bien un timbré, doublé d'une « tante ». Dupuis essaya de penser : « ... comme beaucoup d'Allemands, ce qui, d'ailleurs, est bizarre, car les boches sont de grands guerriers... A moins que les deux choses fassent bon ménage... On dit que les Grecs... » Il renonça, le médecin de la préfecture estimant que ses crises de colite pouvaient provenir de l'abus d'idées générales. Il prit Alexis par le bras, comme on ménage un grand malade, et le poussa vers une cage, meublée de deux bancs. Sur l'un dormait un homme mal rasé, enveloppé dans un manteau gris.

— Un collègue à toi, dit Dupuis, cordial : un Yougo en situation irrégulière.

Alexis se laissa enfermer placidement. Un autre Albert Lebrun veillait sur le panier à suspects. Le même que celui de Dupuis, sans doute ; mais il paraissait plus vétilleux. Alexis s'étendit à plat ventre sur le second banc. Le Yougoslave ne dormait pas. Il remuait les yeux sans le voir, à la façon des gens qui se cherchent sur les quais de gare.

Alexis ouvrit le carnet qui ne quittait pas sa poche. Il profiterait de ce temps mort pour écrire. Son manuscrit s'arrêtait aux retrouvailles avec Victoire à la Sorbonne. Le roman aurait bientôt rattrapé le présent, et prendrait la forme d'un journal. L'auteur n'aurait plus l'avance qui rend les romanciers si farauds. Il apprendrait les choses en même temps que le lecteur. Cette situation plaçait tous les souvenirs d'Alexis au même niveau, à la même distance. Il prit des notes, pêle-mêle, sur la visite du Louvre avec Victoire, le profil de Rachmaninov à l'Auberge moscovite, le rétroviseur du Morane, la casquette de Raymond. Il aimait mieux amasser les matériaux que les mettre en forme. Les coq-à-l'âne ressemblaient davantage aux tressautements de la vie. Remis en ordre logique, les moments passés devenaient autant de papillons en boîte. Le défilement des lignes empêchait de camper au milieu de la mémoire, au cœur de soi. Alexis aurait voulu inventer un équivalent, en prose, du théâtre antique, au foyer duquel tout converge et résonne : cillement, grattement d'ongle sur une soie... Tandis que le Yougoslave comptait d'invisibles wagons, Alexis s'assoupit sur une image d'Epidaure, lui seul au centre, commandant à ses milliers de souvenirs en éventail, d'un simple chuchotement...

... Quand il ouvrit les yeux, Sarah se tenait de l'autre côté du grillage, debout. Depuis combien de temps ? Une heure ? Une minute ? Depuis toujours, aurait dit Alexis. C'était le secret de sa cousine, de n'être jamais prise au dépourvu. Sa place et sa fonction étaient marquées d'avance dans les pires situations. Les imbéciles expliqueraient cet à-propos dans le drame par son goût du malheur et du sacrifice : il fallait laisser dire les imbéciles.

— Vous êtes libre ! chantonna le planton, en ouvrant la cage et en tendant à Alexis son passeport. Le commissaire Dupuis vous souhaite bonne chance !

— Tu vois que j'ai raison de faire confiance à... ce pays, dit Alexis à Sarah en saluant Albert Lebrun, redevenu bonasse.

Le train interminable qu'épiait le Yougoslave marqua un temps d'arrêt et reprit sa marche. Pour un peu, on aurait entendu le tacagne-tacagne des boggies sur les rails glacés d'Herzégovine.

Sarah s'assit d'autorité au volant de la Ford. Au lieu de se diriger vers le studio, elle prit le chemin du Marais.

— Tout sauf l'agitation de la famille ! protesta Alexis.

A cinq jours de l'embarquement sur le *Bremen*, il redoutait la fébrilité des préparatifs, l'exubérance de Bouglione, les larmes rentrées de sa mère. « Et la commode de l'oncle Simon, on la laisse ? » Sous-entendu : « on a le cœur de la laisser ? ».

Il n'y avait pas le choix. Sarah tendit à Alexis un papier officiel apporté à l'aube, rue des Rosiers, par des motocyclistes : un arrêté d'expulsion avait été pris dans la nuit à l'encontre du « sieur Goldschmidt Alexis », exécutoire dans les trois jours. Alexis relut plusieurs fois le document : « République française, ministère de l'Intérieur... Pour le ministre... » La signature était illisible ; un nom comme Langeron. Ainsi, le pays de ses amours et de sa langue le congédiait en trois jours ; moins que pour une bonne du manoir ! Un coup du moine pilote ! Au fait, Sarah connaissait-elle l'équipée de la veille en Morane ? Sarah savait toujours tout : Polo avait appelé le studio. Quel recours restait-il ?

— Qu'en pense Bouglione ?

Que c'était une « nouvelle affaire Dreyfus », qu'Alexis finirait à l'île du Diable, qu'il devait partir tout de suite pour Rotterdam, les y attendre et embarquer avec eux. A New York, Elie lui ferait avoir le prix Nobel, comme « ce monsieur O'Neill », un Irlandais d'Amérique, un immigré lui aussi.

Alexis énuméra les démarches que Sarah n'avait pas manqué d'accomplir.

— Et ce pauvre Hulde ?

— Il tousse moins, merci, sourit Sarah.

Hulde adjurait Alexis d' « obtempérer ». L'affaire des faux passeports Rosenfeld prenait de l'ampleur. « Pas le moment de plaisanter, mon chou » !

— Matignon ?

— Ils disent que c'est le ministère de l'Intérieur qui décide ces choses.

— L'Intérieur ?

— Qu'ils ont agi à la demande expresse du ministère de la Guerre, sous le sceau « confidentiel défense ».

— Henri ?

Reparti en voyage jusqu'à Noël. Motif officiel, pour l'usine et la famille Saint-Aubert : un marché de pompes à négocier au Danemark. En fait, il avait confié à Sarah qu'il suivait les Petits Chanteurs à la croix de bois en tournée. Il engageait Alexis à se cacher en France, à finir son livre, et à lui remettre le manuscrit le soir de Noël. Il revenait pour la messe de minuit à Notre-Dame-de-Paris, où se produisait la manécanterie. « Rendez-vous au pilier de Claudel », avait-il dit.

— Et toi, tu penses quoi ? dit Alexis, stupéfait par la présence d'esprit de Sarah, autant que par les nouvelles.

Sarah s'était garée près de la rue des Rosiers.

— Suis-moi !

Elle entra dans un immeuble croulant, dont le premier étage faisait ventre dans la rue. Des étais de bois entrelacés retardaient à grand-peine cette tendance à l'affaissement. Un escalier étroit et sombre les mena à une chambre mansardée, dont le vasistas bornait la vue à un rectangle de ciel. Le moindre relief des murs était souligné d'une poussière grasse. Sous les odeurs récentes stagnait un relent séculaire de soupe surie, de couverture à chien, de sale sommeil. Un matelas par terre, une table, des bougies, une machine à écrire Underwood haute comme une usine à gaz, le phono du studio, les affaires d'Alexis et de Victoire... En une matinée, Sarah avait installé ce qu'elle appelait ce « trou juif ». Il ne fallait pas qu'Alexis reparaisse rue des Rosiers ni au studio, sous peine de se faire coffrer et reconduire à la frontière. Sarah lui apporterait à manger et les nouvelles, en variant ses itinéraires. Les voisins étaient sûrs. Alexis travaillerait là les deux semaines qui les séparaient de Noël. Le livre restait sa meilleure chance. « Ce bouquin fera un foin du diable ! », avait promis Henri. Alexis consentait à toutes les prévenances de sa cousine. Il y mettait une exception : il tenait à accompagner la famille à Rotterdam.

— Tu veux te jeter dans la gueule du loup ?

Alexis pria Sarah d'aller trouver de sa part la « cousine Clara Malraux », pour lui demander de faux papiers. Le lendemain, Sarah revenait avec un passeport et une carte d'identité au nom de « Galtier Serge ». « Rien a voir avec notre Goldschmidt, s'était excusée Clara, mais un vague air de famille ! » Il fallait que ça ressemble un peu, « pour que l'intéressé y croie en le disant ».

« Serge » avait été choisi pour la même raison : sa consonance russe. Alexis devrait éviter d'utiliser les faux documents à Paris, mais le voyage à Rotterdam ne présentait pas de risque. « Les Belges et les Hollandais sont beaucoup moins xénophobes et antisémites que les Français », avait expliqué Clara. Quant au livre, car Sarah avait raconté l'enlèvement et sa suite, elle trouvait que c'était une excellente idée, une bonne arme, dont le comité antifasciste de Malraux se servirait pour obtenir justice.

Le jour de l'embarquement arrivait. Bouglione avait vendu la Ford et s'était fait prêter une bétaillère, qu'Alexis rendrait au retour. La route se passa dans un silence complet, les deux hommes devant, les femmes derrière, avec les six malles défaites et refaites jusqu'à la dernière nuit. Les frontières furent franchies sans encombre, Serge Galtier au volant. Pour un 17 décembre, le temps était printanier.

— Comme il est noir ! dit la mère d'Alexis en apercevant le *Bremen*, qui dépassait de très haut les bâtiments de la gare maritime.

Alexis se demanda s'il parlerait de sa mère dans son livre. Il décida que non. Cela ne regardait personne. Il y avait des effacements qui commandaient le silence. Sa mère avait traversé la vie sans commenter ce que la vie lui réservait, mauvais ou bon. Depuis l'arrestation de son mari, son mutisme s'était épaissi. Les yeux, à leur tour, se taisaient. Elle ramassait les miettes, de ses mains en conque, par carrés de plus en plus petits, et elle les jetait dans la corbeille à pain. C'était sa façon d'accueillir les nouvelles. Qu'elle estime le *Bremen* « trop noir » à son goût surprit la famille.

— Le nom est écrit en doré, observa Bouglione, qui se sentait comptable de la réussite du voyage.

Bouglione se réjouissait de reconnaître, dès les formalités, le « sens allemand de l'organisation ». « Nous sommes imbattables là-dessus », disait-il, avec un chauvinisme qu'Alexis renonçait à discuter. Les passagers venaient de tous les coins d'Europe et de toutes les conditions. Les uns escortaient des chariots de bagages assortis, comme pour une croisière d'agrément où il convenait d'éblouir. Les autres portaient des baluchons, des fichus terreux. Le diamantaire d'Anvers voisinait avec le tailleur des Carpates. Et là-haut, penchés à la dunette, des officiers à casquettes immaculées, le teint rouillé, lançant des ordres mats. Plus haut encore : les drapeaux du Reich, tendus dans un air transparent, lavé, soyeux, déplacé...

Alexis n'était jamais monté sur un paquebot. Après le baptême de l'air, le baptême de haute mer... à quai. Il imaginait le père de Victoire arpentant ces couloirs de vieil hôtel rococo, un verre à la main, une « charmante » au bras, des compliments plein les dents. On se perdait dans les coursives où les robes du soir avaient fait place à des manteaux râpeux, les joues creuses des belles Américaines à des faces rondes, des pommettes hautes. Le silence affairé des voyageurs était ponctué d'appels par les haut-parleurs et par les accords d'un orchestre bavarois, vers les salons arrière. La cabine retenue disposait de « vrais lits » et de deux hublots. Bouglione espérait que ses cousins de New York seraient autorisés à monter à bord, pour qu'ils constatent le bon niveau de confort. Les deux dernières heures avant l'appareillage se passèrent assis, face à face, sans un mot. Derrière les hublots, des grues promenaient des automobiles dans le ciel. Les consignes de sécurité étaient écrites en allemand et en anglais ; pas en français. La cloison de palissandre représentait des cigognes sur la cheminée d'une ferme à colombages. Un haut-parleur pria les accompagnateurs de quitter le bateau. La mère d'Alexis balayait des miettes imaginaires entre ses jambes. Alexis l'embrassa deux fois, puis deux autres.

— Fais attention à toi ! dit-elle.

— Tout va s'arranger, assura Alexis.

Bouglione lui remit une enveloppe. Avec le prix de la Ford, il avait retenu trois passages sur le *Queen Mary* du 4 janvier 1937. Des places « correctes ».

— Pour Sarah, toi et la demoiselle, dit-il.

— Victoire, rectifia Alexis. Pourquoi ? Sarah reste ?

— Tu as besoin d'elle, dit Bouglione.

Sarah s'encadrait dans le décor de la cabine en partance, aussi naturellement qu'au poste de police ; toujours accordée à l'événement. Bouglione entraîna Alexis dans le couloir.

— Promets-moi, pour le *Queen Mary*. J'ai juré à

ta mère que vous seriez tous à New York le 11 janvier.

— On va faire l'impossible !

Bouglione raclait le sol de la pointe de sa chaussure, comme chaque fois qu'une parole lui coûtait. On aurait dit une bête entravée :

— Hitler va envahir toute l'Europe, dit-il. Il pilonnera l'Angleterre. Ce sera le feu partout, la cendre... Je ne sais pas pourquoi, mais ce sera comme ça.

Dernier avertissement aux personnes qui ne partaient pas. Les mains se serrèrent une longue minute ; puis les doigts. Sur le quai, Alexis et Sarah repérèrent les deux hublots de la cabine. Les mains continuaient leurs signaux, se fatiguaient, recommençaient. Là-haut, les uniformes s'agitaient. Un officier se penchait pour surveiller les manœuvres de largage aux extrémités du bateau. Deux panaches de vapeur bleutée précédèrent des coups de sirène. Les drapeaux changeaient lentement d'orientation. L'air était de plus en plus clair, le ciel d'un vernis hollandais. Le *Bremen* semblait terriblement noir, en effet. Alexis baissa les yeux pour ne pas voir les hublots se rapetisser à la taille des rivets qui les encadraient. Entre le quai et la coque, le mince filet d'eau était recouvert de morceaux de bois, de varech, de papiers. De la mousse plus claire chassa les détritus. L'écart grandissait. Ça y était : les continents se séparaient, dans des grondements de machines, des cris d'oiseaux. De l'espace s'installait. L'absence commençait. Elle ne sentait pas la chandelle éteinte, celle-là, mais la saumure, la bière oubliée dans un bock. Dernières odeurs d'Europe, de scierie, de myrtille écrasée...

A fleur d'eau, Alexis crut apercevoir un rat crevé. Il ne le dit pas à Sarah. Elle l'avait vu avant lui. On devinait le poil gorgé de mazout, le ventre mauve, la bouche rose, d'un rose de chambre d'enfant.

V

Henri serra le poignet d'Alexis :

— Ça va être maintenant, écoute.

La cathédrale de Paris était comble. Des milliers de cierges cernaient le chœur comme un brasier. Leurs lueurs se perdaient dans la nuit des voûtes. Sous un dais d'or, pareil aux saints du parvis, le cardinal Verdier se tenait droit, mitré, crosse à la main. Des dizaines d'officiants s'affairaient autour du maître-autel. Les Petits Chanteurs à la croix de bois étaient assis dans le transept, sur des gradins. Les fidèles qui n'avaient pas trouvé place dans la nef circulaient en tous sens sur les bas-côtés, comme dans une gare en grève. Des enfants pleuraient de sommeil. D'autres dormaient sur les bras des pères, pouce en bouche.

Les Petits Chanteurs allaient entonner la *Nuit* de Rameau. Henri enfonça ses ongles dans la paume d'Alexis :

— Je t'en conjure, écoute ça !

Malgré la foule, ils s'étaient retrouvés facilement au troisième pilier de droite, là où le poète Claudel disait avoir reçu la révélation de la foi, au siècle dernier, avec la violence de la foudre. Alexis était sorti de son trou du quartier des Rosiers avec mille précautions. Sarah avait achevé le matin même la frappe de son roman. Le double avait été caché sous le parquet, comme s'il s'agissait d'un dépôt d'armes ou d'un trésor de guerre. Alexis tenait le manuscrit sur son cœur, à la manière des diacres, tout à l'heure, pour la lecture de l'Evangile, et les porteurs de la Torah, à la synagogue de Munich.

— Voilà le livre, dit-il avec la piété due aux écrits saints.

— Chut ! supplia Henri. Après. Après la chorale...

Alexis n'avait que faire de la cérémonie, de « leur » messe, de « leur » messie, de « leurs » chants. Il était en visite. Cette fête du Dieu chrétien sur terre ne le concernait pas. Il lui trouvait trop de faste. Il songeait au couronnement de Napoléon par David. Pour lui, c'était l'Europe des hermines, des moires, des chatoiements. Il préférait la poussière verte des bibliothèques. Ou alors, la piété rustique, comme la procession qui lui avait ouvert, six mois plus tôt, les pelouses et les âmes de la France éternelle. Peu lui importait les sopranos de la chorale, aux regards rivés à leur chanoine, aux cols bleus, aux cous tendus, aux lèvres arrondies à l'approche du *O Nuit*. Il était là pour transmettre le « roman » qui allait sauver son amour et sa vie, solliciter d'ultimes conseils.

Pour « s'adapter à la clientèle », selon le précepte de Bouglione (bien arrivé, la veille, à New

York, malgré la tempête, un télégramme bariolé l'annonçait), Alexis envisageait de signer son livre « Serge Galtier ». Sarah l'en dissuada, s'il voulait que Victoire se manifestât à l'éditeur. Elle avait rédigé un communiqué : « Un livre, un scandale! Un frère fait enlever sa sœur par l'armée française, pour cause de mésalliance raciale. Les autorités baissent les bras. Condamné à la clandestinité, l'amant, Alexis Goldschmidt, témoigne. A paraître chez... » Elle porterait le texte aux rédactions et aux organisations susceptibles de faire campagne.

— Ça va, le communiqué? demanda Alexis, à la faveur d'une fugue d'orgue.

— Ajoute : « Un écrivain se révèle. » Ils le font tous, ça ne coûte pas cher, et en plus, c'est peut-être vrai!

— Vous croyez?

— Laisse-moi le temps de lire!

— Ce n'est pas tout à fait terminé, prit le temps de prévenir Alexis.

Il retardait le moment d'écrire le mot « fin ». Tout écrivain, pensait-il, éprouvait cette peur de lâcher une part de lui-même. La rédaction du livre, quinze heures par jour durant six semaines, l'avait aidé à tromper l'attente. La fatigue avait tué l'angoisse. Le passé annulait le présent. Il lui fallait sa drogue. Aucun autre sujet ne produirait le même effet. Le cœur n'y serait pas. Il continuerait sur la lancée de ses souvenirs, jusqu'à ce que l'éditeur ait donné son accord et exige la copie. En tout cas, jusqu'à la fin de l'année. Il restait tant de choses à dire sur sa vie avant la France! Il raconterait Munich, la main de son père pesante comme une roue de chariot. Il compléterait le présent immédiat, sans oublier cette messe de minuit. Il se promettait d'aller réveillonner huit jours plus tard aux Binelles, qu'il ne connaissait pas assez, et dont l'innocence l'attirait. Il donnerait les dernières nouvelles des personnes croisées en chemin. D'Henri, par exemple, que son voyage en Algérie avait transformé.

— J'ai des questions à vous poser, dit Alexis.

— Chut !

Un projecteur isola le soliste des Petits Chanteurs. C'était le sosie d'Helmut : même mèche platine en arc de cercle sur un front bombé, l'œil quémandant l'approbation, la bouche ourlée, le cou légèrement adipeux. *O Nuit, qu'il est profond ton silence...* La voix se promenait, liquide, au plus haut de sa tessiture et des ogives. L'enfant atteindrait-il la note la plus aiguë du solo ? Aurait-il pris assez de souffle pour la prolonger, le temps voulu ? Ouf ! il y était arrivé ! Le trouble naissait de cette frayeur et de cet apaisement. Une fois encore, le petit prodige avait réussi la gageure. Le chanoine soutenait d'une main l'exploit, imposant, de l'autre, la sourdine aux choristes éblouis et jaloux. Une part du mérite lui était attribuée. Sans lui, l'enfant n'aurait pas eu l'idée du trésor qui palpitait dans sa gorge, ni la patience de le cultiver. On imaginait des séances de dressage, des larmes, des envies d'aller jouer au foot avec les copains. Une épreuve de force se devinait entre l'oiseleur et sa colombe préférée. Couple précaire : ce soir, demain peut-être, en pleine *Nuit* de Rameau, la luette battrait, la mue proche briserait le timbre de cristal. Ce serait la chute de l'ange, changé en yodleur graseillant par l'odieuse nature, par l'obscure et hostile machination de la puberté. Le chanoine devrait répudier l'épouse, s'en choisir une autre parmi les cadets quêtant son regard ; sans doute l'avait-il déjà élue en secret... Etait-ce cette sensation de temps compté qui bouleversait comme naguère chez les castrats ?

A la fin du morceau, Henri s'appuya contre Alexis, une larme roulait sur sa joue. Alexis ne comprenait pas qu'un solo de soprano émeuve à ce point, soir après soir. Henri avait suivi la tournée dans l'attente de ce moment. Il n'était pas seul dans son cas. D'autres hommes mûrs subissaient cette fascination, dont un magistrat et un médecin militaire. Sur le parvis, qu'ils gagnèrent avant la fin de l'office, Henri s'expliqua avec flamme. Ces chanteurs étaient plus déchirants que les scouts d'Hubert parce que, disait-il, ils étaient « pauvres » et « orphelins ». Les admirateurs dans son genre caressaient à distance le rêve de couvrir les enfants de cadeaux, sans parents pour rejeter et soupçonner leur offrande. Rien à voir avec les attouchements homosexuels qu'Henri avouait avoir découverts avec délices, le mois précédent, en Algérie : la joie désespérante que suscitaient ces solos de Rameau était pure de tout désir. C'était un vertige de l'âme, sublime, atroce, ineffable, inépuisable...

Alexis en avait assez entendu. Mais Henri

prolongeait le plaisir, détaillait ses révélations. Il s'en voulait d'avoir ironisé, au manoir, sur les tendances inavouées de Montherlant.

— On les persécute, on nous persécute ! dit-il.

— Et moi ? s'énerva Alexis, qu'est-ce qu'on me fait ?

— Justement, tu devrais comprendre !

Contre le soin pris du manuscrit, Henri faisait un devoir à Alexis d'écouter sa plainte, d'y compatir... Il ne souhaitait pas posséder les jeunes gens, ex-solistes ou non, mais être pris par eux. Son drame, il en était conscient désormais : il aurait voulu être une fille. Il aurait aimé ressembler à sa nièce Victoire, il le lui avait soufflé à l'oreille près du séquoia, avant qu'elle puisse comprendre et que cet aveu lui fasse horreur. Sans son milieu, Henri aurait vécu jusqu'au bout cette envie chevillée au corps. Maintenant, il était trop tard. Plus personne, jamais, ne le désirerait comme une femme. Les éphèbes virils de ses rêves en voudraient à son argent, à son pouvoir ; au mieux, à son érudition. Il devrait payer, briller, bouffonner, voir s'éloigner ses proies avec d'autres, aimer son dépit...

Alexis avait le don d'attirer la confidence à l'instant même où son cas lui paraissait autrement digne d'intérêt. Une conjuration d'Etat subtilisait la femme de sa vie, il croupissait dans une soupente, et on ne soufflait mot de sa peine ! L'affaire du siècle, c'était la sexualité en dérive d'un industriel père de famille ! Ces confidences d'Henri écœuraient, par les visions rétrospectives qu'elles imposaient. Alexis songea à Lise, dans son asile, sous son parapluie. S'il avait bien compris, le malentendu entre les époux Boulet-Montreuil durait depuis quinze ans. A l'abri de leurs paupières, au moment fatidique, elle rêvait d'orages romanesques sous des verrières d'artiste, et lui de petits Helmut rudoyants... Comment la nature avait-elle permis qu'un tel couple s'assemble, gémisse, procrée ? A quelle escroquerie des sens le scout Hubert devait-il le jour ?... Et Lily ? Alexis aurait dû s'en douter : Henri l'avait traitée devant eux avec la goujaterie de quelqu'un qui n'avait jamais aimé une femme de sa vie. Qui sait si ce n'était pas lui qui s'affublait de déshabillés, la nuit, pour approcher à tâtons de ses illusions folles ? Comme tout cela était obscène, lugubre !

Les fidèles sortaient de la cathédrale. L'heure, en terre chrétienne, était à la bonté. Alexis se souvint des premiers abandons d'Henri, le soir de la guinguette, de ses scrupules devant le divorce. Cette fois, qu'il saute le pas ! C'était un devoir envers la vie... Henri était formel :

— Impossible. Vis-à-vis d'Hubert !

Toujours les prétextes ! Ravi de son égarement, de son impasse, Henri minauda :

— Une mère folle, passe ! Mais un père... folle !

Alexis était consterné. Il ne voulait pas repousser Henri : il savait ce qu'il en coûte d'être exclu. Mais il ne supportait plus les manigances de ce monde, perclus de faux principes. Ah, comme Victoire avait eu raison de les fuir ! Il ne pouvait plus rien pour eux. Il ne restait qu'à récupérer Victoire et à voguer vers l'Amérique !

— Désormais, le contact se fera entre l'éditeur et Sarah, c'est bien cela ? s'assura Alexis.

— Eh, eh, si on est gentil..., sautilla Henri en serrant le manuscrit sous le bras. Après tout, je peux le garder pour moi, ce petit chef-d'œuvre... Le signer... C'est bon, vraiment ?

A quoi jouait-il ? Profitait-il de l'impuissance et de la clandestinité d'Alexis ? Esquissait-il un chantage ? Lequel ? Y avait-il un degré de malaise avec soi-même qui autorisait tous les coups bas, où l'on était prêt à toutes les bassesses pour attirer de force les autres dans son camp maudit ? Alexis n'allait tout de même pas supplier...

Des religieuses quittaient le parvis en bandes, avec des rires de fillettes pincées. Un réveillon aux miettes de foie gras les attendait dans quelque réfectoire d'hospice, sonore et empestant l'eau de Javel... Alexis se retint de reprocher à Henri son indifférence. Jusqu'au dépôt du livre, toute vexation était à éviter. Alexis montra le bleu à la tempe qu'il gardait de sa rencontre avec l'appareil-photo de Berger :

— J'y pense : j'ai fait la connaissance du moine aviateur ! Il m'a donné le baptême de l'air et... sa bénédiction, comme vous pouvez constater ! Il prétend que Victoire a été au couvent...

— Tiens, voilà le car de la manécanterie ! dit Henri. Généralement, ils sortent après, par une porte dérobée, pour que les adulations de la foule ne les gâchent pas...

— Victoire a vraiment été chez les bonnes sœurs ? insista Alexis.

Henri haussa les épaules :

— Elle y a été en classe... comme nous toutes !

Alexis prit congé en prétextant que sa cousine Sarah l'attendait, morte de peur. La vexation qu'il craignait ne tarda pas. Henri se plaignit : son studio avait été cambriolé la veille, malgré les deux inspecteurs en civil à l'affût d'Alexis, depuis l'arrêté d'expulsion. Il s'apprêtait à réveillonner seul. Ce n'était pas « chic » de le laisser. Alexis manquait de gratitude. Il mériterait qu'Henri raconte aux policiers comment le Marais cachait des étrangers en infraction !...

Un « oh ! » d'effarement monta dans la gorge d'Alexis. Henri avait droit à la morale et à l'abjection, pas lui. Au nom de quoi ? Alexis était condamné à la défense piteuse :

— Vous ne pouvez pas me dénoncer, vous ne savez pas où j'habite.

Henri glissa le manuscrit sous son manteau en poil de chameau :

— Oui, mais moi je possède votre chef-d'œuvre, monseigneur !

— J'ai un double !

— En dehors de moi, qui le lira ? Qui l'éditera ?

C'était vrai : Clara était repartie pour l'Espagne, Hulde « ne répondait plus de rien »... Alexis n'avait jamais détaillé le visage d'Henri, banalement terni par l'abandon de ses ambitions juvéniles. Ses expériences récentes y tissaient des rides inédites. De rôder autour d'anges défendus avait allumé dans ses yeux des étincelles de diable. Il s'était contenté jusque-là de trahir sa jeunesse dans le cynisme et l'adultère : il découvrait du piquant à jouer les ordures. Alexis y penserait, à l'avenir : se méfier des gens qui se vengent sans savoir de quoi ni de qui ! Un détail lui revint : Henri avait dit « monseigneur », comme Berger. L'ordure se portait cérémonieuse, cette année, chez la fille aînée de l'Eglise !

Le parvis se vidait. Alexis tremblait de froid. Il était à bout. Il leva la tête, montra les tours de la cathédrale.

— Monsieur, si tout cela a un sens, vous me devez la pitié !

L'œil de diable se plissait :

— Tout cela n'a aucun sens, et vous m'en devez autant !

— Je n'y suis pour rien, si...

— Moi non plus, même si je vous préférais en prince Scherbatoff bourré de citations et de zèle...

Alexis se revit faisant le joli cœur sur le bac de Saint-Malo, à la procession, devant Victoire.

Henri lui pinça la joue :

— Elle a eu peur, la Scherbatova, dit-il... Elle a de la veine de ne pas être plus minouchette, sinon...

Alexis était sauvé par sa laideur : il y avait une justice !

Henri s'enfonça dans la nuit du Divin Enfant. Sous son manteau, le manuscrit formait une bosse ; la bosse au nom de quoi le bossu se permet tout.

VI

Les réveillons se suivent et ne se ressemblent pas. Celui du Jour de l'An rayonnerait de lumière, de bonheur, de bonté.

La semaine précédente fut la plus longue depuis le 11 Novembre. Le dégoût qu'Alexis avait éprouvé le soir de Noël s'était prolongé en rédigeant la scène. Il avait tiré de cette messe la conclusion que sa chère pitié russe n'existait pas. Il n'y avait que des rapports de forces. La barbarie résistait à toutes les illusions humanistes. Le proche avenir se jouerait au couteau. Malheur à qui dépendrait du bon vouloir de quiconque. Henri avait remis le manuscrit, Sarah s'en était assuré ; mais l'éditeur laissait prévoir deux mois de délai pour se prononcer. Et le communiqué n'avait pas causé le scandale escompté. On l'avait juste mentionné dans un meeting de la ligue des Droits de l'Homme, à la Mutualité. Seule *L'Humanité* du 30 décembre l'avait reproduit intégralement, en s'étonnant que les « ligues dissoutes sévissent encore et que le gouvernement ferme les yeux ». *Le Populaire* souhaitait « plus ample information ». *Gringoire* titrait : « Un juif allemand s'apprêterait à salir l'armée française pour se venger d'un amour malheureux. »

Sans prévenir, de peur d'être repéré, Alexis se rendit à la fête des Binelles, avec le vélo de Sarah et une bouteille de voldka laissée par Bouglione. L'air glacé lui brûlait les poumons, après ces jours et ces nuits dans la chambre confinée de la rue des Rosiers. Il aimait la sensation de frauder l'arrêté qui le chassait de France. D'être citoyen de nulle part lui donnait un regard différent sur les gens et les choses. Il ne se sentait pas diminué, mais grandi, en avance sur le reste de l'humanité; comme si ce sort attendait la terre entière. Place de la Concorde, il fit halte pour admirer le ballet des limousines qui déposaient au Crillon des couples en tenues de soirée, en vue de réveillon. Un de ses buts, en débarquant à Paris, Proust sous le bras !... Pour l'heure, avec sa canadienne et ses pinces à pantalon, on ne le laisserait pas entrer, fût-il chargé de fleurs. Il se jura qu'il reviendrait avec Victoire, en habit, et que les grooms leur tiendraient la portière, casquette basse. Les bords de la Seine lui rappelaient ses parties de bicyclette le long de l'Isar. Dans ses lunettes de myope, les becs de gaz scintillaient en croix, comme des bâtonnets de feu d'artifice. Les cheminées des ateliers Citroën, quai de Javel, et celles de Renault, à l'île Seguin, continuaient de fumer, malgré le congé du lendemain. Au pont de Sèvres, Alexis demanda son chemin à un passant, qui lui souhaita la bonne année en arménien.

Un raidillon grimpait de l'église de Sèvres à la blanchisserie. Les maisons au crépi grisâtre étaient plantées de guingois, jetées à la hâte dans un torrent de glaise, vouées à s'affaisser l'une sur l'autre, à disparaître bientôt avec leur fatras de clapiers, de niches, de jardinets têtus, de chaises dépaillées, d'arceaux de croquet, de billards Nicolas... La cour de la blanchisserie reproduisait le penchement de la colline entière. La mère Mousseau la comparait à un pont de bateau à la gîte. C'était bien vu. Deux plans inclinés encadraient ce semestre finissant, dans la mémoire d'Alexis, la pelouse du manoir, et ce quadrilatère de terre battue menant à la laverie des Binelles. Deux pentes sans autre point commun que les hasards des premiers congés payés, et leur angle, doux à l'œil, appelant la caresse, inclinant à la paix, aux parlotes, à califourchon, dans la nuit d'été.

Le camion du pré Noiraude était là, repeint de frais. Un petit bâtiment isolé précédait le hangar principal. On y accédait par un escalier de pierre, en haut duquel un ovale en émail annonçait les « bureaux ». Dans l'angle de la porte était cloué un morceau de miroir cassé. C'était là que le père Mousseau se rasait, dehors hiver comme été, « tous les jours que Dieu fait, disait-il, il n'y a pas d'autre expression ». Quand Alexis fit son entrée, vélo à la main, le père Mousseau sortait de sa cave avec des bouteilles de mousseux. Alexis se présenta : « Polo lui avait dit que s'il voulait... » On était loin du protocole de La Landriais, qui avait tant fasciné Alexis et qui, maintenant, lui faisait horreur.

— Quand il y en a pour trente, il y en a pour trente et un ! dit Mousseau, il n'y a pas d'autre expression.

Le réveillon coïncidait avec les fiançailles de Polo et d'Odette. Mousseau se serait opposé à ce mariage avant l'été : Polo « faisait le mariole », il « montait la tête » au personnel, il « la ramenait » avec sa casquette de sergent, « j'aimais pas trop le genre »... Mais il avait « mis de l'eau dans son vin, il n'y a pas d'autre expression ». Gabin, son silence était mauvais signe, de toute façon ; ou il avait oublié Odette, ou il avait « avalé son bulletin de naissance »...

Mousseau poussa Alexis devant lui. Quelqu'un entonna : « Ah c'te gueule, c'te gueule, c'te binette, ah, c'te gueule, c'te gueule qu'il a ! » C'était manière de saluer l'ami de vacances. Polo vint à la rencontre d'Alexis.

— Berger n'a pas reparu à Villacoublay. Et toi ? Quelles nouvelles ?

— Aucune. Je suis expulsé. J'ai fini un livre, qui va me rendre Victoire. Et je m'offre des perm... la preuve !

Odette les avait rejoints, épanouie. Elle savait gré à Alexis d'avoir « chipé » Victoire à Gabin. Son premier fiancé n'avait plus donné signe de vie. Elle avait hâte de tricoter pour un homme, pour un enfant. Les parents de Polo, les marchands de jouets de la gare Montparnasse, étaient là. Les

Goldschmidt et consorts, ils n'affectionnaient pas; mais il y avait des exceptions.

Entre les cuves à lessive, avait été dressée une table à tréteaux, recouverte avec les nappes d'un riche client. Le damas contrastait avec la simplicité de la vaisselle, assiettes à fleurs dépareillées, verre à moutarde. Le linge en cours de séchage autour du hangar répandait une lumière de montagne, et des odeurs de savon plus tenaces que le fumet des dindes aux marrons. L'air était bleu à force d'être blanc. Le fourneau à fers chauffait à l'excès. Les mèches des blanchisseuses collaient aux tempes, les décolletés luisaient, les moustaches salaient de sueur, entre les goulées de vin. Certains convives étaient vautrés à même les ballots de linge sale, noués aux quatre coins. Alexis ne s'étonnait plus qu'une réputation de sensualité s'attache aux métiers du blanchissage. On imaginait que des drôles d'idées devaient venir, au milieu de ces draps chiffonnés, jaunis, cartonnés. Aucune règle ne contrariait les propos ni les attitudes. Ici, on mangeait avec les mains dans l'assiette du voisin; là, on mordait aux deux bouts d'un blanc de dinde, jusqu'à s'embrasser à pleine bouche. Tout le monde déposa sur les joues d'Alexis quatre baisers de suite, selon un usage qu'il ignorait. C'était l'anti-manoir, l'anti-Saint-Aubert. La confession et les chantages misérables d'Henri s'estompaient. Alexis se réconciliait avec la France, celle dont il n'avait pas idée.

Par un reste de civilité, il présenta ses devoirs à la mère Mousseau, qui avait refusé de s'asseoir et veillait à ce que personne ne manquât de rien. Par la suite, elle revint plusieurs fois serrer la main d'Alexis. Depuis les vacances, elle avait perdu la mémoire immédiate de ses gestes. Elle les répétait sans cesse. Ces bonjours à l'infini étaient moins gênants que touchants, un peu chinois. « La mer l'a bousillée, il n'y a pas d'autre expression », expliqua Mousseau, qui fit asseoir Alexis entre Jésus et lui.

— Je vous demande pardon si je m'excuse, dit Jésus, mais on continue...

Jésus avait son compte. Comme à chaque cuite, il refaisait la bataille de la Marne avec Mousseau, à l'aide de ce qui leur tombait sous la main, couteaux, fourchettes, carafons. « Les boches, faites excuse si je vous pardonne, c'étaient là, à la cote 108... Les marmites nous pissaient au cul... » Depuis quelques jours, Jésus avait noyé ses chats et acheté une guenon tuberculeuse, pour « foutre les chocottes à ces messieurs-dames », sa joie suprême. La bête campait dans son cou. Elle crachait à six mètres, en tordant une bouche haineuse. La frange grise tombant sur les yeux jaunes atténuait ses airs de petit fauve vexé de son état.

— Demandez-lui, disait-il en désignant la guenon sur son épaule. Hein, Fifille, que les boches (il saluait Alexis en guise d'excuse) vont remettre ça ! Ils vont débouler, mes aïeux !... Pas le temps de faire ouf !... En liquette, les Françouais, le calebard noir de trouille... Les châteaux de la Loire, Perpignan, Vesoul ; de la chiasse jusqu'aux fenêtres du premier !... Pas vrai, Fifille ?

Quand Fifille « clamserait », car elle allait « clamser, « elle était faite pour l'air de la Seine-et-Oise comme Jésus pour le crucifix ! », il resterait à Jésus un moyen ultime pour être bien repoussant : un rat empaillé, qu'il faisait jaillir de sa manche avec un élastique, sous le nez des passants : « Les femmes enceintes accouchaient dans l'heure, les banquiers tombaient en syncope, les vierges prenaient un fou rire nerveux de trois semaines, les mémères emperlousées poussaient des gloussements comme si le rat leur fouinait entre les cuisses, jusque dans les trompes et le porte-monnaie inclus... Après quoi, les gens payaient pour que d'autres soient marrons à leur tour, rien que pour voir leur tronche de trouillards, à ces petzouilles... La nature humaine, quoi ! »

En se gavant de dinde, Alexis pensa que, dans une autre vie mieux organisée, Jésus devrait occuper les fonctions du général Gamelin, et le chef des armées garder le square du Bon Marché, empêcher les mômes de piétiner les gazons, à coups de sifflets... Ce n'était pas les Guermantes ni les Saint-Aubert, aux Binelles, mais la proportion de bêtises débitées à l'heure y tombait d'un cran. L'absence de préjugés et un bon sens en béton donnaient de la cocasserie aux plus timorés. Si les « blanchisseurs » avaient eu droit au millième des chances reçues par les autres au berceau... peut-être qu'ils seraient devenus cons à leur tour ; peut-être pas. Ça méritait qu'on essaie. C'était ça qu'on appelait l'espoir ! Le jour où... Alexis désirait se marier au milieu de ce blanc bleu et de cette gentillesse. A minuit pile, lorsque chacun leva son verre à l'année 37, ce fut son vœu tremblant : que Victoire entre, s'accoude à la table damassée, croque un pilon de dinde, et lui jette le coup d'œil complice des ménages réussis !

Un autre regret le visitait : que Soupier Raymond ne soit pas de la fête, sur mesure pour lui. Où pouvait-il bien traîner, à cette heure ? Le père de Polo, le marchand de jouets, avait son idée, qu'il confia à l'oreille d'Alexis. Raymond était fidèle à Gabin « à la vie à la mort ! »

— Il est comme ça, ce gosse ! demandez à ma femme.

L'homme faisait suivre toutes ses phrases de « demandez à ma femme ». Cela devait être bien agréable !

— C'est l'âge, dit l'homme. Notre Polo, c'était pareil, demandez à ma femme...

Il y avait un âge, en effet, pour la rigueur ; avant que le plaisir ne décrète le chacun-pour-soi. Au cinquième verre de mousseux, Alexis butait sur ce mystère : pourquoi, de tout temps, sous toutes les latitudes, il y avait un bref passage de la vie, l'adolescence, où, par-delà les traditions et les exemples, le sens moral prenait la force intraitable d'un instinct ? Et gare si une guerre survenait à ces moments-là ! Cet instinct semait la mort joyeuse, il offrait aux balles les torses minuscules, sous des vareuses flottantes... Une main d'adolescent actionnant une culasse en croyant bien faire, ou empêchant son ventre de pisser le sang, vous connaissez, vous, plus infect ?

Pour la onzième fois, la mère Mousseau vint présenter ses vœux à Alexis, avec une amabilité indélébile sur le visage. Un accordéoniste ami de la blanchisseuse à fossettes s'installait sur la planche à repasser les draps. Jésus râlait contre la musique, qui allait lui couper la chique. Il prenait la guenon à témoin :

— Un jour, tu verras, Fifille, qu'on aura plus le droit de causer !

Il avait entendu qu'Alexis et le père de Polo parlaient de Soupier Raymond. Lui, Jésus, avait des nouvelles. On s'approcha. La mère Mousseau serra quelques mains avec une attention toute neuve. Alexis siffla son neuvième mousseux. L'accordéon attaquait une java sans ménagement.

— On l'a vu pas plus tard qu'hier, votre Raymond, hein, Fifille ? gueula Jésus pour couvrir la musique.

C'était du côté de Vaugirard. Raymond conduisait une charrette noire et jaune, brancards vernis, capote blanche. Le cheval : au moins un alezan. Il y avait écrit « Ch. Gervais » sur les claires-voies. Un amour d'attelage... Pas peu fier, le môme, faisant kik-kik avec le côté de la bouche pour passer commande au canasson, un fouet long comme un jour sans Primior douze degrés, hein, Fifille ? La guenon qui mordillait l'oreille au sang... Même qu'ils avaient causé. Ce que Raymond faisait là-haut, déguisé en paysan, en blouse de toile plissée ?

— Je vous le donne en mille !

On se penchait pour savoir. Alexis pleurait de joie à l'idée que Raymond vivait enfin son rêve. Jésus tenait son public. L'accordéoniste en prenait ombrage, à moins que ce ne soit normal avec cet instrument, l'ombrage.

— Eh ben, rien, triompha Jésus en mimant le bonheur béat de Raymond. Y se les roule, le Raymond ! Y livre pas, y voiture personne... Monsieur est assis, calé dans son petit dossier façon cuir... Et vas-y que je te kik-kik, vas-y que je te clic-clac... Un fiacre allait trottinant, hein, Fifille ? » « Qu'est-ce que tu branles là-haut ? j'y fais... » Il me montre ses pouces qui tournent... Y traverse Paris dans tous les sens, pour la beauté de la chose, juste pour que les gens, y voyent marqué Gervais et qu'y se disent : merde alors, Gervais a de quoi promener des charrettes à rien foutre, ça prouve qu'y doit pas lésiner sur la crème, Gervais...

Jésus avait le vin prophétique :

— Vous verrez qu'un de ces quat', y aura plus que ça, des gens payés à se les rouler, hue cocotte, voyez mes fesses, achetez ce qu'il y a écrit dessus... hein, Fifille ?

Mais ce paradis, c'était pour « après les boches ». Avant que chaque Français fasse kik-kik pour montrer ses miches à l'autre, il faudrait baisser culotte devant les frisés, hein, Fifille ? Des clochettes de merde dans les poils du cul, la France, voilà ce qui l'attendait !

L'accordéon attaqua *Le plus beau de tous les tangos du monde*. Alexis cacha son visage dans ses bras. La tête lui tournait. Pourquoi Jésus parlait-il de « clochettes » ? Cela lui ressemblait si peu !... Il ne manquait plus que Victoire, qui aurait laissé pendre ses bras en arrière, comme sur la photo... Même le linge joyeux, net comme un matin en Bavière, l'absence de Victoire y glissait des odeurs de bougie morte...

Une main lui tapa sur l'épaule. Le temps s'était-il arrêté à jamais ? C'était la mère Mousseau qui tenait à lui dire bonjour, bonne année. Quelle année, déjà ?

VII

L'éditeur a remis à Sarah la lettre que voici, reçue le 30 à mon nom. Je la recopie pour que tu voies ce qu'on ose te faire dire. Toi, m'écrire des insanités pareilles ! Ecoute plutôt :

« Alexis. Je ne sais où je suis, où j'en suis. Un morceau de ciel bleu foncé entre quatre murs de craie. Il n'y a rien à attendre de qui n'a rien, en soi, à opprimer. Près de moi, une religieuse se meurt d'amour pour un indigène. C'est beau et c'est hideux. Une victoire n'est jamais acquise. Aucun homme ne mérite qu'on devienne une épouse ordinaire. L'odeur de manteau, c'est sur moi qu'on la respirera. Que de temps perdu à me déclasser, par intérêt au fond, croyant mes privilèges perdus, pour être du côté des vainqueurs ; comique suprême. Ne m'attends pas, ne cherche pas à me retrouver. Nous avons rêvé comme des enfants. J'aimais bien tes yeux écarquillés de roux, ton appétit. Ils feront merveille en Amérique. Ne m'en veuille pas. Dieu le veut. V. »

— La nuque, embrasse-moi la nuque, plus haut, oui, là, encore !

Ce ne peut être la même personne qui réclame cette caresse, et qui écrit : ne m'attends pas ! Notre amour, qui gênait-il ? L'Occident ? Qui te cache, meine schloch ? Où ? Je le saurai bientôt. Je suis au-delà de la peur. Je sais que tu respires et que tu m'aimes. On sait ces choses, quand on a vécu ce que nous avons vécu !

Je relis ce mot absurde. Comment le croire de toi ! « Il n'y a rien à attendre... », « l'odeur de manteau » : ces détails viennent de toi, en effet, de nous... Mais « ils » ont pu te les soutirer un soir de fatigue ! L'usage qui en est fait ne te ressemble pas. L'écriture est tremblée, la pensée aussi. Mal imité. Nous en rirons un jour. Que de rires en retard !

Même pas ta signature entière ! N'importe qui a pu contrefaire ce torchon ! Ou toi, ivre, droguée, dans un moment d'épuisement ou de transe, quand la peur change ce qu'on sait en vide, en carré de ciel. J'ai appris comme cela peut rendre fou, un carré de ciel, bordé de craie ou de suie ! Tu vas te réveiller, te libérer. J'entends le bruit de chaîne déverrouillée : vous êtes libre, mademoiselle ! On t'arrachera ton bandeau, dans une clairière. Nous courrons l'un vers l'autre, suffocants...

Toute vie repose sur une foi. Je crois que tu n'as pas changé, qu'on te contraint, que tes reins tièdes vont se tendre contre mon ventre. Tu sens ? Je reste à Paris. Je resterai le temps qu'il faudra. Si M. Hitler vient par ici, il me trouvera. Que le piège se referme ! Il n'y a pas de piège pour qui aime l'avenir, d'amour.

Sarah va porter ces dernières lignes chez l'éditeur, qui saura où me joindre. Elle me rapportera des conserves pour des mois. Il y a un vélo en bas de l'escalier. La nuit, j'irai respirer les rues, qui sentiront le platane et le mégot. Sarah prendra le *Queen Mary* du 4 janvier, c'est promis. Mission accomplie. Elle n'est pas amoureuse de moi ; elle suit les invites du sort comme les aveugles les signes de braille. Ses cheveux repoussent. A New York, elle fera des sciences exactes, c'est son idée.

Pas de lettre, sans nouvelles des parents et amis. En voici. Sarah a fait le tour des proches pour nous. Le général a fini son traité sur les uniformes. Il cherche un imprimeur. Pétain lui a promis une préface. Il n'a pas de titre. Il regrette que *La Guerre des boutons* soit pris. Moi non plus, je n'ai pas de titre. Si j'étais sûr que l'année écoulée devait rester dans les annales, je l'appellerais tout simplement *Trente-six* ou *L'été 36*. Mais comment savoir ?

Ton père a eu un petit malaise, un vrai, sur un paquebot italien, devant Palerme. Le médecin du bord lui a dit que « les meilleures choses avaient une fin ». Marguerite a vu un nouveau laryngologiste, qui croit à un cancer de la gorge. Depuis, l'arête de 1929 a disparu. Elle aurait nettement senti qu'elle l'avalait, pfuitt !

Les Jacques, tiens-toi bien, divorcent ! Les Jacques ! Qui aurait pensé ! Temps d'incertitude, où l'immuable file entre les doigts ! Quelle rigidité va venir à la place ? Ça bouge, ma bonne dame, ça chavire ! Henri vient d'être décoré. J'imagine qu'en mourant il verra le ciel s'ouvrir comme une bouche de soprano blond entonnant la *Nuit* de Rameau. Chacun ses douceurs. Son fils Hubert traîne dans les rues chaudes à la recherche d'une prostituée qui aurait « les mêmes fossettes que Gilberte ». Il n'a pas encore trouvé. Il trouvera. Lily est restée décolorée, à la demande de son ingénieur catholique, qui était marié, parbleu ! et qui lui promet la lune ; aux petites vacances scolaires, exclusivement.

Ah, si, j'oubliais, toujours au chapitre des choses qui ne sont plus ce qu'elles étaient : la tempête du 20 décembre, celle qui a obligé le *Bremen* à se mettre à la cape, tu imagines cette coque si noire, dans la houle baveuse ? la tempête « du siècle », car elle est toujours « du siècle », c'est une chose entendue, chez vous, cela va de pair avec le « fond de l'air », la tempête a abattu le séquoia ! Du salon, on ne voit plus, paraît-il, qu'un trou de bombe et un fouillis de racines, plus roses que l'écorce. Friquette joue à marcher sur le tronc couché, sans les mains. Ainsi s'éteignent les confidents, comme tout le reste.

Aux cuisines, il y a du vilain. La petite Yvonne est enceinte, à seize ans tout ronds ; de Polo, elle ne voit pas qui d'autre. Elle se serre la ceinture. On peut cacher son état jusqu'à six mois, si on mange « presque pas ». Pas question de faire passer le bébé. Elle a trop envie de voir sa tête, de le regarder attraper ses petons dans l'herbe, un jour. De toute façon, Elia est en prison pour longtemps.

On risque de lui couper la tête. C'est Pétain qui l'a dit au général, le jour où il a promis une préface aux « boutons ». Si d'aventure il devenait le « patron », les avorteuses, couic, la guillotine, il a fait le geste avec sa canne !... Germaine, la bonne, connaît la paix des paresseuses. Elle pose nue au Tabarin, les bras en l'air, dans une gondole en carton, avec sa photo à l'entrée.

Les Binelles, j'en viens, tu sais tout. Gabin a été tué près de Tarragone, à ce qu'on dit. L'abbé Martinière a été nommé curé dans une paroisse chic. Polo prend des cours de comptabilité, pour succéder à Mousseau ; de la graine de chef, Polo.

Je te dois un aveu qui me coûte. Raymond, Soupier Raymond, sa joie de quitter mémé, son caleçon sur la tête, son poil follet dans l'aine, son triporteur, son amour des autobus, son admiration pour Gabin, son triomphe en carriole Gervais... C'était des mensonges ! Raymond n'a jamais existé. Il trottait dans ma tête. Sa grand-mère aussi ; elle m'a permis de ne pas parler de ma mère. C'était moi et pas moi, elle et pas elle. Arrange cela comme tu pourras. Raymond a vécu le temps de mon envie que vive un certain Raymond. Hue cocotte, son fouet balaie l'air. Il est peut-être loin devant. Je voulais que tu le saches.

Il faut me pardonner ces libertés. Depuis des semaines, j'écris pour casser le temps. Je le piétine. J'y mets de la rage. Toute la force d'aimer que je ne peux te donner, elle est là ; en mots qui s'agitent, qui vident la tête, qui roulent des nuits entières, j'ai retrouvé des syllabes collées entre les doigts, les sales bêtes... J'écris parce qu'on m'a pris la femme que j'aime.

Notre disque chuintant est fendu, depuis peu. Ce n'est plus : *J'attendrai,* mais « j'a-tac-tendrai, le jour et tac la nuit »... J'atten-tac-drai que ton pays te ressemble de nouveau et que tu y reprennes ta place.

Je deviendrai fou ? Possible. « La nuque, embrasse-moi la nuque ! »... Meine schloch, je t'entendrai encore me dire cela, les yeux clos. L'amour vaincra. Je crierai Victoire. Qu'ils se montrent, ceux qui veulent notre mort. Cette fois, je ne jetterai plus mon arme aux pieds d'Auguste Comte.

S'il le faut, je tuerai.

1er janvier 1937

DU MÊME AUTEUR

Aux Éditions Gallimard

FINIE LA COMÉDIE

LA FOLLE DE LITUANIE (prix du Roman de l'Académie)

LES GRANDS DE CE MONDE

LA LÉGENDE DU SIÈCLE

LE COULOIR DU DANCING

FEUILLETONS 1972-1982

L'ÉTÉ 36

MONSIEUR BARBIE N'A RIEN À DIRE

DISCOURS DE RÉCEPTION À L'ACADÉMIE FRANÇAISE ET RÉPONSE D'ALAIN DECAUX

« MOI, GÉNÉRAL DE GAULLE... »

Aux Éditions Denoël

LE GRAND DADAIS (prix Interallié)

LA GRASSE MATINÉE

L'ENVERS DE L'EAU

Aux Éditions du Mercure de France

AU SOIR LE SOIR

Aux Éditions du Seuil

SAÏD ET MOI

Aux Éditions Ramsay

MARIE DUPLESSIS

Aux Éditions Herscher

BONJOUR SAGAN

Aux Éditions Robert Laffont

DISCOURS DE RÉCEPTION DU COMMANDANT COUSTEAU À L'ACADÉMIE FRANÇAISE

Aux Éditions Flammarion

TRAVERSÉES

Aux Éditions La Découverte

RUE DES ITALIENS, dessins de Nicolas Guilbert.

Aux Éditions François Bourin

DISCOURS DE RÉCEPTION DE MICHEL SERRES À L'ACADÉMIE FRANÇAISE

COLLECTION FOLIO

Dernières parutions

2495.	Josyane Savigneau	*Marguerite Yourcenar (L'invention d'une vie).*
2496.	Jacques Sternberg	*Histoires à dormir sans vous.*
2497.	Marguerite Yourcenar	*Mishima ou la vision du vide.*
2498.	Villiers de L'Isle-Adam	*L'Ève future.*
2499.	D. H. Lawrence	*L'Amant de Lady Chatterley.*
2500.	Collectif	*Mémoires d'Europe I.*
2501.	Collectif	*Mémoires d'Europe II.*
2502.	Collectif	*Mémoires d'Europe III.*
2503.	Didier Daeninckx	*Le géant inachevé.*
2504.	Éric Ollivier	*L'escalier des heures glissantes.*
2505.	Julian Barnes	*Avant moi.*
2506.	Daniel Boulanger	*La confession d'Omer.*
2507.	Nicolas Bréhal	*Sonate au clair de lune.*
2508.	Noëlle Châtelet	*La courte échelle.*
2509.	Marguerite Duras	*L'Amant de la Chine du Nord.*
2510.	Sylvie Germain	*L'Enfant Méduse.*
2511.	Yasushi Inoué	*Shirobamba.*
2512.	Rezvani	*La nuit transfigurée.*
2513.	Boris Schreiber	*Le tournesol déchiré.*
2514.	Anne Wiazemsky	*Marimé.*
2515.	Francisco González Ledesma	*Soldados.*
2516.	Guy de Maupassant	*Notre cœur.*

2518.	Driss Chraïbi	*L'inspecteur Ali.*
2519.	Pietro Citati	*Histoire qui fut heureuse, puis douloureuse et funeste.*
2520.	Paule Constant	*Le Grand Ghâpal.*
2521.	Pierre Magnan	*Les secrets de Laviolette.*
2522.	Pierre Michon	*Rimbaud le fils.*
2523.	Michel Mohrt	*Un soir, à Londres.*
2524.	Francis Ryck	*Le silencieux.*
2525.	William Styron	*Face aux ténèbres.*
2526.	René Swennen	*Le roman du linceul.*
2528.	Jerome Charyn	*Un bon flic.*
2529.	Jean-Marie Laclavetine	*En douceur.*
2530.	Didier Daeninckx	*Lumière noire.*
2531.	Pierre Moinot	*La descente du fleuve.*
2532.	Vladimir Nabokov	*La transparence des choses.*
2533.	Pascal Quignard	*Tous les matins du monde.*
2534.	Alberto Savinio	*Toute la vie.*
2535.	Sempé	*Luxe, calme & volupté.*
2537.	Abraham B. Yehoshua	*L'année des cinq saisons.*
2538.	Marcel Proust	*Les Plaisirs et les Jours* suivi de *L'Indifférent* et autres textes.
2539.	Frédéric Vitoux	*Cartes postales.*
2540.	Tacite	*Annales.*
2541.	François Mauriac	*Zabé.*
2542.	Thomas Bernhard	*Un enfant.*
2543.	Lawrence Block	*Huit millions de façons de mourir.*
2544.	Jean Delay	*Avant Mémoire (tome II).*
2545.	Annie Ernaux	*Passion simple.*
2546.	Paul Fournel	*Les petites filles respirent le même air que nous.*
2547.	Georges Perec	*53 jours.*
2548.	Jean Renoir	*Les cahiers du capitaine Georges.*
2549.	Michel Schneider	*Glenn Gould piano solo.*
2550.	Michel Tournier	*Le Tabor et le Sinaï.*
2551.	M. E. Saltykov-Chtchédrine	*Histoire d'une ville.*

2552.	Eugène Nicole	*Les larmes de pierre.*
2553.	Saint-Simon	*Mémoires II.*
2554.	Christian Bobin	*La part manquante.*
2555.	Boileau-Narcejac	*Les nocturnes.*
2556.	Alain Bosquet	*Le métier d'otage.*
2557.	Jeanne Bourin	*Les compagnons d'éternité.*
2558.	Didier Daeninckx	*Zapping.*
2559.	Gérard Delteil	*Le miroir de l'Inca.*
2560.	Joseph Kessel	*La vallée des rubis.*
2561.	Catherine Lépront	*Une rumeur.*
2562.	Arto Paasilinna	*Le meunier hurlant.*
2563.	Gilbert Sinoué	*La pourpre et l'olivier.*
2564.	François-Marie Banier	*Le passé composé.*
2565.	Gonzalo Torrente Ballester	*Le roi ébahi.*
2566.	Ray Bradbury	*Le fantôme d'Hollywood.*
2567.	Thierry Jonquet	*La Bête et la Belle.*
2568.	Marguerite Duras	*La pluie d'été.*
2569.	Roger Grenier	*Il te faudra quitter Florence.*
2570.	Yukio Mishima	*Les amours interdites.*
2571.	J.-B. Pontalis	*L'amour des commencements.*

Impression S.E.P.C. à Saint-Amand (Cher),
le 7 mars 1994.
Dépôt légal : mars 1994.
1er dépôt légal dans la collection : février 1986.
Numéro d'imprimeur : 618.
ISBN 2-07-037705-9./Imprimé en France.

68287